「舞姫」のアフリカ人がボコボコにする

山下泰平

「舞姫」の
主人公をバンカラと
アフリカ人が
ボコボコにする
最高の小説の世界が
明治に存在したので
20万字くらいかけて
紹介する本

柏書房

はじめに

書くはずのなかった人間が書く混沌とした本

部活を辞めた怖い先輩が、西田哲学の研究に没頭することはない。家に帰らない不良が、口語体の確立に文庫派作家がいかなる貢献をしたのか調査することもないし、密漁をシノギにする田舎ヤクザが大空詩人永井《ながい》叔《よし》の足跡をたどることもない。

もしも二〇年前に生まれていたとしたら、私もこんな文章など書いていなかった。コレクション気質は皆無、飛ばし読みを好むため読解の精度はきわめて低い。どちらかといえば学問的な正確さよりも、単純な面白さを重視している。面倒くさい手続きを踏むくらいなら、手近にあるチラシでも読んでいたほうがマシといった人間である。

こんな性質の持ち主が、明治や大正のマイナーな書物を大量に読むというのは、ありえないことだった。しかし過去とは比較にならないくらいに、今はデジタルアーカイブが充実しているため、それができてしまう。

私は面倒くさいことを考えるのは好きだが、記憶することにほぼ興味がない。しかし記憶装置と全文検索用プログラムの性能が向上したため、ある程度まで精度の高い記述が可能になった。ソフトウエアの環境を整えてしまえば、読む、書く、調べるを同時にこなせる。感覚的な話であるが、十数年前までと比べるとトータルで百倍は省力化できている。

労力が減少すると、参加する人間の数が増えていく。自然に性質の種類も増える。あくまで私の希望を含んだ予測に過ぎないが、分野を問わず従来書くはずではなかった人間による記述が、今後増えていくはずだ。私もこれまで書かなかったはずの人間で、本書はこれまでとは違う人間による記述のサンプルでもある。

＊

本書『「舞姫」の主人公をバンカラとアフリカ人がボコボコにする最高の小説の世界が明治に存在したので20万字くらいかけて紹介する本』が対象とするのは、明治の娯楽物語だ。

明治の娯楽物語は今ではすっかり忘れ去られた存在だ。だが、当時、夏目漱石や森鷗外といった近代文学作品よりも、はるかに読まれた人気ジャンルだった。旭堂小南陵『明治期大阪の演芸速記本基礎研究』（たる出版、一九九四年）によると、明治の娯楽物語の主要ジャンルである〈講談速記本《こうだんそっきぼん》〉に限っても、明治三〇年代において貸本屋でのシェアは七割を超えていたらしい。本書は、この大衆から愛されていたにもかかわらず現代ではほとんどないことになっている〈明治《めいじ》娯《ご》楽物語《らくものがたり》〉の全容をひもときながら、現代の創作物に与えた影響、そして明治人が一度は捨てた虚構《フィクション》を楽しむ技術を取り戻すまでの流れを知ることを目的に書かれている。

ただしその手法は、定石から少々外れている。誠実な研究者であれば、あくまで仮定だからという理由で書かないことが本書には書かれている。言いにくいこと、書くほどではないような事実、今さらほじくりかえさくてもいいようなことにも言及している。年代を追っていくわけでもなく、重要な役割を果たした作品を押さえてもいない。複数の作品を使い、同じようなことを幾度も語っている。秩序に乏しい書き方ではあるが、私たちや明治人がエンタメ作品を楽しむ際にも、やはり秩序だって読んだりしない。好みのものを好みのように楽しむだけだ。

つまり本書は娯楽物語を解説するため、普段エンタメを楽しむように書かれた書籍だといえる。なんだかよく分からないかもしれないが、読了する頃には、明治・大正の庶民や子供がくぐり抜けてきた読書体験の、ほんの一部を追体験することができるかもしれない。そして奇妙で荒っぽく馬鹿みたいに面白い明治娯楽物語のつらなりの果てに、現代のエンタメは存在しているのだと感じていただければ幸いである。

二〇一九年四月　山下泰平

〈明治娯楽物語〉がざっくり分かる図と年表

◇明治20年代から大正終わり程度でも、当時の出版業界全体を把握しようとすると、複雑すぎて胸が悪くなり、絶対に文学が嫌いになる。

◇娯楽分野に限定してみても、個々人が勝手にジャンルを作っているため、お前らもう少し整頓しろと言いたくなるのだがそういうところが魅力なのだから仕方ない。

◇というわけですべてを理解するのはあきらめて、だいたいのところだけ理解するための図と年表を用意した。だいたいすぎるが、だいたいは把握できると思う。

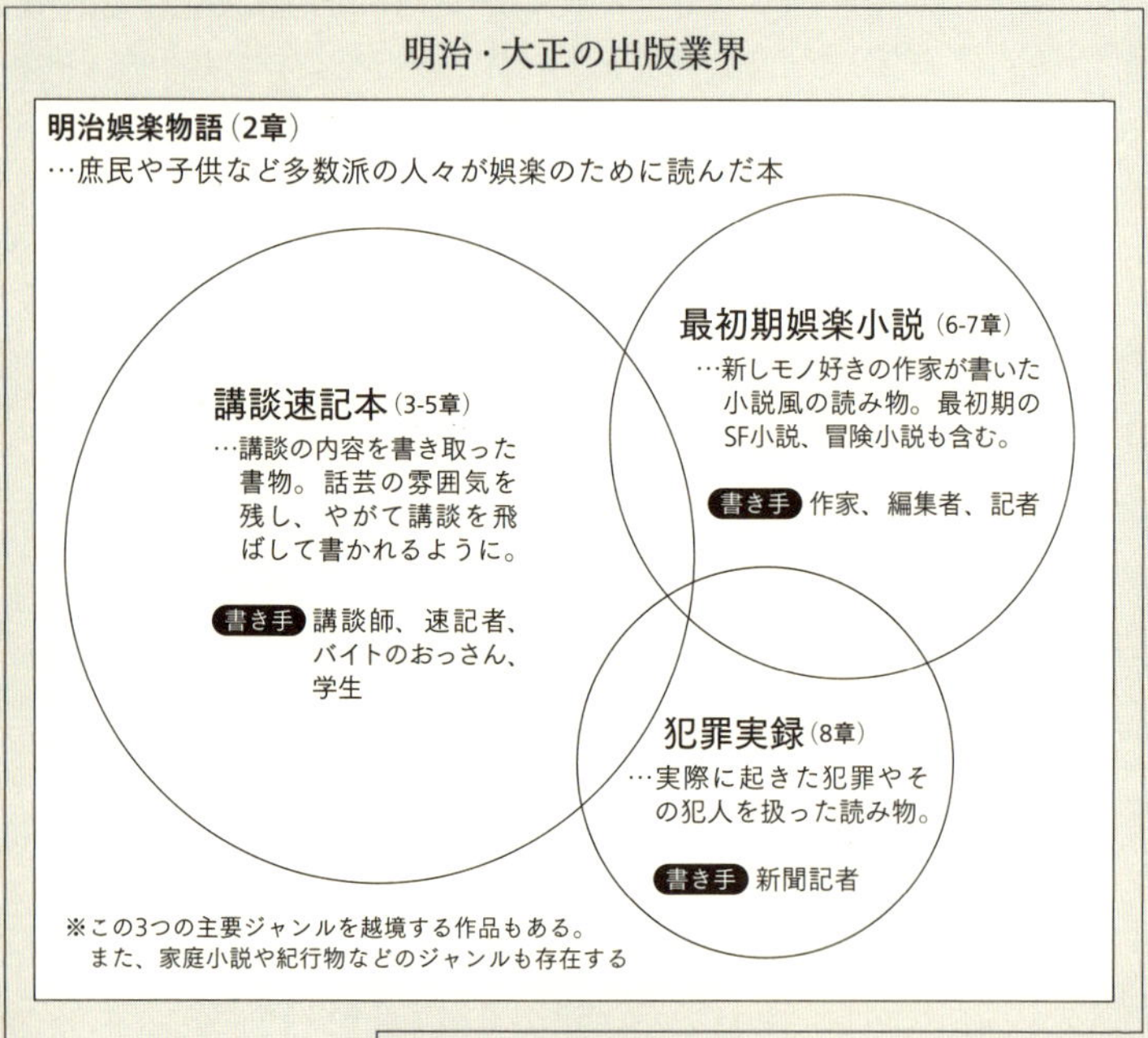

文学

漢文、俳句、短歌、新体詩、純文学小説、さまざまな論述

▼明治娯楽物語の位置づけ

時代＼読者層	インテリ・エリート	庶民・子供
明治・大正	文学	明治娯楽物語
昭和〜	文学	大衆文学

文学	和暦(西暦)	明治娯楽物語
黎明期	明治20年(1887)〜	登場前夜
・坪内逍遥が暗躍し、写実的、つまりリアルが文学だということになる。 ・リットンなど今となってはなんでそれを選んだみたいな作品の翻訳が流行。 ・二葉亭四迷が化け物染みた作品を残すが、文学は男子一生の仕事にあらずというわけで引退、そういう時代だった。		・純文学と境目があいまいで下等なものが娯楽作品だ程度の認識、本当に下等なのだが文学の方も下等だったりして意味不明。 ・この時代に流行した政治小説は、論争の対象になっていたりして意味が分からないのだが後の世では大衆小説ということになり意味の分からなさに拍車がかかる。 ・明治18年(1885)に発生した講談速記本が徐々に拡大、飛躍的に水準が上がる。
「これぞ明治文学」期	明治30年(1897)〜	成立期
・『舞姫』『たけくらべ』『五重塔』なんかが書かれるくらいの水準になり、今の人が考えるこれぞ明治文学みたいな作品はこのころに書かれたもの。 ・新体詩が本格的に流行、日本語の文体にそこそこ影響を与えた。 ・口語体の運動が始まる。でもまだまだっていう時代。		・普通に面白い作品が書かれ始める。 ・推理小説が一時的に人気になる。 ・講談速記本は基礎を確立するが、まだまだ講談の雰囲気を残した作品が多かった。 ・犯罪実録的なものや日清戦争ものが流行、最初期娯楽小説がぼちぼち登場し始める。 ・押川春浪や江見水蔭が娯楽小説を書き始めたのもこのあたりの時代。
「漱石ヤバい」期	明治40年(1907)〜	黄金期
・夏目漱石が化け物作品を書いて一気に水準が上がる。しかし漱石は文学の主流からは離れているといった扱いで、後に純文学の仲間入りする。意味が分からないがそういうものである。 ・自然主義もこのあたりに流行。		・明治娯楽物語の黄金時代に突入。速記や講談抜きで講談速記本が書かれることが多くなり、荒唐無稽な内容が増えはじめる。 ・最初期娯楽小説も自由度が上がり、普通に面白くなる。 ・推理小説が衰退し、犯罪実録が人気になる。 ・面白すぎて最高。
「親しみある小説登場」期	大正元年(1912)〜	衰退期
・雑誌「白樺」が創刊。白樺派が流行する。 ・森鷗外『高瀬舟』や芥川龍之介『羅生門』など、今の教科書に掲載されているような作品が登場し始める。		・大衆小説が登場し、講談速記本は子供向け物語が主戦場になる。 ・明治娯楽物語は徐々になつかしの存在になっていく。

凡例

一、新聞名・雑誌名・雑誌掲載作品名は「　」、単行本書名は『　』で表示し、引用文は〈　〉で示した。

二、本文中の引用については、原則として原文のままにしたが、漢字は新字体、仮名遣いは現代仮名遣いとした。また読みやすさを考慮して、一部、ルビ、句読点を補った。

三、引用文中の〔　〕内の記述は著者による補足である。

四、明治・大正期の作品名の多くには、角書《つのが》きが付けられている。一度は小字、または［　］でこれを明記し、本文中で言及する際には概ね省略した。

五、引用文献のほとんどが、国立国会図書館デジタルコレクション（http://dl.ndl.go.jp/）で無料公開されています。個々の作品の閲覧可否については、巻末の主要参考文献一覧にて明記しました。興味がわいた作品があればぜひ読んでみてください。

序章

小説未満の世界

明治の弥次喜多は宇宙を旅する

かつて〈明治娯楽物語〉があったッ！

文化なんてものは、それほど強いものではない。面白さや価値とは関係なしに、時流に逆らえず消滅してしまうことが時にある。しかしである。大きな流れの中で特定の文化が否定されたとしても、個々人の胸の内にその文化が生んだコンテンツ――例えば物語は生きている。明治の創作者たちは、江戸の物語を斬り刻み、新しい形式の中に嵌《は》めこんでいく。読者は知らないままに、昔の物語を楽しみ続ける。問題なんてないようにも思えるが、ふと我々が楽しんでいる物語の源泉を思う時、困ったことになってしまう。

現代のエンターテインメント（小説や漫画などの読み物コンテンツに限らず、映像や演劇も含む）の源流を、江戸とする言説がままある。しかし江戸から現在に至るまで、ずいぶん長い時間が存在している。明治の人々が、のんべんだらりと江戸の娯楽を消費し続けていたなんてことがあるはずがない。私たちは忘れてしまっているが、明治という時代には、小説未満の娯楽物語が花開いていた。

明治二〇年代後半から四〇年代にかけて、日本文学の世界で最も高い水準に達していたのは〈明治娯楽物語〉というジャンルである。なぜそんなことを言い切れるのか、理由は実に単純で、読み比べてみると他ジャンルの作品群よりも明らかに面白く、現在の文化にも影響を与え続けているからだ。ただし残念ながら、このジャンルの作品が教科書に出てくることは、ほぼない。研究対象とされることも、稀《まれ》である。そもそも明治娯楽物語なんてジャンル自体が、存在していない。明治娯楽物語と表現するよりほかない、ある種の作品群を私が勝手にそう呼んでいるだけの話だ。（本書八〜九頁にこのジャンルを概観できる図と年表を掲載している。）

明治娯楽物語とは、その名の通り明治時代に娯楽のために書かれた物語である。「小説」ではなく明治娯楽「物語」としているのは、現代の基準からすると小説の体裁をなしていない作品が圧倒的多数だからだ。小説をひとことで表現すると、「簡単な文章で書かれており、理詰めで考えられる構造とまとまりを持っていて、現実にいそうな人間と起きそうな事件が描かれる」ようなものとすることができるだろう。今では当たり前の小説も、日本では明治も中頃を越えるまで存在しなかった。

娯楽のために書かれた物語と聞いて「大衆文学」を想起する人もいるだろう。狭義の大衆文学が成立したのは大正の末だが[★1]、大量生産され、多くの人に伝達し消費される点は、〈明治娯楽物語〉によく似ている。文学史の流れの中におけば、明治娯楽物語を大衆文学の前身とすることもできる。ただややこしいことに、昭和に入り大衆文学が全盛期を迎えても、明治時代の技法で書かれた荒っぽく雑な物語が生き残っている。それゆえ、本書では明治の技法で書かれた大正・昭和時代の娯楽物語も〈明治娯楽物語〉と呼ぶことにする。

★1―中里介山『大菩薩峠』の連載が始まった大正二年（一九一三）を大衆文学誕生の年とすることもある。いずれにしろ大正時代に大衆文学は発生した。

もっとも明治以前にも、日本独自の娯楽物語は存在した。江戸の戯作《げさく》をアレンジした作品も、明治のある時期までそれなりに人気があった。芝居や落語、講談などの芸能もある。ただし江戸丸出しの創作物は、文明開化を経た人間を満足させられない代物になりつつあった。もちろんなんの準備もなしに、小説なんてものを書くことはできない。だから明治人は、すでに存在している物語を、近代人になっていくお客さんたちが受け入れてくれるよう、改良せざるを得なかった。同時に西洋から流れ込んでくる小説、意味もワケも分からないものを、なんとか解釈し受容しなくてはならない。

これらの仕事は一朝一夕になるものではない。新しい物語を完全に理解することもできず、書くこともままならない、そんな消化不良の時代が長く続く。いわば黄金時代の前夜である。

そんな時期に、『東海道中膝栗毛』の弥次喜多《やじきた》が宇宙旅行をしている。

いわばパロディー作品なのだが、今となっては元ネタの『東海道中膝栗毛』の内容をよく知らないという人もいるだろう。それも当然で、この古典は現代人が読んでもあまり面白くない。『膝栗毛』の設定として、弥次郎兵衛《やじろべえ》と喜多八《きたはち》が元恋人というのは有名な話であるが、二人が旅行に出るきっかけひとつとってもかなりひどい。まず喜多八が奉公先で女を妊娠させてしまう。続いて変装して元女房を騙《だま》し、なんだかんだで喜多八と女は結婚、同居することになるものの、いきなり女が産気《さんけ》づく。いろいろあって弥次喜多が妊婦の周囲で大喧嘩、そのショックで女は死んでしまう。女の葬式をしていると、喜多八の奉公先の旦那が病死、喜多八は不品行極まりないからとクビになる。二人はすべてが面倒くさくなり、江戸から逃亡するため旅に出る、といったものである。その後も愚《ぐ》にもつかない駄洒落が延々と続き、弥次喜多によるクズエピソードと狂歌の連続、たまに弥次が教養を見せ付けてマウントをとるといった物語だ。

江戸時代であれば、人気を得そうな要因は多い。方言や地方の風俗が紹介されており、ガイドブック的にも使える上に、当時としては笑える場面が数多く並んでいる。しかし現代人が、純粋に娯楽として楽しむのはかなり厳しい。

明治もやはり同じである。膝栗毛のなにが面白いんだ。そんなことより政治や科学だッ！といった人々が、当時はたくさん生きていた。それでも娯楽物語には需要があり、創作者たちは近代人に歓迎される面白い物語を作ろうと奮戦する。海外からやってきた翻訳小説を強引に換骨奪胎する作家も現れ、とうとう弥次喜多が宇宙旅行をしてしまう。

弥次喜多とヴェルヌの悪魔合体

明治一七年（一八八四）に兎屋大阪支店から刊行された英立雪《えいりっせつ》『宗教世界膝栗毛《しゅうきょうせかいひざくりげ》』は、ＳＦの生みの親として知られるジュール・ヴェルヌの作品の設定を借用し、さらに戯作のテクニックで物語に仕上げられた、明治の混沌っぷりを味わえる逸品である。

日本全国を踏破して西洋諸国をも道中しつくした弥次喜多だったが、最近は書生や商人まで世界を旅するようになってきた。これではホラも吹けないと悩んでいると、米国で月へと飛べ

［図1］大砲の弾丸にへバりつき、月に行く弥次喜多（『宗教世界膝栗毛』挿絵、明治17年）

る機械が発明されたと知る。二人が早速米国に乗り込むと、すでに機械は完成していた。ところが危険を感じ、誰も月へ行きたがらない。渡りに舟と二人はモルモットとして立候補し、大砲のようなもので月へと向かう［図1］。

　アメリカで大砲に似た乗り物で月に行くという展開は、ヴェルヌの『月世界旅行』（原著刊行は一八六五年）と同じだ。『月世界旅行』は、『宗教世界膝栗毛』が書かれる少し前、明治一三～一四年（一八八〇～八一）に『九十七時二十分間月世界旅行』として日本で出版されている。英立雪はこの翻訳書から設定を借用している可能性が高い。

　オリジナルの『月世界旅行』は、当時としてはかなり綿密に科学考証がなされており、酸素や空気抵抗などといった科学知識が登場する。ところが『宗教世界膝栗毛』では、なんの説明もなく弥次喜多が生身で大砲の玉にへばり付き宇宙へ飛び出す。科学小説で科学の解説がないのも不思議な話だが、これは作者の知識・能力の限界が理由だろう。

　しばしの宇宙旅行ののち、やがて弥次喜多は月ではなく、無《む》闇《やみ》矢《や》鱈《たら》世界にたどり着く。この物語の設定では、星空に二つの奇星がある。ひとつは無闇矢鱈世界、もうひとつは宗教世界である。ここで世界というのは星のことで、現代的な表現に直すと、無闇矢鱈星と宗教星となる。この二つの星には科学もクソもなく、弥次喜多のノリと勢いしかない。その反面、無闇矢鱈世界にある五つの国がどのような政治形態なのかについては、かなり熱心に解説されている。宗教世界の国々も、無駄に数が多い［図2］。

［図2］宗教世界の地図
（『宗教世界膝栗毛』挿絵、明治17年）

　なぜこんなことになってしまうのか。単純に当時の日本では政治や宗教への関心が高かったからである。関心があるから情報収集が容易《たやす》く、作家は集めた情報を全部突っ込む。知識が普及しているから読者も受け入れやすい。この程度の理由で題材が選ばれていた。とにかく月に向かった弥次喜多は方角を誤り、無闇矢鱈世界に着陸、ここでは朝に茶を頼むと

［図3］キリストと宿屋の亭主を間違える弥次喜多（『宗教世界膝栗毛』挿絵、明治17年）

夕方に出てきたり、宿屋の亭主をキリストだと思い込み弥次喜多が蝙蝠《こうもり》傘で撃退しようとするエピソードが描かれる［図3］。

そうこうするうちアメリカの科学者も、無闇矢鱈世界にたどり着く。大砲の不完全な設計に気付いた科学者は、軽気球の開発に着手する。弥次喜多たちは科学者と宗教論争したりするも、論争のレベルはかなり低く、アメリカの科学者は次のように日本人をなじる。

米「馬鹿々々《ばかばか》日本人《にほんじん》馬鹿々々《ばかばか》」

（英立雪『宗教世界膝栗毛』四〇頁）

それでもプロテスタントとカトリックの違いなど、多少は宗教に関する知識を得られる。今なら学習漫画のような位置付けになるのだろう。

やがて新しい宇宙船である気球が完成する。二人はまたもや実験台となり、気球に乗って宗教世界へと出発、高度が上がり宇宙に到達する。『宗教世界膝栗毛』が書かれる一年前、明治一七年（一八八四）にやはりジュール・ヴェルヌの『気球に乗って五週間』（原著刊行は一八六三年）が、『亜非利加内地三十五日間空中旅行』の邦題で出版されている。この展開もやはり先行作品をヒントにしていると考えるのが自然である。

作中で宇宙空間は〈昼の如《ごと》く夜の如《ごと》く明ならず闇ならず四《し》望茫茫《ぼうぼうぼう》として遥かに衆星《しゅうせい》の囲繞《いにょう》せるたくさんの星がちらばっているのを見るのみ〉と描写されるが、弥次喜多は無重力状態のましゃべり続ける。一応は空気がないので音が聞こえにくいという記述はある。この宇宙の描写は『月世界旅行』を参考にしているのだろう。

気球で宇宙を移動しながら、弥次喜多が作者の英立雪の噂話をしたり、キリスト教徒の喜多八が教義を語ったりするうち、空気がないため、さすがの弥次喜多も半死半生の状態に陥る。生死の境を彷徨《さまよ》いながら、一〇日を宇宙で過ごし、とうとう二人は宗教世界に到着する［図4］。そこはキリストが悪魔扱いされている国で、弥次郎兵衛はキリストに化け喜多八を驚かせようとするが、いろいろあって互いに互いが死亡したと思い込むもめでたく再会、弥次喜多が作者の英立雪に手紙を送ってこのお話は終わる。現代人にしてみると意味の分からない物語だと言えよう。

ちなみにこれは『宗教世界膝栗毛』の第一巻である。続編で政治について解説をする予定だったのだろうが、ありていにいうと『宗教世界膝栗毛』は失敗作で、続編は出ていない。

［図4］気球型宇宙船で宗教世界へ（『宗教世界膝栗毛』挿絵、明治17年）

『宗教世界膝栗毛』と同じ時期、『東海道中膝栗毛』のパロディ作品が何冊か出版されている。例えば、明治一九年（一八八六）に三五月丸《さんごのつきまる》が編集した『人体道中膝栗毛』がある。これは弥次喜多が予算難で旅に出れないため、ミクロ化し人体を見物するという物語で完璧に狂っている［図5］。

弥次喜多の二人が頭蓋骨から爪先まで旅行をする様子を描きながらも、人体の知識も折り込まれており、当時は乏しかった衛生概念の普及にも寄与した……といった記憶があったのだが、今読み返してみると耳塚がどうとか胃袋の温泉で病気が直るとか馬鹿丸出しなことしか書かれていなかった。『宗教世界膝栗毛』と同じくアイデアのみで強引に作り上げた作品だ。

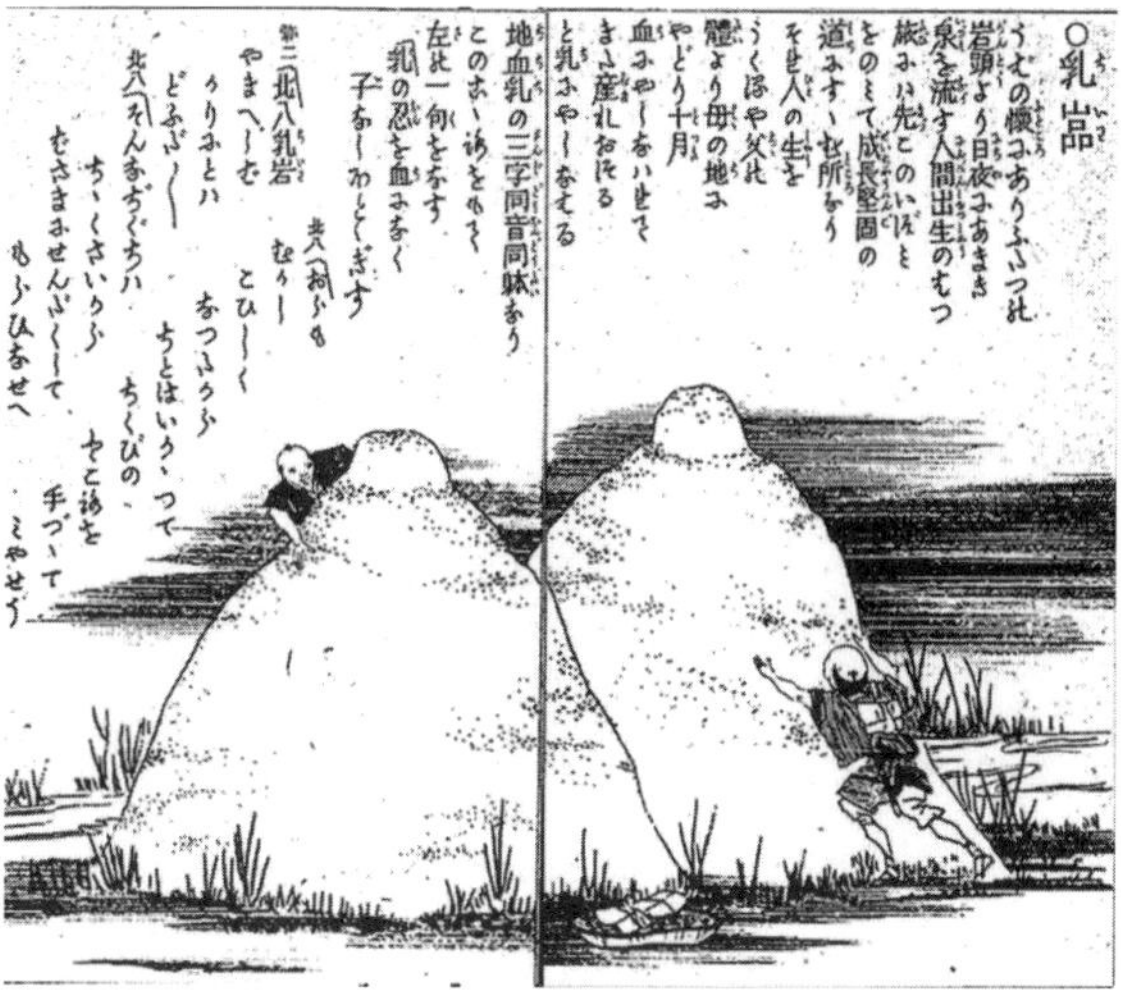

［図5］野村芳国による狂った世界観（『人体道中膝栗毛』挿絵、明治19年）

なにゆえにこんなパロディが作られたのか。この時代には面白い娯楽作品が少なかった。最近まで弥次喜多とかいうのあったけど、あれっぽいの書いといたら売れるだろ……といった雰囲気が明治時代にはあった。昭和になっても、弥次喜多の紀行物語は幾度か作られている。ネームバリューがあるうえに、おかしな二人組が旅行をして、旅先でトラブルを起こすという構成は、単純であるがゆえに扱いやすい。物語の構造が物事の解説に適していたという理由もある。

『宗教世界膝栗毛』の話に戻ると、当時としては最新の物語だった『月世界旅行』や『気球に乗って五週間』の設定で、弥次喜多に旅行をさせるというのは面白い試みだ。ところが作者はあくまで江戸の戯作の技法で物語を書こうとしているため、かなり無理が出ている。

創作者の夢

西洋の物語と創作技法を組み合わせ、独自の娯楽物語を作りたい。近代人になっていくお客さんたちが、自然に受け入れてくれるような物語を書いてみたい。今となっては難しくもないことだが、そんな明治の創作者の夢が叶うまでには、険しく長い道程があった。

ただし日本という国は、幸福だった。江戸時代にも娯楽物語があり、ある程度のフォーマットはできていた。印刷技術や、貸本屋による流通網もあった。話芸が存在していたこと、識字率の向上、西洋からの技術を柔軟に受け入れたこと、諸々有利な条件が揃っていた。こういった複合的な幸運を経て、明治娯楽物語の花は開き、黄金時代を迎えることとなる。


というわけで明治娯楽物語を紹介していきたいところなのだが、明治人と我々の社会にはかなりの違いがある。当時の社会を知らなければよく理解できない作品を、彼らは平然と書きつづる。なぜならそれが明治人の当たり前だからである。

明治といってもかなり長い。その社会背景のすべてを解説することなど不可能だが、明治の創作者と読者の気持ちを多少なりとも理解するため、娯楽物語に関わるいくつかの事柄を次章で解説していこう。

第1章
超高速！明治時代
五倍のスピードで万事が動く

海水浴で計る時代の速度

明治日本の激動を例えるなら、突然宇宙人がやってきたようなものだ。現在の日本の状況は、あまり芳《かんば》しいわけではない。解決すべき社会問題が山ほどある。そこに宇宙人が、未知の技術を持ってやってくる。素晴らしい発展が望める反面、彼らがどの程度まで友好的なのかは不明、そんな状況下で不安にならないほうがおかしい。

不安な明治の人々は自衛のために、西洋を吸収しつつも、可能なかぎり早く追い抜くべきだという結論を出した。

では、どれくらいのスピードで西洋の文明を受け入れていたのか？　ここでは海水浴にしぼって、観察してみる。なぜ海水浴なのかというと、資料が得やすかったからで、特に深い理由はない。

かつて西洋において、海は邪悪な存在だった。この「海は邪悪」という強固な感覚を打ち消すまでには、さまざまなことが起きている。

最初に海水浴は、医療行為として受け入れられた。より良い肉体への憧れ、ヒステリーをはじめとする精神的な病気を治したいというニーズがあったからだ。一八世紀にはイギリスで、海水浴マシン《Bathing Machine》と呼ばれる車輪の大きな馬車が作られた。裕福な人たちは外から見られないように、海水浴マシンで海に乗り入れ、健康のために海水浴を楽しんだ。当時としては、最先端の

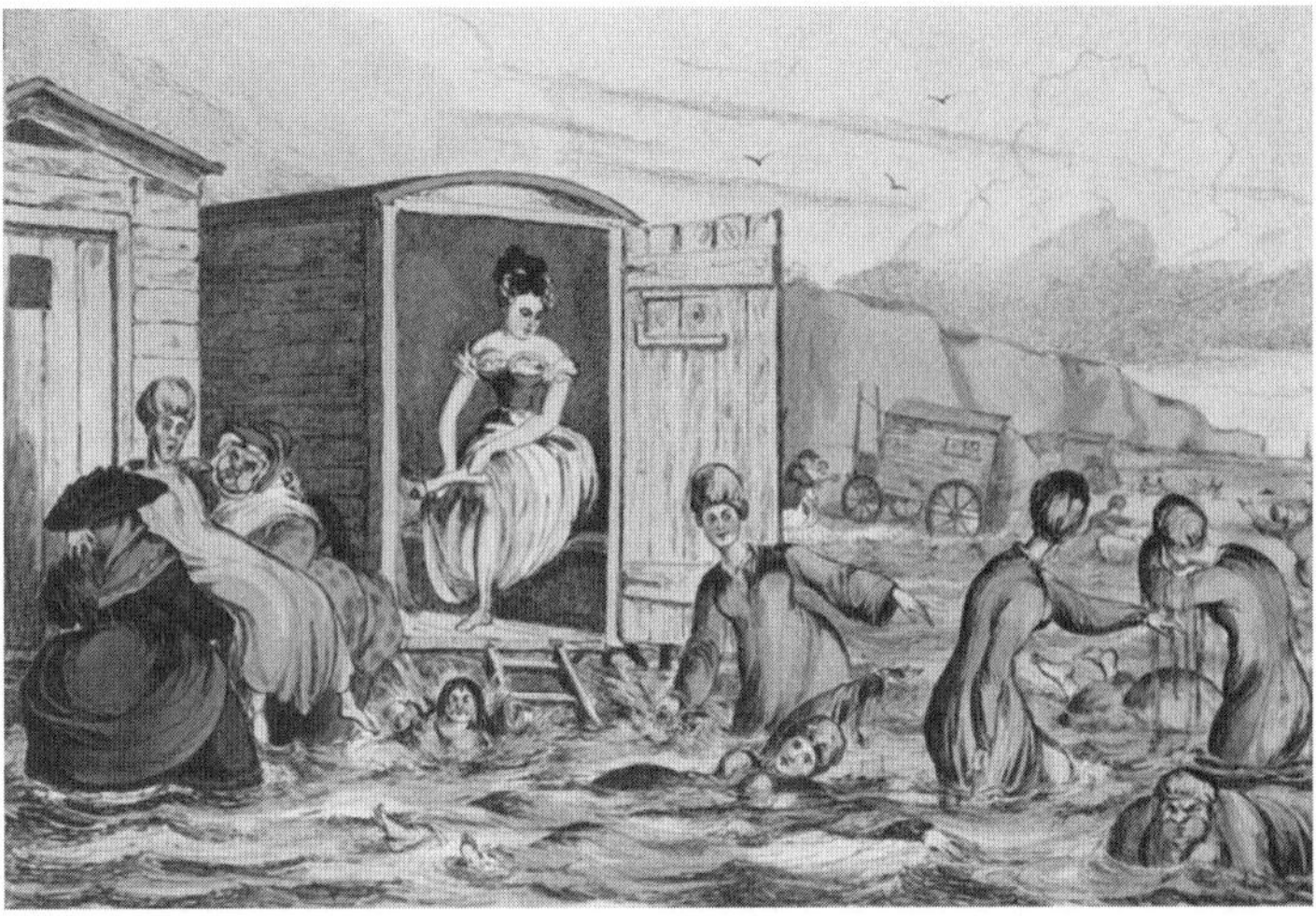

［図1］海水浴マシンを使うイギリスの人々（『ブライトンの人魚たち』1829年）

医療器具であった［図1］。

海水浴が普遍的な娯楽になるためには、まず安全でなくてはならない。人間が海を制御できると思える程度にまで、科学技術が発展するというのも重要な条件だ（もっともそれは幻想なのだが）。女性が本格的に海水浴を楽しむようになるためには、フェミニズム運動などによる意識の変化も必要だった。

意外な要素も関わってくる。一九世紀の西洋では、ありとあらゆる事物を収集し、整理をしたいという欲求が発生していた。いわゆる博物学だ。熱心な博物学の徒《と》による浜辺についての報告は人々を熱狂させた。一九世紀は発見と熱狂の時代で、明日にはまた浜辺から新しい発見が届くのではないか……そんな期待に満ちていた。熱に浮かされた人々は、自然物のある場所へと吸い寄せられていく。彼らを受け入れるための場所としても、海水浴場が求められた。

西洋の人々が海水浴を受け入れるまで、何年くらいかかったのか。

リチャード・ラッセルという医者が一七五〇年代にイギリスのブライトン地方で、医療としての海水浴を実践しはじめる。その後一八五〇年代にブライトンへの鉄道が引かれ、有名な保養地へと成長をする。この間がおよそ一〇〇年だ。そんなわけでここでは西洋はおよそ一〇〇年かけ、娯楽としての海水浴を発明したとしておこう。

日本海水浴二〇年史

この一〇〇年間を、明治の人々は二〇年で済ませてしまう。次に引用するのは明治一九年（一八八六）に出版された小冊子『海水浴法概説』の一文だ。

> 海水ニ浴セント欲スル者ハ、病ノ有無ヲ論セズ、浴者自ラ快爽《かいそう》ヲ覚ユレハ、乃《すなわ》チ必ス良ナリ（松本順・口授『海水浴法概説』四頁）

病気でなくとも、海水浴をすれば気分が良いのだから、海水浴は良いものだという意味である。これに続いて海水浴で治療できる病名や、波が高い時には危ないので泳ぐなといった注意、

［図2］明治30年代の海水浴（『理科十二ケ月 第八月 富士詣』挿絵、明治34年）

そして海水浴を試さずケチを付ける人間を信用するなという警告でこの本は終わる。こんな意見を明治の人々は、特になんの疑問もなく受け入れてしまう。

明治一三年（一八八〇）にはすでに明石海岸（兵庫県明石市）で、脚気《かっけ》になった兵士の治療のために海水浴が実施されている。『海水浴法概説』を口授《こうじゅ》した松本順自身は、明治一八年に照ケ崎海岸（神奈川県大磯町）に海水浴場を開いている。明治二三年には全国の学校の水泳部が海岸を練習場として利用し、ものすごい勢いで海水浴が受け入れられていく［図2］。

やがて娯楽物語の世界でも、海水浴をテーマにした作品や、避暑地で読むための短編集が出版される。作者は江見水蔭《えみすいいん》。ブームに敏感な人で、流行のきざしがあったハネムーンに材をとった小説を、他人に先に書かれてしまったと悔しがるような作家である。
そんなブーム大好き人間が、小説のモチーフにするというのは、どういう時期なのだろうか？　みなが知っているでは困る、誰も知らないでも困る、耳早い人はテーマについて知っていて、これが小説になるとは珍しいッ！　と感じる、そんな海水浴がブレイク寸前だった、絶妙のタイミングで出版された中編小説が『海水浴』（明治三三年）と『避暑の友』（明治三四年）収録の短編「海水浴」だ（この二作、タイトルは同じだが内容は異なる）。もちろん海水浴場が登場し、女性も自然に泳いでいる。

小川辰之助という人が、茅ケ崎に多くの地面を持ち、又傍《またかたわ》ら海水浴舎《かいすいよくしゃ》を開いて、夕陽楼《せきゆうろう》と名付けて、盛んに家業をして居《い》る。（江見水蔭『海水浴』一〇一頁）

例の罵倒癖で悪くいうのでは無いが、婦人《おんな》の海水浴を為《す》る状態《ざま》は、あまり見《み》ッとも好《よ》いものでは有らぬ。いづれも麦藁帽子を冠《かぶ》って、それから思い思いの襯衣《しゃつ》を着て、劫々《なかなか》身支度が大袈裟だ。（江見水蔭「海水浴」『避暑の友』一頁）

昔から海の家はあったし、女性は日焼けするのが嫌だったんだねぇ、といった文章だ。救命具や潜水眼鏡など、海水浴グッズも登場する。これらも目新しいものだったのだろう。流行りもの好き水蔭の面目躍如といったところだ。なお、江見水蔭の姿だが、海水着の写真が発見できなかったため、相撲大会前にまわしを締め気合十分なものを掲載しておく［図3］。

どちらの海水浴小説も、ストーリーに見るべきところは少ない。お百度参りや、毒殺、そして仇討《あだう》ちなどが主なイベントとなる。これらは当時の娯楽物語、とりわけ〈講談速記本〉では定番の場面である。後の章で詳しく解説をするが、講談速記本とは講談という話芸を速記し本にまとめたもので、明治四〇年代前半までは最高に面白い娯楽物語であった。

［図3］細い。（『［自己中心］明治文壇史』挿絵、昭和2年）

明石で治療目的の海水浴が行われてから、江見水蔭が海水浴小説を書くまでがおよそ二〇年。西洋で一〇〇年かかって受け入れられたものを、日本は約二〇年で定着させた。西洋の五倍の速度である。しかも、レジャーとしての海水浴だけではなく、明治人たちはきっかけとなった海水浴治療、観光資源としての海、スポーツとしての水泳競技——といった関連する風習や文化も同時に受け入れた。

特にスポーツは昭和三年（一九二八）のアムステルダム五輪で優勝者を輩出する

など、スピーディーな導入の成果が出ている。

絵画の失敗

次に解説するのは、明治の人々の芸術観だ。海水浴は五倍の速度で受け入れることに成功したが、芸術、とくに美術については、はっきり言って失敗している。

絵画の分野では西洋に追い付くため、明治二〇年（一八八七）に東京美術学校が設立されている（昭和二七年に廃校）。西洋絵画の技法を修得しやすくはなったが、展示する場所が用意されていなかった。だから若い画家たちは、勧工場《かんこうば》★1で絵画を展示した。こういう状況は昭和二年（一九二七）に、東京府美術館（後の東京都美術館）が作られるまで改善されなかった。技術を提供する場所は作ったものの、展示をし、鑑賞するところまで手が回らなかった。

海水浴小説を書いた江見水蔭が若かりし頃、物書きになるための養成機関を探していた。ところが明治の二〇年代当時、小説を学ぶための学校は存在しなかった。そこで水蔭の恩師杉浦《すぎうら》重剛《じゅうごう》が、こんなアドバイスをしている。

『君、いつまで待っても小説学校というのは出来まいと思う。就《つい》ては今度僕の友人で岡倉覚三〔天心〕君が主に成って、〔東京〕美術学校というのが出来るから、それへ入って見たら如何《いかが》かね。小説も、絵画も親類関係だから』（江見水蔭『〔自己中心〕明治文壇史』六四頁）

小説も絵画も同じだろといった感覚で、現代人からするとかなり違和感がある。ちなみに杉浦重剛は、東京大学予備門長や文部省の重役を務め、日本主義思想の普及に尽力したエリートだ。それでも芸術観については雑のひとことである。水蔭はというと、そんなアドバイスをそれなりに納得しながら拝聴している。

この雑さには、明治特有の事情がある。非常に重要な選択は別にして、明治時代はさまざまな意見を比較検討し、議論のうえで採用するというよりも、最初に紹介されたものを実践し、押し通すというようなところがあった。局地的な反論はあるものの、俯瞰してみると、そういう風に社会が動いている。すでに紹介した海水浴でも、反対意見はあまり出てこない。西洋の五倍の速度で進化しているんだから、当たり前っていえば当たり前のことである。

小さな規模の話になるが、明治二〇年代に北海道のとある学生寮でほんの一時期、ジャガイモが常食されていた。ジャガイモの素晴らしさを耳にした学生が、寮生たちを前に演説し満場一致でジャガイモの常食が決定した。彼らもやはり極端だった。翌日には食事が三食とも塩を

★1——勧工場…明治から大正時代まであった、一つの建物に多くの商店を集め販売する場所。百貨店やデパートの前身で、もともとは明治一一年(一八七八)一月に東京府が第一回内国勧業博覧会の残り物を売り払ったことから始まる。ちなみに勧業博覧会は、明治政府が富国強兵のため、産業の振興と物産の繁殖を目指して行われたものだ。そんな政策に博覧会も組み込まれており、最盛期には年間五〇〇回も開催されていたが、いくらなんでも開催しすぎであろう。

振ったジャガイモのみ、二日目には体調を崩す者が続出、三日目には提唱した学生が青い顔をしてジャガイモ常食撤廃論を演説し、この試みは中止となっている。だからなんなんだよって話だが、明治の日本全体が、極端で五倍速であった。

このような空気の中で、「芸術は本当でなければならない」という単純すぎる考え方が、明治人に定着してしまう。

明治はリアル至上主義

明治期に芸術は本当らしくあるべきとされた理由だが、さほど本筋とは関係ないうえに江戸からの流れもあるため、素っ飛ばしながら解説する。前提として西洋画は、対象を現実に近い姿として描く技法だと理解されていた。写実的に描けるということは実用的ということでもある。つまりリアルな西洋画は、実生活の中で役に立つツールとして捉えられていた（代表的な例は設計図や地図がある）。

ここで明治人が海水浴を受け入れる際に、レジャーとしてだけでなく、健康法やスポーツとしての海水浴もいっしょに受容していたことを思い出していただきたい。同じように彼らは、芸術としての絵画と、実用としての描画や製図を、区別せずにごっちゃにして受け入れてしまう。結果、芸術とは現実に近いもの、リアルなものであるという結論が出てしまう。この価値観は絵画にとどまらず芸術全体にまでも波及し、リアルは芸術的であり、リアルは素晴らしいという考え方が明治人の基本方針となってしまう。

……いくらなんでも適当すぎだろうと思われてしまうかもしれない。私もそんなことがある訳がないと思う。しかし調べれば調べるほど、どうやら事実らしいことが分かってくるのだから、残念ながら認めるよりほかない。たとえば明治三三年（一九〇〇）の芸術論はこんな感じだ。

> 一致の境遇に至らずんば、到底事物の真なるものを、打ち出す能わざるなり。〔…〕芸術の妙処《みょうしょ》〔優れた部分〕を得んと欲せば、必ず先《ま》ず、自己の境涯を鍛錬して、而《しか》して後、他の境遇を演出せざる可《べか》らざるなり。（前野竜鳳・述『胆力と其修養』六〇〜六二頁）

これは自己を鍛錬し、対象物と一致した芸、つまりリアルな芸術作品を作りなさい、というアドバイスである。そんな考え方が明治には一般的だった。演劇では闇夜の場面で窓を全部閉めきってリアルな闇を作りだした。セリフのみが響き渡り、観客は大いに困惑したそうだ。今から考えると馬鹿馬鹿しいが、当時の人々は真剣だった。

もちろん明治にも、美術に対し深く理解をしている人々は存在している。しかし一般的には、この程度の理解で済まされていた。

紳士はおでんに近づくな

話を戻そう。西洋画はリアルであり、芸術はリアルなものだということにいつのまにかなってしまった。この考え方は、言語を使った芸術である文芸の世界にも横滑りしてくる。明治三四年（一九〇一）に刊行されたある旅行記の序文を見てみよう。

此篇中《このへんちゅう》の記事は、余が嘗《かつ》て実際に経歴せる所で、哀しいことも、楽しいことも一《いっ》として耳之《みみこ》れを聞き、目《め》之《これ》を視《み》ざるものに非《あら》ざるなしで有る、で、かの所謂《いわゆ》る小説家輩《はい》が破れ机の上でくねり出した空想談などと同一視されては、余も遺憾に思うので有る。（宮崎来城『無銭旅行』はしがき、傍点原文）

自分の書く本当にあった体験談と、空想談の小説を一緒にするなという文章である。リアルは高尚で、作りごとはくだらないという価値観がうかがえる。

私が変わった人の文章を恣意的に選び出しているのではないかと思われてしまうと困るので、比較的まともな人が明治三八年（一九〇五）に書いた意見も引用しておこう。

社会一般に、小説を読み、演劇を見るは、人を堕落せしめるもので、青年にとりては、最も危険なり。（大町桂月『わが筆』一九九頁）

これを書いた大町桂月《おおまちけいげつ》は常識人で、紀行文で有名な評論家である。伝統を大切にしながらも進歩も忘れてはいけないという思想を持っていた、至極まともな人間だ。常識人の桂月が書いているのだから、こういった感覚は平均的なものと捉えていいだろう。

現在では小説や演劇を楽しむ学生に、眉を顰《ひそ》める人はほぼいない。しかし明治の世界では、彼らは不良学生扱いされていた。小説や芝居というものは、空想の産物であり、現実ではない。そんな無益で下等なものを、学生が楽しむのはけしからんというわけである。維新前から明治の前半にかけて、小説は文学というジャンルに入っていない。文学の意味合い自体も今とはかなり違う。文章で表わされた思想や事実というようなものが文学だった。小説が下等扱いされるのは普及するまでに必要な道筋なのだが、明治は圧縮されているため、混乱の度合いが大きくなる。

大町桂月はさらに、卑俗な小説や演劇は下等ゆえやはり関わる人間も下等であり、能力のある芸術家はこの下等な小説やお芝居を避けるべきだと主張する。そして、こんなたとえを持ち出す。

無能力でなき芸術家は、皆《み》な之《これ》を避くるようにならば、茲《ここ》にはじめて芸術家の地位もかたまり、芸術も大に普及すべき也。途上に飲食するにしても、高尚げなる料理屋もあれば、おでんの露天もあるべし。而《しか》しておでんの露天に立食するものは、下層の貧民にして、体

面を重んずる紳士は、之に近付かざる如く（同書一九九頁）

作る側も消費する側も、おでんのような粗悪な作品で満足してはいけない。〈高尚なる料理屋〉が出すような文学作品を生産し、消費していかなくてはならないという警告だ。

納得できなくもないが、おでんを粗悪な物として決めつけている点については許すことができない。おでんというのは、出汁《だし》ひとつとっても、実に難しい。地域や家庭によってタネの種類や味つけが異なるし、高級料亭には高級料亭なりの、コンビニにはコンビニなりの良さがある。長い時間を経て、文化を受容し、成長させる上では、おでんはむしろお手本にすべき文化ではないかと私は思う。

ところが明治の人は、急がしい。長い時間をかけておでんを成長させるよりも、すでに高級と決まっている料理屋を利用すればいいだろというのが基本姿勢だ。

それでは虚構である小説や芝居を、高尚な存在に成長させるためには、彼らはどんなふうに急いだのか。

リアルが無理ならシリアスに

貫一《かんいち》お宮《みや》の『金色夜叉《こんじきやしゃ》』（明治三〇年）で有名な尾崎紅葉《おざきこうよう》という作家がいる。尾崎紅葉に対する知識人からの一般的な評価は次のようなものだった。

紅葉が、もっと厳粛な内観を有して居《い》て、哲学や、思想の方面にも、心を向けるようであったならば、彼《か》れの文学は、もう少し深みを有し、痛切な内容を有したかもしれないのである。〔…〕紅葉は、深い省察も、内面的苦悶も、宜《い》い加減にして置くと云ったような有様のうちに一生を終った。彼れが小主観に囚われて居たのは、止むを得ないのである。
(高須芳次郎『明治文学史論』一三〇頁)

とにかく尾崎紅葉には深刻さがないと言われまくっている。

純文学を志《こころざ》す作家たちはこう考えた。小説は空想だとしても、その内容においては、真剣に苦悩し理想の実現を追い求めるべきだ。理想を実現しようとしている分だけ単なる空想よりリアルに近く、芸術としても優れている、と。つまり、完全なリアルは諦めるが、次善の方針としてシリアスさ——苦悩や深刻、理想といった要素を備えた作品を文学と見なすことにした。

明治の純文学を読まれる人は、この感覚をなんとなく理解できるかもしれない。やたら主人公たちが煩悶し、苦悩するからだ。題名はあえて挙げないが、特に理由もなく苦悩している人が、山の中をウロウロした後で、頂上で死ぬといった作品すらある。かつての私は、これはこれで良いものなのだろうと読み飛ばしていたのだが、冷静になって読み返すとかなり異常だ。正直に言うと、幼稚で下等な作品だとも思う。こんなものを書いてしまうというのも、真面目に苦悩しなくてはならないという病理に苛《さいな》まれていたからで、苛まれすぎて、自殺をしたり餓死する作家まで登場してしまう始末である。

このように明治時代の純文学においては、本当のこと、真面目なことが、高尚で偉かった。この風潮は明治だけで終わってしまった感覚ではないと思う人もいるかもしれない。

無名評論家はどう考えたか

当時の純文学へのまなざしをもう少し詳しく見るために、明治三四年（一九〇一）に書かれた荒木鶯泉（省三）、今井緑泉の共著『社会と文学』を参考にしてみたい。ほぼ無名の二人だが、年代を考えるとかなり優れた評論だ。

たとえば当時、浪曲《ろうきょく》（浪花節《なにわぶし》）は下等な芸能だとされていた。講談や落語とは違い、あくまで大道芸だという認識だ。しかし荒木と今井は『社会と文学』のなかで〈浪花節は講談に節付けたものなり。由来、節あるものは節なきものよりも人心に印象を残すこと夥《おびただ》し〉と評している。つまり講談よりも、旋律のある浪花節のほうが芸能として優れていると主張しているのである。もちろん講談と浪花節は別もので、そこに優劣などないのだが、当時としてはかなり自由な精神を持った人物にしか書けることではない。

文壇の現状についても、彼らはかなり思い切ったことを言っている。

・大家を自認する蛆虫《うじむし》は始末に終えず、江戸っ子気取りの作家が江戸の価値を下げている。

・ミューズだの冥士だのとしゃべり立てる馬鹿者や、道楽をすれば文士だなんて奴もいる。
・泉鏡花の小説は何が書いてあるんだか分からない。小栗風葉《おぐりふうよう》、幸田露伴はなかなか良い。
・漢文学も新文学もダメ、国民がまともな小説を求めているが、瑣末な事柄を一年余り議論し続けている。
・赤門派★2は文学振興の阻害者で、〈文学はわれら専門家の文学なり、文学は赤門の占有物なり、文学の読者は赤門の出身者以外に断じてあるべからざるなり〉と定義して以来、ますます駄目になってしまった。

立場のある人なら遠慮してここまで罵倒できない。しかし多くの人々が、内心思っていたことでもある気がしないでもないというか、当時の文学についてほとんど同じような感想を私も持っている。

それでは無茶で無謀で無敵の二人組は、文士についてどう考えていたのか？

文士の天職は実に時代の精神を描写して、これを理想化せしめ、以て俗界に煩悶する人士を慰藉《いしゃ》〔慰めいたわること〕するにあり（荒木鷲泉、今井緑泉『社会と文学』七三頁）

★2——赤門派…雑誌「帝国文学」で活動した東京大学ゆかりの文学者たち。学歴は立派でも文章に関しては素人じゃねぇかなんてやっかみ混じりの批判があった。

文士は飽くまでも活動的人間たるべき也、時代と共に進み、時代の裏面を描寫して、堕落した国民の品性を陶冶《とうや》すべき大責任を有する人也。（同書七四〜七五頁）

こちらは思いのほか平凡である。他のところでも、〈時代的精神の理想化の必要を一見せざるを得ず〉なんて書いていて、いきなりなんのことやら分からなくなってしまった。あれほど瑞々しく自由な評論を書いていた荒木と今井ですら、純文学論を語り出したとたん、その躍動感は消えてしまい、真面目ぶって理想を語り出してしまう。

これが当時の一般的な傾向で、黒田湖山《くろだこざん》『大学攻撃』（明治三五年）では、美以外を目的とした詩歌《しいか》や小説は、価値がないとされている。真善が揃った状態が美であるが、世界はそうなっていない。だから純文学は、美を作るために書かれるべきだというような主張だが、そんなことを達成できるはずもない。仮にできたとして、読者、とくに知識人ではない「普通の」読者が、そんな文学を読み、心から楽しめるのだろうか。

それでも明治娯楽物語は…

純文学の話はこのあたりにしておいて、ようやく明治娯楽物語の話になる。明治時代に明治の娯楽物語に対する批評などない。大正時代になってもない。昭和も今も、ほとんどない。なぜなら文化として認識されていなかったからだ。浪曲を評価した『社会と文学』でさえ、明治娯楽物語の評論はしていないことも、取るに足らないものとされていた証左だろう。

それでも明治娯楽物語は優れていた。理想や美を真面目に追及した純文学とは正反対に、ないものはない、書けないものは書けないという姿勢が貫かれている。もっと言えば明治娯楽物語は、売れなくてはならない。売るためには面白くてはならない。なぜ売らなくてはならないのかというと、金がないからである。純文学を書いていた人々は、比較的金銭に余裕があった。明治娯楽物語を書いていた人々のなかには、餓死しそうになった奴らもいる。

三代目石川一口事《いしかわいっこうこと》伊東徳次郎夫婦が老年に及びて病苦に悩み且貧窶《かつひんる》飢寒《きかん》に迫り居《お》る次第を掲げしが実際の事情は記事よりも尚一層哀れなる境涯に陥ち殆《ほとん》ど飯米を口にせざる日ありし（「東京朝日新聞」明治三五年一月七日付）

そこそこ有名な講談師の石川一口ですら、米を食えない日があった。美以外を目的とした文章には価値はないッというような戯言《ざれごと》に付き合っている余裕が彼らにはなかった。だから利用できるものはすべて利用して物語を作る。講談や芝居、浄瑠璃などの芸能も使えば、都々逸も使う。もちろん戯作や俳句、ありとあらゆる創造物の断片、ニュースや流行、文明開化でやってきた海外の知識も強引に埋め込んでくる。あるものはすべて使う姿に、ある種の潔ささえ感じる。

明治娯楽物語は、言文一致体の普及に、図らずも大きな貢献をしている。今では当たり前になっている言文一致体だが、かつてレベルが低いという風潮が存在していた。

ヤレ、言文一致では、議論が徹底しないとか、ヤレ、言文一致では、美文が書けないだとか、ヤレ、言文一致では、冗漫になるだとか、その他様々なことを並べて、攻撃し非難したものだ。（高島米峰『悪戦』二七五頁）

明治四四年（一九一一）の文章だが、こんな風に攻撃をされる言文一致体を、真面目な人が避けてしまうのは分からないでもない。言文一致で書かれた純文学作品が、なかなか出なかったのも当然だ。しかし、明治娯楽物語の書き手と読者には関係のない話だ。読みやすいんだから、言文一致でいいだろ、ルビも全部振っておけ、読める奴が増えれば売れるんだから、といった態度で突き進む。

明治娯楽物語の創作者たちは、人気が出れば続編も書く。続編を書くと宣言したものの、人気がなければ黙って出版を止めてしまう。ここまでされては、真面目に純文学に取り組んでいる人間に勝ち目はない。

手作りトカゲの良さ

［図4］2匹のトカゲ玩具（著者撮影）

いかにも身もふたもない態度だが、こういった試みの結果、なんとも奇妙な作品群が発生し、現代の娯楽文化に影響を与え続けている。現在の娯楽作品と比べると、明治娯楽物語は貧弱な存在だ。今やハイレベルなコンテンツが無料でいくらでも鑑賞できるのだから、こんなものに目を向けなくてもけっこうという人もいることだろう。

理想を追及した明治の純文学が、いかに稚拙であったとしても、どこか心魅かれてしまうのは事実であり、理想と思想のない粗雑な明治娯楽物語には、価値なんてないのかもなんてことも思ってしまう。しかし［図4］の写真を見て欲しい。どちらもトカゲの玩具だが、一方は工業製品（右）、ひとつは手作りの粘土細工（左）である。

蓄積した技術を使い生産される工業製品が洗練されているのは当然だ。しかし手作りの粘土細工にも、一定の魅力を見出すことはできないだろうか？　味があるだとか、野性味があるだとか、無理矢理にでも褒めることができなくもない。もっともこの粘土細工は、私が泥酔した折に暇すぎて作ったゴミに近いものである。褒める場所を探すのは難しいかもしれないが、もう少しだけレベルの高いものならば、ある部分では工業製品よりも優れている場合も多々あることだろう。

明治娯楽物語の魅力もそこにある。大衆文学登場以前の粗野で乱雑な明治娯楽物語は、現在の感覚では小説とは言い難いものも多い。幼稚でどうしようもないものに見えてしまう。まさしく工業製品に対する手作りの粘土細工なのだが、そんな小説未満の物語にはなんとも表現しようのない不思議な魅力がある。

次章からは明治娯楽物語を三つの主要ジャンルに分けて紹介していく。もっとも三つの主要ジャンルは、私が勝手に分類し名付けたもので、今のところ確立されたものではない。そもそも明治娯楽物語自体が、いい加減で不定形なものだ。三ジャンルが入り乱れるさまに、混乱してしまうかもしれないが、明治娯楽物語はそういうものなのだから仕方ない。というわけで混沌を楽しみながら、明治娯楽物語を眺めていこう。

第2章

庶民が愛した〈明治娯楽物語《めいじごらくものがたり》〉

日清・日露戦争で暴れまわる馬丁たち

明治娯楽の三ジャンル

江戸の物語を、現代人が読むのはかなりつらい。序章で紹介した『宗教世界膝栗毛』や『人体道中膝栗毛』に類似する戯作《げさく》に、仮名垣魯文《かながきろぶん》の『安愚楽鍋《あぐらなべ》』(明治四年)がある。まだまだ江戸の雰囲気を残しつつ、文明開化直後に生きる庶民の実感を、牛鍋屋の会話を通じて描いた作品だ。現代人からすれば江戸の作品と似たりよったりだろう。

じゃあ明治人たちが、それらの作品に大満足していたのかというと少し違う。彼らもさらに面白い物語を読みたいと思っていた。それでなければ、新しい物語なんてものが登場するわけもない。なんとか面白い作品を書き上げようと、無名の作者たちが奮戦した結果、明治の二〇年代後半から四〇年代まで続く娯楽物語の黄金時代を、無自覚のうちに作り上げてしまった。

明治二〇年以前にも、面白く優れた物語は数多くあるのだが、普通の人向けの普通の物語とは少し離れる。「普通の人」が誰かというと、普通の娯楽を楽しむ普通の人、庶民とも言われる最も多数派の読者たちだ。

明治二〇年代になると、読者人口が徐々に増えていく。背景にあるのは識字率の向上や印刷技術の刷新、流通網の整備、文体の進化だ。そうして、ごく一部の知識人や好事家《こうずか》だけではなく、普通の人のための普通の娯楽作品が登場する。多数派の読者が登場し、物語にさらなる面白さを求めるようになっていく。そして江戸の物語と、現代の娯楽コンテンツとを繋《つな》げる明治娯楽物語が形成されていく。

明治娯楽物語は大きく三つのジャンルに分けることができる。

（1）最初期娯楽小説《さいしょきごらくしょうせつ》、（2）犯罪実録《はんざいじつろく》、（3）講談速記本《こうだんそっきぼん》の順に紹介していこう。

（1）最初期娯楽小説

最初期娯楽小説は、海外小説を翻訳したものや、新しもの好きの日本人によって書かれた小説群である。最初期の冒険小説やSF小説などもここに含まれる。広く知られている作者としては、押川春浪《おしかわしゅんろう》、三宅青軒《みやけせいけん》、江見水蔭《えみすいいん》などがいる。新しもの好きの作者たちが、新しい主人公を確立しようと、このジャンルで悪戦苦闘した。比較的教育のある人間が書いていたため、理屈で物事を考え、さまざまな出来事を科学的に解釈しようとする態度が目立つ。もちろん現代よりも技術的には拙《つたな》いが、情熱と気合だけは物凄い面白物語だ。形式も現在の小説に似ており、他のジャンルでは複数人の手が入るのだが、基本的には一人の作者が、最初から最後まで書いている。真面目に執筆されており労力もかかっているため、物語の後半になると、作者が疲れてしまいグダグダの展開になることが多かった。

（2）犯罪実録

犯罪実録とは、その名の通り犯罪を扱った物語である。新聞の三面記事を長くしたような読み物で、事件を解決する過程を楽しむ作品もあれば、犯罪そのものが好きな人のために書かれた物語も存在していた。難しいのが、探偵小説、今で言う推理小説や犯罪ルポルタージュと似ているようで違うところもあるところだ。推理小説が純文学として扱われ、芸術の一種とされていた時期もあったり、ルポルタージュに形式は似ていても九割が大嘘という作品もある。ここに翻訳物も乱入してくるので、一言でまとめるのが難しい。ただし明治に限定すれば読者が十分に成長していないため、読むのが面倒くさい作品はあまりウケなかった。人気が出るのは単純な作品で、荒く雑な犯罪者が奪った金で飯を食ったり風俗に行ったりするだけの物語が、最初期に書かれた比較的質の高い本格推理小説より好評を博してしまうといった現象が発生している。犯罪実録は単純なようで混沌としている、ちょっと難しい存在だ。

（3）講談速記本

講談速記本とは、講談を速記した書物である。明治一〇年代後半に登場したジャンルで、二〇年代はまともに速記され、話芸の雰囲気を色濃く残していた。徐々に講談を素っ飛ばし直接書かれるようになり、無茶な内容へと成長、明治三〇年代後半には水戸黄門の弟が崖の上から重さ一〇〇〇キロ程度の石を投げて寺を破壊するといった内容に変化していく。ネタ切れでヤケクソになった創作者たちは、覆面ヒーローの原型を作ってみたり、阿弥陀如来《あみだにょらい》の力を身体に帯びたヤクザが邪宗切支丹《キリシタン》の教祖を退治する物語を作り上げたり、果ては天竺徳兵衛《てんじくとくべえ》★1が謎の自動車を発明し大蛇退治をしたりする作品すら存在する。力自慢のはずの豪傑が冴えた推理をすることもあれば、アイヌの英雄が武士となり日本の侍をサポートしてしまうことすらある。

講談速記本は当時の最先端を走っており、明治三一年（一八九八）にはスプラッターギャグまで飛び出している。次に引用するのは、天下の豪傑として名高い岩見重太郎《いわみじゅうたろう》★2を暗殺しようとした若侍たちが、あっさり切り殺されてしまい、遺族が死体を拾いに来るという場面だ。

　何者《どれ》が我《わが》兄弟や倅《せがれ》の腕だか、足だか、胴だか分《わか》りません。銘々可《めいめいいい》加減に拾い集めて居ります。〇「オイオイ、武田」△「アー」〇「何《ど》うも拙者の倅の手を其方《そっち》へ一本一緒に持ッていッては、倅の手が片一方になってしまう」△「アー左様か。その代《かわ》り貴殿の方には足が一本余計にある」〇「馬鹿を云《い》え。蛸《たこ》じゃあるまいし人を馬鹿にするな」（西尾東林・講演『岩見重太郎』三一～三二頁）

　これが書かれたのと同じ時期、南陽外史《なんようがいし》がシャーロック・ホームズの翻訳に着手、まだ未熟だった三宅青軒《みやけせいけん》は必死で小説を工夫し、村上浪六《むらかみなみろく》がそこそこウケ、泉鏡花は下っ端だった。『不如帰』や『武蔵野《むさしの》』なんて作品が読者に絶賛されていた時代である。そんな中で講談速記

★1——天竺徳兵衛…江戸初期の商人。書役としてタイへの渡航、後に東南アジアやインド方面にまで渡る。その見聞記に鎖国下の人々は関心を持ち、浄瑠璃や歌舞伎に脚色されることとなり、作品によっては超能力者みたいな扱いを受けている。

★2——岩見重太郎…物語の世界では超一流の豪傑、レジェンド。生没年不詳。桃山時代の豪傑で、仇討ちをするため諸国を漫遊し、大阪夏の陣に薄田隼人として参戦、討死にしたとされている。狒狒や山賊を退治し、天橋立で千人斬りを達成した。

本はひとり走り出し、〈倅《せがれ》の手を其方《そっち》へ一本一緒に持ッていッては、倅の手が片一方になってしまう〉〈アー左様か〉なんてことを書いてしまうんだから、その無茶苦茶っぷりは想像に難くないだろう。

講談速記本はかなり優れたプラットフォームで、まともなものから異常なものまで揃った娯楽物語黄金時代の屋台骨ともいえる存在だ。

以上は大まかな分類で、この三つを明確に区別するのは難しい。二つもしくは三つのジャンルの要素を合わせ持つ作品が多く存在するためだ。なかには、講談速記本の文体で書かれた犯罪を扱う最初期の娯楽小説や、昭和初期に流行するエログロ小説の要素を持つ作品なんてものもある。そんな作品に登場する少女たちは、継母に憎まれ地下室に閉じ込められたり、生贄として大狒狒《おおひひ》に捧げられるなど、諸作品で散々な目にあっている。最初期娯楽小説には、文体や構造がほぼ講談速記本と同じなんて作品もある。それでも作者が小説ですと宣言していれば、小説だとするよりほかない。

ジャンル分けすることで、明治娯楽物語の全体像をつかみにくくなる側面もあるのだが、今のところ全体像どころか、一部分すらもあまり知られていない。未熟で混沌とした時代にあって、がむしゃらに書いているため、現代の水準からすると常軌を逸している作品も多く、初見では内容を理解するのが難しい物語すらある。現代人向けに最低限の秩序を与えようとすると、三つのジャンル分けということになる。これらは、いわば知るための補助具だと考えていただきたい。
明治娯楽物語は読めば単純に面白い。面白さを評価の基準にすれば、明治娯楽物語は同時代の純文学を圧倒している。知らなくては楽しむことも、評価することもできない。文学史上の欠けたピースを埋めるため、混沌の中で発生した物語たちの一端を知っておいても損はないはずだ。

「普通の作品」の存在意義

これから紹介する作品は、明治娯楽物語としては平均レベルの作品だ。特別珍しい構成でもなく、優れているわけでもない。今回に限らず本書ではこうした「普通の作品」を重視している。その理由について、あらかじめ書いておくことにする。

ある作品を紹介しようと思い立ったとする。自然にその作品は凡庸な作品とは異なる、紹介に値する存在だということになる。言い換えると、社会状況を反映していたり後年にスタンダードな表現を発明したりする、「時代を代表する」作品だ。特定の時代に書かれた作品群を俯瞰的に紹介しようとした時にも、自然に優れたものを集めてしまいがちである。

個人的な話になってしまうが、私は特に選択せず、明治の娯楽作品を読む。所詮は暇つぶしだと考えているから、選ぶという労力を使いたくない。現代ではSNSで漫画が流れてくる。それらを読むときに選択という手順は踏まない。流れてきたものを、なんとなく楽しんでいるだけだ。ふとその作品が素晴らしいものなのかと、冷静になって考えてみると、特にそうとは思えない。かといって雑誌に連載されている漫画も、九割以上が歴史に残るような優れた作品ではない。いわゆる普通の作品だ。それでも私も含め多くの人々が、特に思うところもなく楽しんでいる。明治に生きていた人も、こんな意識で娯楽物語を楽しんでいたんだろうなと思う。

今も昔も人間は、「普通の作品」を消費しながら生きている。これが現実だとすると、ことさら紹介に値するものを選ぶ行為に疑問が湧いてくる。人生において、素晴らしい作品に感動している時間より、なんでもない作品を消費しているほうがずっと長い。実際に明治の二流、三流の娯楽作品を大量に読み込んでいくと、特徴のある作品というのは五〇作品に一つくらいの割合でしか発見することができない。並の作品、同じような物語ばかりである。

創作の世界では、時に並外れた品質を持つ作品が登場する。ただしそれは、限られた人間が、特定の状況下にいて、初めて書ける作品である。その一作を以《も》って時代の水準としてしまうと、誤った認識を持つことになる。明治娯楽物語に限ったことでもなく、普通の作者によって創作された数知れぬ普通の作品が、ジャンルや読者を成長させていく。そして明治の数多くの傑作でもない物語の蓄積が、大正時代に大衆文学、戦後は漫画として花開く。「時代を代表しない」作品を知ることなしに、日本の娯楽物語を理解することはできない。

とはいえ、ことさらに傑作を排除しているつもりもない。なるべく私たちが作品を読むように無作為になるように心掛けている。もちろんなんらかの偏りは生じているはずで、平々凡々な結果になっているかもしれないが、まずは明治時代の娯楽物語から二人の馬丁と一人のインテリヤクザ軍夫《ぐんぷ》を選択し、その一端を観察していく。

最初期娯楽小説「露西亜がこわいか」

明治の娯楽物語は、極めてでたらめである。

例えば世間で、日露戦争が話題になる。今と同じでブームに乗じ、日露戦争をテーマにした物語が生産される。現代との違いは、作者が妄想やら当てずっぽうで強引に物語を書き上げてしまうという点である。出版社もでたらめで、いち早く日露戦争ものの書籍を出して金を稼ぎたすぎるという気持ちが先走り、そのまま作品を出版してしまう。このようなシステムによって世に出された作品のひとつに山下雨花《やましたうか》・編『露西亜《ろしあ》がこわいか』がある［図1］。

本作は一応、最初期娯楽小説に分類することができる。というのも、発売前後に本や雑誌に『小説《しょうせつ》露西亜がこわいか』と広告が打たれているからである。

明治三七年（一九〇四）二月一〇日に日露両国が宣戦を布告、『露西亜がこわいか』は二か月後の同年四月一五日に出版されている。かなりの短期間である。作者によれば元々は芝居向けに構想していたものを、強引に小説に仕上げたとのことで、『露西亜がこわいか』の本編は七〇頁しかない。これだけで一冊の書籍とするには、量が足りなかったようで、作者が集めた日露戦争関係の雑話を足して、九二頁に水増しするといった荒技も使われている。焦りに焦って、日露戦争物の小説を出そうとしていることがよく分かる。

［図1］『露西亜《ろしあ》がこわいか』書影（明治37年）

こんな作品を誰が書いていたのか。ケースバイケースだが、当時は娯楽物語だけで生活できる人が、ほぼいなかったことだけは確かな事実だ。『露西亜がこわいか』の作者山下雨花《やましたうか》も、大阪毎日新聞の記者である。小説や絵本、家政関係の実用書などを書いていて、記者としては「千日前の表面裏面」という名記事を残している（ググると読めます）。かなり多才な人であり、記者だけに世間で話題の出来事に敏感であったはずだ。だからこそ早く書いてくれという要求に、無理矢理でも応えることができたのだろう。

『露西亜がこわいか』は、実に普通の作品である。しかしそのディテールには、注目すべき点がいくつか潜んでいる。

おでん屋の親父が絶叫

『露西亜がこわいか』の主人公の名は辰五《たつご》郎《ろう》、年の頃は四五、六の赤ら顔、手拭いを向こう鉢巻にした血気盛んな男である。片腕で一〇〇キロの石を持ち上げ投げることができるという身体能力の持ち主で、勝木《かつき》という歩兵中尉の馬丁《ばてい》として、日清戦争で活躍した。ちなみに馬丁というのは、馬の世話をする、あるいは馬の口を取って引くといった職業だ。

　勝木は、実に勇敢な男であった。日清戦争従軍中に牡丹台を攻撃した際、仲間を置き去りにして、辰五郎と二人で突撃したのだが、運悪く清兵に取り囲まれてしまう。多勢に無勢で勝木は負傷。これに怒った辰五郎は、腕力によって清兵を追い払い、勝木を背負って走り出す。なんとか身を隠したものの、勝木は半死半生の状態だ。仕方がないので辰五郎が腕を切り血を飲ませると、勝木は奇跡の復活を遂げる。一安心しているところに、追手の清兵がやってきた。もはやこれまでと辰五郎は勝木を草むらの中に隠すと、みずから捕虜となり勝木を救ったのであった。時は過ぎ、明治三七年（一九〇四）の某日午後四時、青山練兵場の近くで、辰五郎がおでん屋台の親父を説得しようとしていた。飲み食いはしたのだが、辰五郎は金をどうしても金を払いたくなかった。払おうと思えば払えるのだが、絶対に金を払わない。なぜ金を払いたくないのか、描写されていないため、その理由は不明である。

　おでん屋の親父も、頑固な男であった。金を払えと譲らない。辰五郎は勝木からもらったハンチング帽子を置いていくから、ツケにしろと主張する。ハンチング帽は異常に汚い。しかし辰五郎にとっては、勝木からもらった非常に大切なものである。だからこれを置いていった以上、絶対に食い逃げはしない。だが、そんな理屈など明治であっても通らない。怒ったおでん屋の親父は、辰五郎を警察に連れて行くと息巻く。辰五郎がマゴマゴしていると、竹橋の兵営からラッパの音が鳴り響く。辰五郎は突如として立ち上がり、堪忍してくれと親父に言い残し走り去る。

ラッパは出征を報《しら》せるものだった。一隊の兵士たちを引率するのは、年長の将校である。辰五郎は彼の馬に駆け寄ると、〈旦那様、旦那様〉と声を上げる。将校は勝木であった。再び出征すると聞き、故郷から駆け付けたのだと辰五郎は語り、今回も馬丁として従軍したいと懇願するが、勝木は〈時が遅れた〉と言う。軍律は厳しい。おでん屋で金を払う払わないの問答をしている間に、時が遅れてしまったのである。辰五郎、おでん屋の親父がグダグダ抜かさなければと悔しがる。

時が遅れたというのは分かる。しかし辰五郎がおでん屋でグダグダ言っていたのは、せいぜい数分程度であろう。数分の差で、従軍できたりできなかったりするものかと思うものの、そこは考えたって仕方がない。一足違いで遅れたという場面を描きたかったのであろう……そのくらいの解釈で読み進めるしかない。

勝木は去る。一人取り残され、打ちひしがれる辰五郎に声をかけたのは、おでん屋の親父であった。お前のせいで遅れてしまったと激昂する辰五郎、おでん屋の親父はなんのことだか分からない。続け様に辰五郎は、事情を聞いてくれるなら、おでんの代金は二倍でも三倍でも払おうと言いながら、腹掛《はらがけ》から銀貨を放り出す。不正の金ではない、稼ぎ貯めた金だと語る辰五郎であったが、それならなぜに先程は金を払おうとしなかったのか。まあ細かいことを気にしていても仕方ない。とにかく辰五郎は従軍中の出来事を語る。その話を聞いたおでん屋の親父はその勇ましさに大興奮、俺なら独力で戦場に乗り込み、影ながら勝木をサポートすると絶叫する。親父の熱い絶叫に辰五郎は覚醒、軍夫《ぐんぷ》（軍で雑用をする労働者）として大陸へと渡ったのであった……と、ここまでが前半である。

面白いわけではもなく、つまらないわけでもない。だが、辛抱強く読んでいると得るところもそれなりにある。というわけで、引き続き後半のストーリーを紹介していこう。

戦場で天秤棒を振り回す

守備隊長の勝木は思い悩んでいた。とある場所を占領したものの、夜には零下一〇度以下の世界、吹雪も酷く一メートル先も見えないほどだ。ロシア軍は一旦は退却したとはいえ、いつ攻め込まれるかも分からない。退却するにしろ、引き上げ先の根拠地は遠方にある。加えて悪天候により、後続軍との連絡は途絶えている。まさしく進退きわまるといったところだ。こうして過ごすこと四日、騎兵が慌ただしく帰ってくる。いよいよ敵がやってきたとの報告である。

その頃、占領地から一キロ離れた場所で、一個師団余りのロシア兵たちが、日本軍を待ち構えていた。占領地と後続軍との連絡を絶とうというのである。兵隊の数は一〇倍以上、日本軍に勝ち目はない。しかし希望がないわけではない。人知れずロシア軍を付け狙う男がいたのである。その男の名は、もちろん辰五郎だ。

勝木の元には絶望的な報告が相次いでいた。すでに我が軍は四方を取り囲まれている。この場を死守するのは難しい。かといって退却するのも悪天候で不可能だ。そこで勝木たちは、最終手段として敵に突進し活路を開くという選択をする。一隊、一隊、進み出す。もとより生還は期せないが、逡巡するものなど少しもなく、勇みに勇んで進んでいく。最後に残ったのは、七人の負傷兵と勝木である。負傷兵たちも覚悟を決め、勝木とともに進軍し、勇ましく死にたいと懇願する。勝木は〈うう、己《おれ》と一緒に死ね〉と最後の命令、八人は隊を追って駆け出した。

激しい戦闘によって、すでに味方はちりぢりになっている。八人は数十名のロシア兵に取り囲まれ絶体絶命、勝木と七人の負傷兵が死を決して切り込もうとした刹那、敵兵たちの後ろから〈旦那、決して、決して、私《わっし》が茲《ここ》に控えて居らァ〉という声が上がる。それと同時、六名のロシア兵たちが薙《な》ぎ倒される。辰五郎が太くて長い天秤棒《てんびんぼう》で殴り倒したのである。辰五郎は片腕で一〇〇キロの石を持ち上げる腕力がある。その辰五郎に太くて長い天秤棒で殴られたのであるから、近代兵器を持つロシア兵も死んでしまうのも当然であろう。血路を開いた辰五郎は、勝木と負傷兵たちを守りながら、味方の一隊へと先導する。追い掛けてきた二人のロシア兵が、切り込んでくる。もちろん辰五郎が天秤棒で殺す。さらに追い来るロシアの一軍、辰五郎は勝木を逃すため、天秤棒を水車の如く振り回し突進する。

勝木はからくも味方と合流、それを見届けた辰五郎は、おとなしくロシアの捕虜となる。生きて勝木の出世を見たいというのが、捕虜となった理由である。捕らわれた際に辰五郎が発した〈露西亜《ろしや》ッ坊《ぽ》が怖くて酢章魚《すだこ》が喰《くわ》れるかい〉という言葉は、日本男児の不敵さを表わすものとして、ロシア国に響き渡ったのであった。〈露西亜《ろしや》ッ坊が怖くて酢章魚《すだこ》が喰《くわ》れるかい〉の真意は、よく分からない。恐らくだが、ロシア兵の顔と酢だこの赤さを比べれば、酢だこのほうが赤いんだから、ロシアなんか怖くないという意味だろう。

なぜ馬丁だったのか

『露西亜がこわいか』は現代の水準では駄作であろう。しかし明治は、こんな作品でも娯楽として十分に成立した。このように、普通の作品を読むことで当時の一般的な水準が理解できる。

次に主人公が馬丁である点に注目したい。この時期は新しいヒーローが求められていた。明治娯楽物語において、主人公の職業は江戸時代以前の武士が定番だった。とはいえ現代人が活躍する物語を読みたいという欲求を、明治の人々は持っていた。そこで新しいタイプの主人公を探す試みが数多くなされる。馬丁が主人公というのも、そういった実験の一つである。

それではなぜ非戦闘員の馬丁なのか？　兵隊が強いのは当たり前でつまらない、その反面、あまりに現実離れした強さを描くのは問題である。フィクションとはいえ現実的でないとされる描写は明治人は好まなかった。完全な空想物語を、現実の物語として受け取る人々がまだ沢山いた。嘘じゃないかと突っ込みが入り、下手すりゃ検閲も入る。「これはフィクションだから」では通らない。そこで従軍する馬丁が、ひとつの選択肢となった。馬丁は職人であり、基本的に気風《きっぷ》が良い。人好きのする男らしい男でもある。また馬丁と将校には、主従関係が発生する。忠臣物のような江戸の物語から、換骨奪胎して物語を作り上げることも容易である。

辰五郎が天秤棒を振り回すのも、江戸の物語から拝借した設定だ。天秤棒を武器とする最も有名なヒーローといえば一心太助《いっしんたすけ》★3である。太助に悪い兵隊を打ちのめしてほしいといった願望は、当時の人の胸に自然に沸き上がる欲求だ。しかし魚屋の太助が戦場に行き、兵隊を天秤棒でボッコボコに打ちのめすのは不自然だ。そもそも日露戦争時、江戸生まれの一心太助はとっくに死んでいる。戦場に行って不自然ではなく、粋でイセイのイイお兄《ニ》ィさんは……と考えると、やっぱり馬丁が都合良い。辰五郎は天秤棒をどうやって手に入れたのか？　日本から持参したのだろうか？　といった疑問もあるが、そんなことはどうでもいい。「私《わっし》が茲《ここ》に控えて居《い》らァ」と叫び、天秤棒でロシア兵をバッチバチに打ちのめすシーンを、作者が描きたかったのだから仕方がない。創作者が格好の良い馬丁を描くため、必死に頭を捻《ひね》って『露西亜がこわいか』を書き上げたのだと考えてみると、少し感動してしまいそうにならないでもない。

犯罪実録「南京松」

『露西亜がこわいか』は、馬丁を主人公とする物語としては、成功している部類であろう。続いて紹介する作品では、馬丁は物語の途中で主人公の座から失脚している。明治時代の技術力では、安定して馬丁物語を書くのは難しかったらしい。

というわけで次に紹介するのは柳煙漁史《りゅうえんぎょし》『軍事探偵南京松《なんきんまつ》』（前後編、明治三一年）に登場する馬丁である。しかしこの馬丁、名前が題名にまでなっているのだが、途中で死亡してしまう。ただし主人公の途中退場は、明治ではよくあることで、特に珍しいことではない。

『南京松』は、作者が調査をした実話として描かれている。ジャンルとしては、犯罪実録でありながら、探偵小説の要素も強く持っている。加えて純文学としてもギリギリ扱えないこともないといったハイブリッドな作品だ。

主人公の名前は南京松、性格が雑で荒っぽいため、国籍を紛失している。長崎生まれということは分かっているが本名すらあいまい、背中に「九紋竜史進《くもんりゅうししん》」★4の刺青をした江戸っ子の清国人。この時点で特徴が多すぎて常人では理解することができない。

イカサマ博打で負けたことに腹を立て、南京松が五人相手に大立ち回りを繰り広げているところに、日本軍少佐の八木が馬に乗って通りかかる。棍棒を振り回す五人を相手に、怯むところなく立ち向かう南京松の度胸に感心した八木は、静まれッ！　静まれッ！　と馬で喧嘩の渦中へと乗り込んだ。男たちは八木を恐れバラバラと右に左に逃げ散ってしまったが、南京松は

★3——一心太助…典型的江戸っ子の魚屋で武器は天秤棒。大久保彦左衛門の子分、物語の中で腕や首に一心白道、あるいは一心如鏡の刺青を彫っている。義侠心に富むが、身体能力は一般人程度。実在したかはあやしい。

★4——九紋竜史進…中国の伝奇歴史小説『水滸伝』に登場する若い豪傑。刺青をしていることから江戸っ子に人気があった。

腰をかがめて慎んで礼をしている。南京松が自分はどこのなにがしの馬丁だと伝えると、八木は馬の腹帯《はらおび》を締めてくれという。ヘイと答えて腹帯を締める南京松、その腕は確かなものである。南京松の度胸と気風、そして馬丁としての技量に八木はすっかり惚れ込み、彼を雇い入れることにする。

南京松は乱暴だが、実に純粋な男であった。八木に喧嘩をするなと言われたら、いくら殴られても手を出さない。そんな南京松がかわいくて仕方がない八木は、南京松を馬丁兼、書生にして、測量の勉強をさせる。将来的には清国へと送り込み、間諜（スパイ）として活躍させる予定である。南京松も、八木を慕っていた。天涯孤独の自分を拾い上げてくれた恩人だと、八木の期待に応えるため勉学に励んだ。

物語中、しきりに南京松は下等だと書かれている。たとえば、〈下等人間《かとうにんげん》の標本《てほん》〉と称されている。下等な南京松が軍事探偵になるため必死で学問し、恩義のある将校のために働こうというのが、この物語のキモだ［図2］。どんな下等人間だって、努力すればなんとかなるというのは、当時は珍しい考え方だった。下等なものは下等というのが明治であり、作者はなかなか進歩的な人物だったことが伺える。

ところが南京松の育ての親がやってきて、ともに清国に帰ろうと誘われたり、恋人ができたりで、南京松は将来に不安を覚える。名前も国籍も不明で今まで平然としてたのに、今さらなんで将来が不安になるんだよと突っ込みたくなるが、とにかく南京松は悩み出す。しかし恩のある八木を裏切ることはできない。南京松は苦悩の日々を送ることになる。

［図2］刺青丸出しで勉強する南京松
（『［軍事探偵］南京松　前編』口絵、明治31年）

　ここで準主人公として登場するのは、愛国心が過ぎて頭がおかしくなってしまった織田出来輔《おだできすけ》だ。出来輔は熊本出身の漢学に凝った若者で、士官学校に入ろうと試験を受けるのだが、身長が低いということで不合格となってしまう。これにショックを受けた出来輔は、井戸に飛び込み自殺しようとする。見かねて助けた軍人は、またしても八木である。八木は出来輔の愛国心に感じ入り、軍事探偵になれとアドバイスをする。
　その気になった出来輔だが、優れたスパイになるためには、測量や数学ができなくてはならない。ところが出来輔は筋金入りの文系であった。漢文は知っているが、数学など学ぶ意味がないと言い放つ。それを聞いた八木は、数学が出来なければ軍事探偵にはなれないと断言する。

そこで出来輔は数学を勉強するのだが、まったく理解することができない。出来輔は実に過激な人物である。軍事探偵になれないなら死のうと、さっそく海へと向かう。自殺の動機はこうだ。〈己《おれ》の嫌いな数学の為《ため》に、再び死なねばならぬ〉。

偶然海で出会った旅館の女中の説得で、再度数学を学ぶことを決心。女中が紹介してくれた学校に通い、熱心に勉強をした結果、出来輔は数学を習得。再び八木を訪ね、軍事探偵としての技術を磨く。

一方の南京松は苦悩のあまり、焼酎を一気飲みし、蟹《かに》を食べすぎたためペストにかかって死んでしまう。主人公が焼酎と蟹で死ぬ★5というのも不思議な気もするが、作者が南京松の使い道に迷ったため殺してしまったのであろう。国籍が日本ではなく清国人であることや、物語の途中で馬丁から書生となり、出来輔とキャラクターが被っているなど、確かに使い所が難しい。現代であれば南京松を活かす展開はいくらでも作れるが、物語の技法が未発達な明治なのだからこんなもんである。

出来輔は南京松に変装し、清国へと渡る。さまざまな苦難を潜《くぐ》り抜け任務を達成するも、行方不明となる。この物語では主用登場人物が、次々に死亡する。切腹して死ぬ軍人も出てくるし、男っぷりのいい清国人も死ぬ。国籍関係なしに次々と死に、美少女が加藤清正に祈りを捧げ日本軍が勝利するというのがこの物語の結末で、登場人物はおおむね頭がおかしいといった風合いである。

ちなみに出来輔の軍事探偵としての活躍は、あまり描かれていない。変装をして爆破をする

［図3］清国人に変装した出来輔は、スパイをしたり爆破したりする
（『［軍事探偵］南京松　後編』口絵、明治31年）

程度である［図3］。

それよりむしろ、清国人の富豪、日本人女性と軍人という三者の友情などが、クドクドと描かれている。当時は軍事探偵をヒーローとする技術がまだまだ確立されていなかったのだろう。人情や悲愛、親との絆など、湿っぽい話題が多いのも止む得ない。

『南京松』は、それなりに人気があり、歌舞伎や浪曲にもなっている。いずれの場合も出来輔が清国へと出発する前夜に女が泣くだとか、日本軍人が清国で芸者をやっている日本人女性に土下座で頼みごとをするなどといった場面が選択される。多くの人々が死んでしまうため名場

★5——焼酎と蟹…当時は蟹や焼酎の品質が安定していない。劣悪なものを大量に飲食したわけだから、死んでしまうのはあまり不思議ではない。

面を作りやすく、日清戦争の直後で戦争物の人気が高まっていたこともあり、他のメディアで使いやすい題材ではあった。

出来輔は実在した

『南京松』の作者である柳煙漁史の正体は不明で、他に著作は見つからない。本作は実地を調査し書いたとされているが、とうてい実話だとは思えない。ところが確かに実話の部分があって、南京松の跡を継いだ小柄な織田出来輔は実在した。

『南京松』の刊行から四年後の明治三五年（一九〇二）、河村北溟《かわむらほくめい》によって『断食絶食実験譚《だんじきぜっしょくじっけんたん》』が書かれている。これは断食した人々を取材をしたルポルタージュである。とはいえ明治時代のいい加減な雑本で、著者の知人や友人の体験談が内容の大部分を占める。河村北溟は漢学を修めた人だから、登場するのも漢学塾の人々ばかりである。

本書では大山利之（敬堂）を筆頭に黒田清安、俵田六郎、海老原周助ら青年五名の断食旅行が紹介されている。無一文で麴町三番町から出発し、江ノ島、鎌倉、横浜を巡り帰ってくるという旅程で、言い出しっぺは大山だ。

鹿児島出身の士族である大山は、士官学校に入ろうとしたが、身長が低いということで不合格となった。たちまち目的を変え、国事探偵になることを決める。海外で探偵活動をする際には、食料にありつけないまま大陸を踏破することもあるだろう。それならあらかじめ訓練をしてておく必要がある……。そう考えた大山が考案したのが断食旅行である。他の参加者は、面白そうだということで旅行に参加、五人は二日かけてなにも食べずに、一二〇キロを歩き通す。

再度『南京松』の出来輔を確認してみると、驚くほどに設定が似ている。身長が理由で士官学校を不合格になり、軍事探偵になった人物がそう多くいるとは思えない。出来輔も大山も熊本出身の士族である。大山が出来輔のモデルとするのが妥当だろう。河村北溟が『南京松』をヒントに、エピソードを立ち上げた可能性もないわけでもないが、こんな微妙な設定を盗む意味がない。また『南京松』が書かれた時点で大山利之という人物が、有名だったとも思えない。大山利之の知人が『南京松』を書いているとしても、不自然な話ではないだろう。結局のところ『南京松』の作者・柳煙漁史が、誰なのかは分からない。河村北溟、あるいは黒田清安、俵田六郎、海老原周助かと想像もしてしまうのだが、彼らの正体も明治に生きた人々であることくらいしか分からない。ちなみに大山利之は日清戦争の後も生きていて、明治三五年の時点では大陸で国事探偵として活躍していたらしい。出来輔の生死が不明とされていたのは、そちらのほうが格好良いからだろう。

講談速記本「信州小僧」

最後に紹介する松林伯海《しょうりんはくかい》の講演による『明治仇討信州小僧《しんしゅうこぞう》』（明治三五年）には、インテリヤクザ軍夫《ぐんぷ》ヒーローが登場する。残念ながら馬丁ではなく軍夫ではあるが、馬丁と同じく、非戦闘員の主人公であることから、一連の馬丁作品とともに紹介する。

『信州小僧』は、講談速記本に属する作品だ。主人公は宮城半三《みやぎはんぞう》、通称「信州小僧」と呼ばれる一九歳の青年だ。信州小僧は壮士でありながら書生でもあり、侠客で軍人の卵でもある。基本的には標準語で話すが、時折ヤクザ言葉にもなり、軍人口調にもなる。例えば冒頭、〈ヲイ宮城君、イヤサ信州小僧の兄貴、二次会で大いに協議を凝《こら》して一《ひ》ト つ吉原へ進軍しようぢゃないか〉と話しかけられ、〈諸君の意見なら賛成するよ〉と答えている。明治の二〇年代に二次会の相談をする会話があったという小さな発見もあるのだが、とにかくこれは書生の口調である。ところが物語の後半では、

「聞かれて何の某《なにがし》と名乗りを上《あげ》るも嗚呼《おこ》がましいが、東京生《うま》れで土地を食詰《くいつ》め、出羽奥州に越後信州、東海道は申すに及ばず、京阪中国九州まで飛んで廻《まわ》って飽き足らず、支那や台湾暴れ廻り、五人十人は命も取り、此頃《このごろ》少し発起して、南無阿弥陀仏の真宗と、文字は違うが松本の、信州小僧と云《い》う無頼漢《あばれもの》だァ」(松林伯海・講演『信州小僧』一七〇頁)

と、ヤクザ口調になっている。口調だけでなく、人格含めて変化する。信州小僧の行動に一貫性はない。軍人の時には軍人の振る舞い、侠客の際にはまるきり侠客になってしまう。完全な人格破綻者だ。

『信州小僧』の序盤は、選挙戦が舞台になっている。明治二七年(一八八四)二月二四日に、

衆議院選挙運動のもつれから、栃木県で自由党と反対六派が乱闘騒ぎを起こす。このあたりを正確に読み取るためには現代と明治の選挙の違いを認識しておかなくてはならない。

明治の選挙には、暴力沙汰がつきものだった。参考として田舎回りの政治活動家が遭遇した事件の一覧をあげておこう。

本山の失敗
岸本村の妨害
中村の暴行
宿毛の活劇
北原村の迫害
（中島気崢『禁酒禁煙の五年間』目次）

失敗と妨害、暴行と活劇、そして迫害……。その内容といえば、演説中に反対派が飛び出してきて殴り合いになり、投石される中で演説し続け、警察が踏み込んできたため数千人を引き連れて山へと行進するというようなものだ。娯楽が少ない明治の人々にとって、選挙はプロレスや格闘技、映画とアミューズメントパークを組み合わせたようなイベントでもあった。信州小僧のような英雄豪傑が、選挙で重宝されるのも当然だ。だからこそ娯楽物語の舞台にもなりうる。さて、いよいよ信州小僧の活躍に入る。冒頭、自由党陣営の元相撲取り・八幡関が、反対六派の森戸平吉に銃殺されてしまう。義に厚い信州小僧は八幡関の仇討ちを果たすも、過剰防衛で逮捕されてしまう。その危機を救ったのが、星亭《ほしとおる》だ。星亭は左官職人の息子から弁護士、弁護士から政界の実力者にまでのし上がった実在の人物で、その星亭が衆議院選挙で世話になった信州小僧のため、義によって弁護するという熱い展開である。

実在の人物が登場し、実話とされているのだから、当然ながら実話だと考えてしまうわけだが、少々怪しい。元相撲取り八幡関が、森戸平吉に銃殺されたというのは真偽不明、しかし選挙運動で小競り合いが盛んにあったというのは事実である。なにがなんだか分からなくなってしまうが、難しく考えずフィクションとノンフィクションが交差する虚実皮膜の妙を味わうのが明治の娯楽物語を楽しむコツだ。

『信州小僧』には、主人公のモデルが誰なのかは一切書かれていない。宮城半三というのは、もちろん偽名であろう。しかし、信州小僧のような人物はやはり存在していた。

明治時代の東京に、車屋「川義《かわよし》」の親方で、義助《ぎすけ》という気骨のある男がいた。出身地は信州で、喧嘩することと、大酒を飲むことしか知らないという気持ちの良い男である。同時代に杉山茂丸《すぎやましげまる》★6という活動家がいた。彼が若かりし頃、海で難破したことがあり、その時の船頭が義助であった。いろいろあったが、なんだかんだで二人は助かる。杉山は義助の義侠心に感じ入り、一度は死んだようなものだから、これからは命のないものとして生きようではないか、お前は俺を助けてくれ、俺はお前を助けると互いに誓いを立てる。政界の黒幕と呼ばれた杉山茂丸すら、義助の心意気に惚れ込んでいたというわけである。

義助には次のようなエピソードも残っている。

ある時、星亨の手下の弁護士が、神田錦町の地主の死去を知る。残されたのは母と一四歳の娘だけ、弁護士は親類たちを煽りたて、二人から土地を騙し取ってしまう。この話を聞いた義助は激怒した。弁護士を打《ぶ》ん殴って縛り上げると、肥溜《こえだ》めに突っ込んでしまう。その足で土地の権利書を奪った親類たちの家に子分ともに押し入って、権利書を取り戻す。母子に後のことは心配するなと言い残すと、義助はそのまま警察に自首する。事情を知った星亨は、自分の手下がそんなことをしていたのかと恥じ、義助の弁護人となり無罪放免を勝ち取っている。ちなみに義助、選挙運動もしているが、信州小僧のような暴力沙汰を起こした記録はない。

信州出身で気骨のある義助という人物がいて、星亨に弁護もしてもらったことがある。少しは選挙運動もやっている。恐らく信州小僧のモデルは義助だろう。そしてこの程度のファクトがあれば、適当なストーリーが書けてしまうというのが、明治娯楽物語の凄みである。

『信州小僧』の紹介を続けよう。警察から解放された信州小僧は、とある少佐から軍夫にスカウトされ、日清戦争に参戦する。とにかく信州小僧は強く、近代兵器で武装した清国兵士を、難なく日本刀でブッた斬る。このあたりの描写から、ナショナリズム臭を感じてしまう人もいるのだろうが、それは誤認でしかない。日本刀で鉄砲に勝つのが格好良いから、信州小僧は日

★6――杉山茂丸…一八六四～一九三五。政治運動家。実業家であり、探偵怪奇小説家の夢野久作の父親としても有名である。

本刀で戦う。それだけの話で、少なくとも作者に深い考えなどはない。信州小僧が〈軍令は厳しい。上官の命令は絶対だ〉などと語る一方で、その子分たちは兄弟分だから上官でなく信州小僧の命令に従う。上官の命令は絶対だッという台詞も格好良いし、兄弟分のためなら命をすてるという絶叫も格好が良い……この程度の思想と無邪気さで書かれている。こういった事実を理解しておかなければ、『信州小僧』に類する作品を、単なるナショナリズム的作品と見なしてしまい、間違った評価を下してしまうことだろう。

一心太助化現象

そうこうするうちに、日本軍にピンチが訪れる。日清戦争時、日本軍がとある地域を占領した際の話である。仙台出身の片腕の大尉が、仙台人を中心に構成される第二師団の軍夫を贔屓《ひいき》する。第二師団は民家があてがわれているが、東京出身者が多い第一師団は野営で夜を過ごさなくてはならない。清国の寒さは厳しい。やがては凍死する者も出てくる。こういうことが一週間も続くと、いよいよ我慢の限界、第一師団と第二師団の軍夫が衝突することとなる。荒れに荒れた数千の軍夫たちを、大尉はどうすることもできない。あわや乱戦、このままでは日本の勝利も危うしッ！　という危機一髪の瞬間に、軍夫服を脱ぎ捨てて褌《ふんどし》一丁で駆け付けたのが信州小僧であった。

待った待った、此《この》喧嘩、信州小僧が預かった、聞いて見りゃあ、双方《どっち》にも理のある同士の衝突だ、どっちを無理とも云《い》わねえから、暫《しばら》く俺に預けて呉《く》んねぇ。(『信州小僧』六二頁)

と叫びながら、双方のド真ん中に大の字に寝転んでしまう。

同胞《うちわ》の喧嘩に血を見るような、そんな要らねえ捨てる命なら、国家の為に捨てなせえ。それとも聞かずにやる気なら、此《この》信州を血祭りに、殺してからやんなせぇ。サァ命は一同《みんな》に進ぜた。(同書六二〜六三頁)

その大胆不敵な行動と説得力のある言葉に、無頼決死の軍夫たちも驚いてしまった。流石は噂の信州小僧、年は若いが度胸がいい。小太りに太った真っ白い肌、おまけに左の腕には物凄い生首が生々しく「鮮血淋漓《せんけつりんり》」の四字と並べて文付《ほりつ》けてある。その度胸と侠気に、軍夫たちは納得し喧嘩は無事に丸く収まってしまうわけだが、下手すれば凍え死にしてしまう厳寒の中、褌一丁で説得にかかる信州小僧の行動は完全に狂っている。片腕の大尉の説得に応じなかった軍夫たちが、あっさり納得してしまうのも謎でしかない。現代人としては、どう解釈してよいのか迷うことだろうが、この場面にも理屈がある。

実は大喧嘩の場に乗り込んで、大の字に寝転び「サァどうでもしろ、サァ殺すなら殺せッ」と絶叫するのは、明治の娯楽物語では定番の場面だ。褌一丁で乗り込むというのもよくあるパターン、有名なものだと、『露西亜がこわいか』でも触れた一心太助の名場面がある。ちょっとした行き違いから佃芝浦《つくだしばうら》と魚河岸の魚屋たちが大喧嘩になった際、典型的な江戸っ子たる一心太助がやはり半纏《はんてん》を脱ぎ捨てると褌一丁、双方の間に割って入り〈待った待った、この喧嘩は三河町の太助が引き受けた。俺に任せてくれるなら双方顔の立つようにするし、さもなければこの太助を相手に喧嘩をしろッ〉と大音《だいおん》上げて呼ばわった。太助の左の腕には〈男は気で持つ／膾《なます》は酢で持つ〉とある〔図4〕。

要するに信州小僧は、清国で一心太助と同じ行動をしている。ある作品の主人公が、別作品の名場面を演ずるというのは明治の娯楽物語でよくあることだ。褌姿で啖呵《たんか》を切ることも、定番シーンの再現にすぎない。類似の事例として、清兵の死骸を食い続けたため凶悪な猛獣となった野犬を、信州小僧が退治するという場面もある。これも加藤清正の虎退治オマージュだ。

その後、信州小僧は清兵を弔《とむら》うため死体を燃やし続けているうちに病気になり帰国、国内でヤクザと大喧嘩をした後、台湾に渡り、土匪《どひ》（土着の盗賊の意）を日本刀でバッタバッタと切り殺し、ついでに台湾人の令嬢を助けてまた帰国、高利貸の愛人と浮気をした後で高利貸とその愛人を半殺しにするなどしていると、知り合いが殺されてしまう。これに激怒し仇討ちに出掛けるも、船頭たちと殺し合いになり、いろいろあって仇だと思っていた人間は無実であると判明、なんだかんだで大団円となるといった筋書きで、後半はかなりグダグダであるが、本章で紹介した作品群の中では最も完成度が高く、読ませる。

これはジャンル自体が持つ実力の差といったところで、当時としては講談速記本は娯楽分野でトップレベルの技術水準を持っていた。三作品の中で一番面白いのも当然の結果だ。一方で近代的な物語として見ると、信州小僧の性格が破綻しすぎているうえに、面白事件をつなぎあわせただけであるため、ストーリーに多少の無理が発生している。他ジャンルにもあった傾向だが、面白ければ細かいことはどうでもいいという態度を、極限にまで高めたのが講談速記本だ。

［図4］一心太助の背中の入れ墨は「一心如鏡」。左腕には「男は気」と見える。続きは「で持つ膾は酢で持つ」。（『［侠骨］一心太助』書影、大正5年）

以上、最初期娯楽小説、犯罪実録、講談速記本から、馬丁と軍夫を主人公にしている物語を紹介してきた。普通ならば、これでおおまかな傾向がつかめることだろう。しかしどれもこれもゴチャゴチャしているため、どうにもジャンルの差異が明確に理解できないわけだが、このようによく分からないのが明治娯楽物語の世界である。

正統派主人公のかけら

最後に、明治娯楽物語が持っていた可能性に触れておこう。「馬丁もの」三作品が書かれた時期に起きた最も大きな出来事というと、やはり日清・日露戦争であろう。

『露西亜がこわいか』『南京松』は、恐らく新聞記者によって書かれた物語である。『信州小僧』を演じた松林一派の講談師も、新聞記事をもとにネタを作ることが多かった。明治娯楽物語の作者たちの多くは、時世の最先端に触れていた。自然に最新の話題が扱われることが多くなり、現代人が主人公の物語を書くことができた。

主人公の馬丁たちに共通するのは、忠義者という点だ。忠義者が活躍する物語は、江戸時代から連綿と続いている。有名なものだと忠臣蔵、水戸黄門や清水次郎長にも忠義物語の片鱗を見ることもできる。厳密に言えば、信州小僧は忠義者とは少し異なり、義侠の人である。しかし一心太助スタイルでの喧嘩の仲裁や、突如入る芝居がかったヤクザ口調などがあった。これらは明治の普通の人々にとっては見なれたもので、抵抗なく受け入れることができた。

そして最も重要なのは、物語としての質はたいしたことはないものの、正統派主人公の萌芽があったという点だ。

『露西亜がこわいか』は、ストーリーを詳細に書けるくらいにはよく練られている。しかし主人公を中心にして作品を眺めてみるとどうだろうか？　辰五郎は、明治の主人公としては平凡だ。そのヒーロー像は講談速記本そのままで、度胸のある忠義無類の怪力男というものに過ぎなかった。馬丁を主人公にしたところだけが新しい。

『南京松』では、新しい主人公像が提示されている。国籍を持っていない本名もあいまいな長崎産まれの背中に刺青をした江戸っ子の清国人というのは、かなり新しいヒーロー像であった。

もっとも新しすぎて使いこなせず、物語から途中退出しているのは残念だ。『信州小僧』の宮城半三は、書生でヤクザで軍夫というキャラクターだった。ストーリーとしては破綻している部分もあるが、ヤクザが戦争で活躍するというのは面白い。

『露西亜がこわいか』の辰五郎の超人的な身体能力、『南京松』の国籍のない、氏名不詳の江戸っ子清国人といった設定、そして、『信州小僧』の宮城半三の気風《きっぷ》のよさなどを合わせてしまえば、現代の物語に登場しても恥ずかしくない魅力的な主人公の完成である。

これら三作品は、作者たちが超一流の才能を持っているわけではない。しかし名もなき「普通」の作者によって生み落された作品を混ぜてしまえば、現代でも十分に通用するキャラクターが完成する。すべては一〇〇年以上も前に書かれた作品ばかりだ。明治娯楽物語の黄金時代に作られた新しい要素たちは、確かにのちのエンタメが爆発する時代に必要な欠片《かけら》だった。

明治娯楽vs純文学

本章で紹介した明治娯楽物語三作品は、明治三一年（一八九八）から三七年に書かれている。では純文学の世界ではどうかというと、明治の三〇年代は自然主義作品が流行していた。自然主義作品として有名な田山花袋の『蒲団《ふとん》』が書かれたのは明治四〇年のことだ。『蒲団』は切った張ったの大立ち回りなど皆無であり、『信州小僧』と比べると面白さでかなり落ちる。

三作品とほぼ同じ時代に書かれた作品であれば、明治三九年（一九〇六）に自費出版された島崎藤村の『破戒《はかい》』が名作とされている。『破戒』は被差別部落をテーマとしていた。『破戒』の一〇年も前の明治二九年（一八九六）に、松林伯円《しょうりんはくえん》は『開明奇談天人娘《てんにんむすめ》』という佳作を生んでいる。『天人娘』は被差別部落出身の娘が漂流した男と恋仲になり、出生を隠しながら商売に励み出世、来歴を知る男に脅されるも、明治四年の八月二八日に東京の太政官が出した官令によって女房は平民となりすべてが解決するという物語だ。一人も人が死なず、不幸にもならないという物語であり、『破戒』では解消できなかった問題を官令を登場させて解決してしまうという快作で、そこには、ただただ能天気な明るさしかない。同じテーマを扱っても、純文学と、読者の方だけを向いている明治娯楽物語とでは読後感はまったく異なっており、面白さのみでいえば、純文学に勝《まさ》っていなくもない。

ただし、夏目漱石『吾輩は猫である』のような突然変異のモンスター作品も存在し、このレベルの作品には、流石に平凡な娯楽物語では太刀打ちできない。それでも娯楽物語の最高傑作を選び、面白さのみで比較すれば、なんとかかんとか部分的には勝負にならないわけでもない。明治娯楽物語は現在の物語と断絶した存在でもなければ、同時代の純文学作品に劣るわけでもない。知るに値《あたい》する創作物なのである。

次章からは、三つのジャンルをもう少し仔細に紹介していく。まずは、三ジャンルの中でももっとも存在感があり、ほかの二ジャンルへの影響も強い講談速記本を見ていこう。

第3章

〈講談速記本《こうだんそっきぼん》〉の帰還

無責任体制が生んだ娯楽《エンタメ》の王様

バシッと言えない講談速記本

講談速記本を一言で説明するのは難しい。

一般的には講談の口演を速記で筆録した書籍が、講談速記本とされている。ところが講談の演目が元ネタではない、講談速記本オリジナルの物語が数多く存在する。速記はもちろん、講談の要素すら消滅しているものもある。それでも講談速記本なんだから、混沌としすぎている。

講談速記本の解説としては、猿飛佐助《さるとびさすけ》を産み出したとされている立川文庫《たつかわぶんこ》を中心に据えるのがスタンダードだが、実情とはかけ離れている。立川文庫の登場以前から講談速記本は人気だったし、そもそも猿飛佐助も立川文庫以前から元気に活躍しているんだから、なんの説明にもなっていない。

水戸黄門や遠山の金さんなど、時代劇のもとになったのが講談速記本ですとしてしまえば話は簡単だが、異常に親切なオッさんが走り回るだけの作品もある。明治四〇年代にもなると、鉄の棒を振り回し悪人を粉微塵にしてしまう豪傑キャラも確立される。こんなものを時代劇にするのは不可能だ。

このように、講談速記本を解説するのは難しい。しかし講談速記本を知ることなしに、明治娯楽物語を理解することなどできない。前章で〈明治娯楽物語〉を構成する三つのサブジャンルの一つとして講談速記本を紹介した。実のところ、他の二ジャンルも、講談速記本から強い影響を受けている。それほど重要な存在であるのだから、なんとか順を追って解説してみよう。

温かい小鍋料理

まずは講談である。ジャンルとしては白浪物《しらなみもの》（盗賊を主人公にした話）や真田三勇士が活躍するもの、豪傑たちの一代記などいろいろあるが、要するに講談とは難しい本を解説しながら読むという芸能であった。講談のヒーローとしては、国定忠次《くにさだちゅうじ》や清水次郎長《しみずのじろちょう》がいる。二人とも浪曲《ろうきょく》（浪花節《なにわぶし》）で活躍しているイメージが強いが、もともとは講談世界の住人だ。

江戸から明治というのは大きく世の中が変化した時期で、講談という芸能自体もかなり変化した。演説の技法が取り入れられたり、新聞記事を弁じてみたり、より自由な題材が選ばれるようになる。一方で仏教系、神道系の話も扱われている。大げさにいえば、講談はこの世の中で起きたことのすべてを弁じることができた。講談を速記した講談速記本で扱われる物語もやはり広大で、そこで扱われるのはこういうものですと断言するのは難しい。ただ本書では、基本的には近代的な仕上がりの講談速記本を選んでいる。

それでは近代的な講談速記本と、そうでない講談速記本の違いはなにか。頑張って解説してみるが、あんまり期待しないでいただきたい。

まず名前が羅列されていたり、服装について延々と書かれているものは近代的な物語ではない。古典文学『太平記』だと、

右《う》大臣《だいじん》正二《しょうに》位《い》藤原朝臣《ふじわらのあそん》実俊《さねとし》、内大臣《ないだいじん》正二《しょうに》位《い》臣《しん》藤原朝臣《ふじわらのあそん》師良《もろよし》、正二《しょうに》位《い》行《ぎょう》陸奥出羽《むつでわ》按《あ》

察使《ぜちし》藤原《ふじわらのあ》 朝臣実継《そんさねつぐ》、此次《この》は征夷《せいい》大将《たいしょうぐん》 軍正《しょうに》 二位《い》臣源《しんみなもとのあ》 朝臣義詮《そんよしあきら》、正《しょうに》 二位《い》行《ぎょう》 権中《ごんちゅうな》 納言《ごん》臣藤原《しんふじわらのあ》 朝臣時光《そんときみつ》、正《しょうに》 二位《い》行《ぎょう》 権中《ごんちゅうな》 納言藤原《ごんふじわらのあ》 朝臣為秀《そんためひで》、権中《ごんちゅうな》 納言従三位《ごんじゅさんみ》兼行《けんぎょう》 左衛門《さえもんの》 督《かみ》臣藤原《しんふじわらのあ》 朝臣忠光《そんただみつ》（『太平記』巻第四十）

……なんて文字列が並んでいる。聖書に挑戦し、ひたすら名前が続くページで挫折してしまった人もいるだろう。近代的ではない講談速記本には、そういう名簿みたいなものが自然に登場する。こういった情報の羅列を、昔の人は声に出し咀嚼《そしゃく》するように何度も読み楽しんでいた。このあたりは現代人は忘れてしまった感覚で、例外はあるものの、講談速記本でも後期の作品になれば情報の羅列は消滅してしまう。

当時の価値観ならではの極端な行動が多いことも、近代以前の物語の特色だ。悟りを開くためずっと真っ直ぐに歩いて死んだら神になるだとか、自分が仕える殿様のため、家族みんなで号泣した後に一家でニコニコ笑って子供を殺す……そんな場面である。近代以前は価値観が少ないため、どうしても極端になってしまう。

加えて、なんの説明もなく意味の不明瞭な場面が登場するというのがある。みんな知ってるでしょってな態度である。こちらは流通している情報が少ないのが原因だろう。もうひとつ、情報や娯楽が限られているため、現代人からするとどうでもいいような物事に、異常なまでの力を注ぎ込む傾向もある。

このような条件が重なると、理不尽すぎて胸が悪くなるような場面が登場してしまう。具体的には、よく分からない護符があると高名な忍者である児雷也がすぐに死ぬだとか、不死身の人間だが月の光に当たっている時にだけダメージを受ける、といった内容である。

明治の創作者たちは、このような近代以前の物語を克服し、誰もが楽しめる娯楽物語を作り上げようとしていた。

もっとも明治の講談の世界でも、近代以前の物語が語られ人々を楽しませている。技術的な蓄積があるのだから、当然の話である。しかしお客さんも徐々に近代人へと成長し、旧態依然とした物語は、受け入れられなくなってくる。講談師は物事を解釈し、楽しく語るプロフェッショナルなのだから、お客さんの好みに合わせ、語り口や物語を変えていく。講演を記述する速記者たちも新しい物語の確立に一役買った。混沌とした世界で新しい娯楽を構築するための術と役割を、講談速記本は持っていた。

難しいのは講談速記本の元ネタだ。本書で近代的な物語として紹介している作品も、元ネタは明治以前に書かれたものなんてケースもままある。これも講談、または本にする際に、細部を変更し、整合性をとっているからこそ近代的に見えているわけで、創作の一種と見なせないわけではないだろう。

近代的な講談速記本の中で、最も活躍するヒーローは江戸以前を生きた豪傑だ。彼らは強ければ強いほど面白いだろといった単純かつ荒い思想のもと、創作された主人公である。もともと豪傑は戦場で活躍する勇士であったが、やがては物を考える重機のような生命体になっていく。さらに時代が進むと超能力を身に付けた思考力のある空飛ぶ戦車のような存在へと成長する。もちろん講談速記本にも、現代人が登場する複雑かつ本格的な物語は多くある。しかし最後の最後まで進化を見せ、生産され続けたのは豪傑物語であり、講談速記本の中で最も求められたキャラクターだ。豪傑は粗雑なキャラではあるが、明治の人々が豪傑を依り代《よしろ》に面白い作品を作ろうと奮戦する様子には感動を覚えてしまう。そんなわけで本書では、最後まで進化を続けた豪傑たちを中心に講談速記本を紹介していく。

なんとも曖昧な解説になってしまったが、少しだけ言い訳をさせてもらいたい。

江戸以前の料理人が「最近の料理は美味《うま》くなったが退化している」と語ったことがあるそうだ。かつて正式な料理として、温かいものが出ることはほぼなかった。まず今ほど火を自由に扱うことができない。そして料理人が古例に則《のっと》りご馳走を作ると、非常に時間がかかる。提供する頃には冷めている。温かい料理を出すのは、とても大変なことであった。料理人の作った正式な冷めた料理を、主《あるじ》が食べている時、女性たちは小鍋で片手間で料理を作り、素朴ながら温かいものを食べていた。どっちが美味いのかといえば、小鍋の温かい料理だ。美味さは時に、古例なんて吹っ飛ばしてしまう。これが美味くなったが退化したという状況だ。言い換えると合理性が伝統に勝利したという事例である。

講談速記本をはじめとする明治の娯楽物語は、小鍋の料理に近い。江戸以前の洒落や見立てを消し去ったがゆえに、面白くなったものたちであり、近代以前を克服するため変化しつつある物語である。変化の過程にあるものを解説しているのだから、あいまいになるのも当然だ、ところでは開き直っておこう。

インサイド貸本屋

今や講談速記本は、ほとんど読まれていない。しかしかつては、異常な人気を誇っていた。誇っていたのだが、現在人気がなさすぎるため、その様子を想像することが難しい。そんなわけで、講談速記本の人気についても書いておこう。

残念なことに当時は本の販売部数などは不正確であり、あまり信用することができない。だからその人気を、数値化するのは難しい。

あくまで雰囲気でしかない数字だが、国会図書館に収録されている明治三四年（一九〇一）に出版された「日本文学」の「小説、物語」分野の出版物を抽出し、講談速記本の割合を調べてみると四割を超えている。にわかには信じられない結果だが、これが事実なのだから仕方がない。当時の講談速記本の人気が、いかにものすごかったのか理解できる。

明治三〇年代の貸本屋《かしほんや》では、講談速記本が欠かせなかった。今では貸本屋さんも衰退してしまっているため、イメージしにくいかもしれないが、娯楽物語を掲載する新聞がテレビとするなら、貸本屋さんは少し昔のレンタルビデオビデオ屋さんのようなものであった。

貸本屋は元禄（一六八八〜一七〇四）頃から現れる。その時代から文学辞典に記載されない娯楽作品、あるいは発禁の本などが、貸本屋を通じて大衆に届けられていた。文化五年（一八〇八）には、江戸で六五六人、大阪で三〇〇人前後が貸本業に従事し、江戸だけで一〇万軒におよぶ貸本読者人口があった。明治一五年（一八八二）には、店舗を構える貸本屋が東京に六六軒あったとされる。数が少ないような気がするが、店舗を持たず、貸本を背負うなり車に積むなりしていた、家庭、病院、下宿屋、温泉宿などを回る業者はこの六六軒に入っていない。このような業者の数は把握できない。ただ、参入障壁は低かったようだ。

このあたりの事情について、明治のハウツー本から読み解いてみよう。まずはどのような人が貸本屋を利用していたのか。明治三三年（一九〇〇）刊行の本から引用する。

此《こ》の貸本というものは、到底高等の書物は商法にならず〔難しい本では商売にならない〕、畢竟得意とするところが〔結局のところ利用したい人は〕病人、用なしの細君、娘、妾《めかけ》、後家、もしくは静《しずか》な家の店番、これらが主なる客にして、その目的は日暮らし又《また》は気晴らしに読むものなれば、最も可笑《おかし》き面白き講談落語の速記物〔講談速記本〕、〔黒岩〕涙香の翻訳小説から、〔尾崎〕紅葉、〔幸田〕露伴、〔村井〕弦斎の人情小説等凡《すべ》て此の種の慰み物に限るなり。

〔隅谷巳三郎・編纂『如何にして生活すべき乎』三一頁〕

なんだかひどいことが書かれているが、とにかく暇な人が貸本屋を利用していたらしい。今では文豪の幸田露伴が、講談速記本と並列されているなど、気になる点は多々あるが、今回はおいておこう。次は明治四四年（一九一一）の本から読者層を意識した品揃えについて。

労働者の多い処《ところ》では、講談〔速記本〕や小説を主に備え置き、書生、官吏、会社員なぞの多い処では、教科書、講義録、随筆の類《るい》や文学、法律や経済、宗教等に関する書籍を備えて置《おか》なければならないが、小資本で経営する者は講談小説類を備えておけば夫《そ》れで充分だ。〔天籟居士『職業案内全書』五七頁〕

明治四一年〔一九〇八〕には、講談速記本の読者対象に暇な人だけでなく、肉体労働者や学生、公務員や会社員も入るようになる。別の本では土地柄についても言及されている。

負葛《おいつづら》〔背負えるカゴ〕の中へ二十冊でも三十冊でも入れて下町ならば講談物〔講談速記本〕、山の手ならば、小説、随筆の類《るい》などを下宿屋も可也《かなり》、車夫の帳場も可也、理髪舗《とこや》でも芸妓屋《げいしゃや》でも万遍なく廻《ま》わって歩行《ある》く。〔信田葛葉『男女腕一本金儲ケ法』六三頁〕

下町には講談速記本、山の手には少し高尚な読み物として小説や随筆がおすすめされている。山の手というのは、かっては上品なイメージがあった。講談速記本の読者層が分かる記述としても興味深い。

続いて貸本屋の参入障壁の話だ。

貸本屋と云《い》うのは、慗《なま》じ商売人の仲間入りを仕《し》ないで立派に素人《しろうと》で出来る。最初は矢張《やは》り問屋へ行って、「数物」〔古書市で格安で販売される、汚い、古い、落丁があるなど問題のある書籍〕の中から、小説、講談を抜いて来る、其他《そのた》は古本屋へ伝手《つて》を求めて貫目〔重量で本を買う、一山いくらといった感じ〕で買い込む。新刊の小説、新聞種〔犯罪実録〕、新しい講談物と追い追いに手をまわして、さて十五円もあれば、一通り揃った処《ところ》で書棚の二三段も拵《こさ》えて並べるのである。〔同書六三頁〕

この本は明治四一年〔一九〇八〕に出版されているから、一五円というのは今の貨幣価値だとおおよそ一〇万円から二〇万円くらいだろう。二〇〇冊程度の在庫があり、店舗なしでお得意さんをめぐるという商売が、地域とお店の規模によっては成立した。これは各地に、相当数のお客がいるからに他ならない。かつて田舎にも、小さなレンタルビデオ屋が乱立していた時代がある。この当時、レンタルビデオ屋の開業資金は三〇〇万円だと聞いたことがある。それに比べると貸本屋は、かなり手軽に開業できたことになる。さらに〈細君の内職としては実に綺麗にして世話もなく、しかして割合に利益の多き上々の商法というべし〉〔『如何にして生活すべき乎』〕と既婚女性のアルバイトに薦める声もあった。

もっとも上記三冊の著者はいずれも貸本屋を経営しているわけではないから、頭から信用してしまうのは危険ではある。ただし、情報としてまったく価値がないというわけでもない。開業のために必要な金額が実際にいくらなのかは別にして、当時の人々が今の貨幣価値で二〇万円分も貯金すれば、貸本屋を開業できると考えていたという事実が重要だ。加えて一定以上の規模の都市に住んでいる人が、手軽な商売を始めようと思い立った時、貸本屋が選択肢に入っていたことにも注目したい。

そして、その貸本屋で定番商品とされていたのは、講談速記本であった。大正五年（一九一六）に書かれた本には、次のように書かれている。

貸本屋は前から副業によく行なわれた仕事であるが、扱って居《い》る人は大抵講談ものや小説ばかりで、一向下《くだ》らないものばかりであった。（西川彦市『［主人及家族の収入を増す］たやすく出来る金儲』一五三頁）

その一年後に出た『上京して成功し得るまで』では次の通りだ。

小説と講談とを専門に、得意廻りをして歩く小規模のものは、五十円許《ばか》りの資本金で沢山である。浅草区三好町の大川屋だの、日本橋区若松町の東江堂だのへ行って相談すれば、講談物は大抵一通り揃えて呉《く》れる。豪傑物だと俠客物だの、毒婦物だの、仇討物だの、探偵物だの騒動物だの、それぞれ配合《とりあわせ》があるのである。（福田弥栄吉・編『上京して成功し得るまで』一一一頁）

大正時代になっても貸本屋をするならば、講談速記本は欠かせない定番の存在であったことが分かる。ちなみに豪傑物、仇討物などなどは講談速記本のジャンルなのだが、このあたりかなり適当な分類なので流しておこう。とにかく貸本屋は長い期間に渡って人気と需要があり、定番商品は講談速記本であった。ある時代においては、講談速記本が娯楽の王様だったというのも、過言ではないということがお分かりいただけるだろう。

製造プロセス

次は、講談速記本の製造のプロセスについてである。速記記号も含めた講談速記の完全な原稿は、ほとんど残っていない。なぜなら速記の世界に、原稿を残す習慣がないからである。この世のどこかに残っていたとしても、理解するのは難しい。他人が書いた速記文字はとても読みにくいうえに、日本初の速記法である田鎖《たくさり》式速記の最初期の速記記号を読める人が、現在ではほぼいないからである。

そんなわけで講談速記本の製造プロセスについて、はっきりしたことは分かっていない。以降はあくまで推測だと考えていただきたい。

講談速記本には、次の三種類の作り方が存在する。

（1）講談師が実際に語り、速記者が速記して作るもの。

（2）講談師と速記者、あるは文章が書ける人間が相談しながら作るもの。
（3）講談師も速記者もなしに書き上げてしまうもの。

個々の講談速記本に、どのようなプロセスで作ったのか明記されているわけではない。制作体制については、推測するしかない。

明治一〇年代から二〇年代は、速記者が演芸場に通い詰め、その速記原稿をもとにして一冊の講談速記本にするケースが多かった。おおむね（1）の手法といえる。この時期には、宴会場で作るという手法もあった。料理屋に講談師を招き、講談を聞きながら、速記者がそれを書き写し、仕事が済むと慰労もかねてお繕《ぜん》が出る。製造の過程までもが娯楽になっているというもので、講談速記本のさまざまな生産方法の中で最も美しい手法である。ただし、数は極端に少ない。まだまだのんき気な時代にたまたま起きた、いわばお伽話のようなものではある。

講談速記本の人気が加熱し、競争が激しくなると、コストを下げるため速記者と講談師が一室にこもり作業をすることが多くなる。（2）の作り方の登場だ［図1］。

明治三〇年代には、講談師による口演すらなしに、手慣れた記者や仕事のない作家が直接原稿を書く（3）「書き講談」の手法があらわれる。これを講談速記本と呼べるのか、心情的に微妙ではある。

以上のような事情もあり、製造プロセスで講談速記本をジャンル分けするのは難しい。講談速記本っぽいのが講談速記本であり、だいたいこういう風に作っていたのだと考えてもらえれ

［図1］講談速記本を作る速記者と講談師（『［新潟義民］涌井藤四郎英敏之実伝』口絵、大正5年）

ばそれで十分である。

誕生と消滅

次に講談速記本がどのように生まれ、どのように消えていったのか、その一生についてである。

最初期の速記本とされているのが、明治一七年（一八八四）に出版された『怪談牡《ぼ》丹燈籠《たんどうろう》』で、これは三遊亭円朝《えんちょう》★1の落語を、田鎖綱紀《たくさりこうき》の速記講習会を卒業した若林玵《わかばやしかん》蔵《ぞう》と酒井昇造《さかいしょうぞう》が速記した作品である。田鎖綱紀は、日本で初めて速記法を実用化した人物で、明治一五年（一八八二）に、最初の速記講習会を開く。この二年後に速記本『牡丹燈籠』が出版されており、これは速記法自体を世間に宣伝するためのものであった。前書きには、田鎖がはっきりとその意図を書いている。長いうえに文語体だから、現代文で要約したものを書いておこう。

文字で思想を書くことはできるが、話したことを残すのは難しい。これは日本に速記がないためである。そのため速記法を研究し、議会や演説を書き留めたところ、幸いにも好評であった。さらに速記を世に広めたいと思っていたところ、出版社より落語家三遊亭円朝の人情話の書籍を依頼された。(『牡丹燈籠』前書き、著者の現代語訳による要約)

円朝による速記本は予想以上の人気を博し、講談・落語の速記本が相次いで出版されることとなる。こうして速記本は、ひとつの商売として成立する。

徐々に落語の速記本は廃れ、講談による作品が増えていく。江戸時代にはすでに講談の元ネタをまとめた文語体の種本《たねほん》が、貸本屋で人気を博していた。落語よりも長く、口語体で書かれた講談の速記本に人気が集まるのも当然の成り行きといえよう。

明治二三年(一八九〇)に帝国議会が開設し、議会速記が必要とされるようになると、速記

★1——三遊亭円朝…一八三九〜一九〇〇。落語家、怪談「牡丹灯籠」「真景累ヶ淵」、人情話「塩原多助」などを自作自演した。山岡鉄舟(剣術家・政治家)、井上馨(政治家)とも交流があり、落語家の社会的地位を向上させた。漱石も円朝が好き。

者から講談の速記は一段下の仕事と見なされるようになる。自然に速記技術の拙《つたな》い者が、講談・落語の速記をすることになる。拙いんだから、すべてを速記することはできない。技術で劣る部分は、講談師との相談で解決していた。単なる娯楽であるから、正確性もそれほど求められない。面倒くさい場合には、想像力でカバーしてしまう。これは悪いことばかりではなく、当てずっぽうの付け加えによって、講談速記本の文体が徐々に独自の進化を遂げていく。具体的には文節は短かく、漢字は少なく、ページ数は増えていくといった変化である。

現代人が講談速記本をつくると

未熟な速記者がどの程度まで想像で補っていたのか、今となっては知ることは難しい。ただし私は一度だけ、現代の最新鋭の速記技術で、講談師の口演を速記する現場に立ち合ったことがある。二〇一二年、七七歳の佐竹式のベテラン速記職人である大堀吉治《おおほりきちはる》氏が、旭堂南陵《きょくどうなんりょう》氏の口演『越ノ《こしの》海勇蔵《うみゆうぞう》』を速記し、当日電子書籍化するという企画があった。いろいろあって、電子書籍化は私が担当することになった。

演者の実力は疑うところなし、速記者も同じく名人の域に達している。速記自体も、明治とは段違いの技術水準だ。デジタル機器が導入されており、確認作業も容易、長さもわずか八ページにすぎない。スラスラ速記してしまえそうなものだが、実際にやってみると、難しい部分がいくつか出てきた。人名や漢字などはもちろんのこと、例えば「大きなお腹《なか》」なのか、

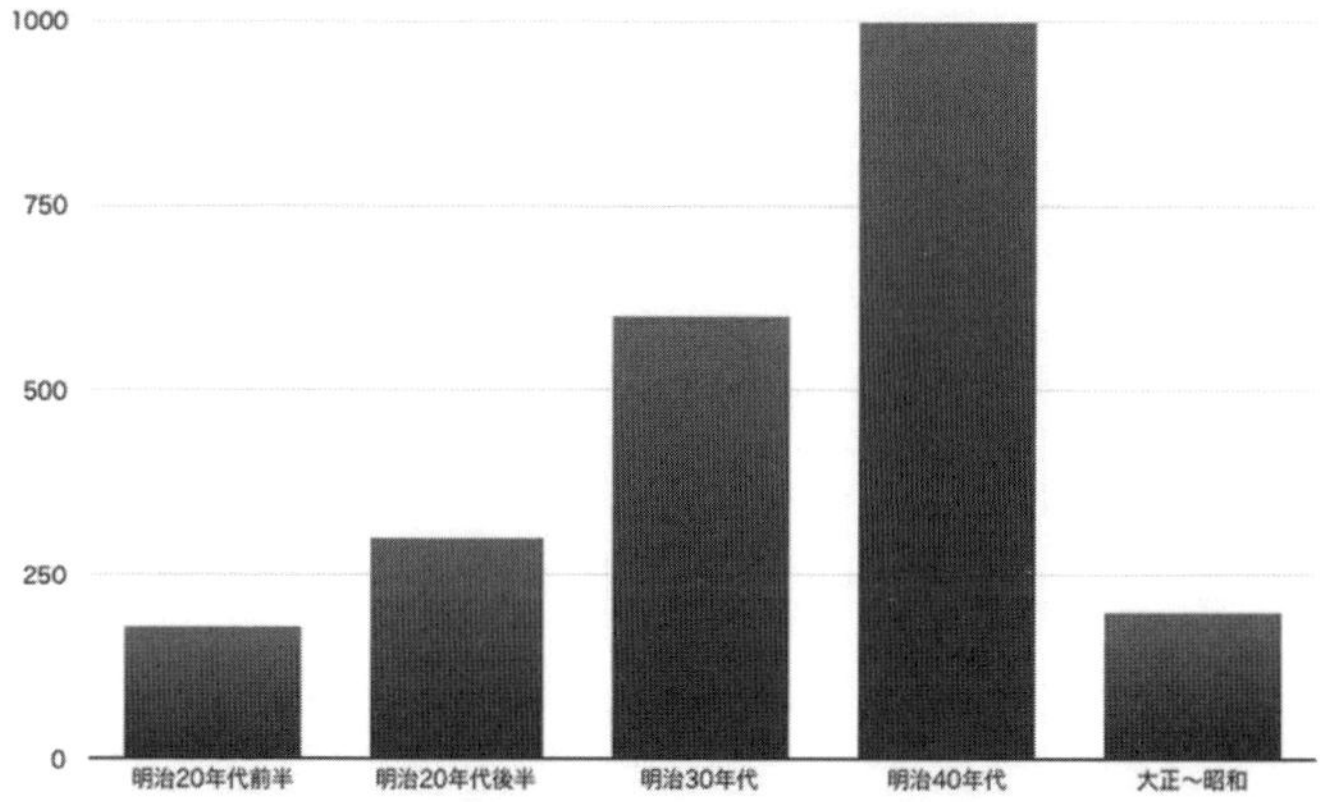

［図2］講談師・石川一口がかかわった講談速記本のページ数の推移

「大きな体《からだ》」なのか、判断が付かず、あいまいな処理をする場面があった。現代最高の水準ですらこの結果である。明治の未熟な速記者が苦労したのは想像に難くなく、彼らは速記できなかった少なくない部分を、想像で補うしかなかったはずだ。

講談師問題

明治三〇年代に入ると、講談速記本が長くなりはじめる。一例として石川一口《いしかわいっこう》という講談師による作品のページ数の平均を、グラフ化したものを見ておこう［図2］。

この時期を、二巻、三巻という長い物語に耐えうる口語文を、名もなき多くの人々が作り上げていった時代だと見なすこともできるだろう。

大正時代に入ると大衆文学の勃興により、講談速記本の人気に翳《かげ》りが見えはじめる。こうなったのには、いくつかの要因があるのだが、大正二年（一九一三）に起きた「講談師問題」が理由のひとつとされている。これは講談社の設立者である野間清治《のませいじ》による雑誌「講談倶楽部」にまつわる騒動だ。「講談倶楽部」は明治四四年（一九一一）に刊行された娯楽文学雑誌で、初期は講談を速記した物語が多く掲載されていた。大衆文学の歴史を知る上では押えておくべき話題なのだが、かなり複雑なうえに講談速記本の衰退の理由として考えると、あまり重要でもないと個人的には考えている。だから簡単に説明してしまおう。

騒動の背景には次のような状況があった。

・当時は著作権があいまいだった。
・講談より浪曲（浪花節）の人気が高くなりつつあった。
・「講談倶楽部」に浪曲が掲載されるようになった。

当時、講談師たちは浪曲の台頭に危機感を覚えていた。そんな折に「講談倶楽部」で浪曲の特集が組まれる。講談師は知識人であり、指導者、そして先生である。他の芸人とは異なるというプライドがあった。これは看過できないという空気が形成される。さらに「講談倶楽部」に掲載された講談の原稿が、他社に売り払われているのではないかという疑惑も浮上する。★2

速記者の今村次郎《いまむらじろう》が講談速記本サイドの代表として、講談社の野間清治と交渉することとなるが、交渉は決裂、講談社は講談師を必要としない「書き講談」の掲載を決定、これが後の大衆文学へとつながっていく……というのが通説なのだが、個人的にはちょっと怪しいと考えている。野間清治が今村次郎側を挑発し騙し討ちにしたのだという話や、今村次郎が講談師たちを焚《た》き付け利益を独占しようとしたという説もある。どちらにしろ世渡りベタなであった講談師たちが、割を食った騒動だった。

この事件をきっかけに、講談社が書き講談を積極的に雑誌に掲載するようになったのは事実である。ただし書き講談自体は、すでに書いたように明治三〇年代には存在していた。さらに新機軸の講談速記本も、果敢に出版されていた。重要なのは、そんな改善を施し続けてはいたにもかかわらず、大正初期には、講談速記本が大人の読者には少し物足りないものになっていたということだ。

ところがここから、講談速記本は再び息を吹き返す。大人が読んでくれないのであれば子供だッ！　というわけで、過去の作品を子供向けに作り変える作戦に出たのである。さらに値段を安くするため判型の小さい文庫とし、ストーリーと文体を簡略化しページ数を減らすという工夫もした。子供向け講談師で最も有名なのは、なんといっても立川文庫[★3]で、三巻から四巻

★2——当時は、一度発表された物語を、新聞や雑誌の連載向けにレンタルするという商売があった。

あった物語を一巻に圧縮してしまう。長い物語の中から、面白い部分のみ抽出し一巻するのだから、面白くないわけがない。この試みは成功し、講談速記本は一時的に人気を回復する。

しかしその人気も長くは続かなかった。関東大震災（大正一二年）の後くらいから子供向け講談速記本ブームは終束してしまう。その後、昭和初期まで新聞連載として生き残ったが、全体としてはゆるやかな衰退を続け、現代に至っている。

講談師の憂鬱

時間を巻き戻そう。明治の三〇年代は、講談速記本が最も進化した時代である。創作者たちが、いかに奮闘していたのか、少し詳しく書いておこう。

日清戦争の少し前の時代、当時は新聞に面白い物語が掲載されると、新聞の部数が立ちどころに伸びるというような状況だった。この頃は講談速記本も、最初期の娯楽小説や犯罪実録などと互角以上に戦えていた。

日清戦争、そして、日露戦争が始まると人々の興味が、現実に向かいはじめる。伝統的な講談のネタに、読者が飽きつつもあった。もしも講談速記本が単なる時代の仇花《あだばな》であり、江戸の文化によっかかりきりのジャンルだとしたら、ここで消えてもおかしくなかった。ところが日清戦争の前後、人気に翳りが見え始めたとみるや否や、創作者たちは先手必勝で打開策を探究しはじめたのである。

例えば出版社と速記者は、いやがる講談師を説得し、なかば無理強いし、日清戦争の講談をしゃべらせる。人々の興味の対象が日清戦争に向いているのなら、日清戦争の講談速記本を出しゃいいだろといった荒っぽい戦略だ。明治二七年（一八九四）に刊行された日清戦争の講談速記本『通俗支那征伐』の冒頭の会話がなかなか興味深い。嫌がる講談師の伯円を速記者の今村次郎（「講談師問題」に出てきた今村と同一人物）が説得している。

〔伯円〕「今度の日清事件は何《ど》うか御免を蒙《こうむ》り度《と》う御座います」〔今村〕「夫《それ》は何故です」〔伯円〕「何故と仰《おっ》しゃるが、貴下《あなた》も御存じだろうが、現今いたる処《ところ》日清事件の噂ならざるはなく、劇場に観《み》せ物に錦絵に、新聞は固《もと》より一切此《この》事に関係のないものはございません。又読本《またよみほん》は諸方の書肆《しょし》〔出版社〕から、名は異《かわ》りますが立派の本が出て居ります、是等《これら》の本は私《わたく》し共《ども》のような無学者の書いた本ではなく或《あるい》は新聞記者とか小説家とか文学士とか何《いず》れも当今《とういま》屈指の学者が筆を執られたもので文章も細密《つづまやか》にて、実に後世の歴史といっても宜《よ》い位《くらい》の物であります。処《ところ》へ伯円《はくえん》ごときが口から出任せに多和事《たわごと》を吐いては其《そ》の日其《その》晩の寄席へ来る御客の前なれば、また忘れてお終いになさる方もありましょうが、苟《いやし》くも本に残っ

★3——立川文庫…明治四四（一九一一）年から関東大震災前後まで、立川文明堂から刊行された講談本。関西を中心に関東、九州で読まれた。読者が多く今も知名度は高い。題材の多くは明治四〇年代にはすでに存在していたが、西郷隆盛、乃木希典、ロビンソン・クルーソーなど、目新しい題材も扱われている。

ては跡々《あとあと》までこんなことを喋舌《しゃべ》ったのかと人に笑われるのも実に辛い話、殊《こと》には老人《としより》の冷水《ひやみず》、戦争の話だけは今村君ごめんを被《こうむ》り度《と》うございます」〔…〕〔今村〕「イヤ実は先生の謙遜するところも無理ではないが、文事堂〔出版社〕の主人は学者や新聞記者の書いたものは世間に大層あるが、まだ此《こ》の事に就《つい》て講談師の講演速記本がない所が此方《こっち》の附《つ》け目、何事も迅速《はやい》を以て勝利とする。速やかに伯円子に講演してもらいたいと何も彼《か》も承知の上で僕が依頼を受けて来たのだから是非とも喋舌《しゃべ》んなさい。僕も勉強しますから」と茲《ここ》に話はまとまり、即日即様《すぐさまや》薬研堀《げんぼり》の今村次郎氏宅へ参り、最《い》と物静かなる二階に於《おい》て話が聴者《ききて》は即ち会主の文事堂主人、速記者は館の主人今村次郎其人《そのひと》、講演者は不肖《ふしょう》伯円でございます。（松林伯円・講演『志那征伐』二〜三頁）

戦争に便乗して後世に恥を残すのはごめんだという講談師と、とにかく売れるものを作りたいという出版社、その間に入ってやや出版社よりの速記者という三者の関係がうかがい知れる。同時期にネタ切れのあまり、江戸のフィクションを講談速記本にしたものも現れる。しかし完全なフィクションを話すというのは、講談師にとって愉快な話ではなかったらしい。時代が少しズレてしまうが、明治四一年（一九〇八）刊行の講談速記本版『東海道中膝栗毛』に出てくる講談師の愚痴が面白いため、引用をしておく。

大体私どもの業体《ぎょうたい》は「講釈師見てきたような嘘を吐き」と謂《い》って、全然形態《まるっきりかたち》のないことを申し上げると云う訳ではない。幾分か事実のありまする所のお話を幾分か上手に引き伸《のば》すと云うような遣り方でございまするが、しかし此《こ》の弥次喜多何か云える仁《ひと》は、有ったかなかったかどうだか其辺《その》の所が、一向取止《とりと》めが付かないのでございます。何《ど》うやら跡形もない人間のことを彼《か》れ是《こ》れと弁じますることは、どうも講談師の立場として大いに迷惑を感ずる次第でございまする。(神田伯竜・講演『弥次喜多東海道中膝栗毛　第一編　東海道中膝栗毛』二頁)

実在しない人間の旅行記を語るのは、講釈師の立場として迷惑を感じるというわけだが、結局のところ演じてしまっている。神田伯竜《かんだはくりゅう》という人は、お人好しだったのかもしれない。ちなみに彼は、明治四三年(一九一〇)の講談速記本『四国奇談《しこくきだん》実説古狸合戦《じっせつこりがっせん》』でも、狸《たぬき》の物語も演じていて、そこでも言い訳をしている。

チョッと見るとお子達へのお伽譚《とぎばなし》かと思召《おぼし》そうが、然《そ》う間違えられましては甚《はなは》だ困ります、これは実際あったことでありまして、只今に到《いた》りましても、阿州《あしゅう》の徳島地方のお方は能《よ》くご存知で居らっしゃいます、本講談の主人公と致しますのは人間にあらず、狸でございまして、これは阿州勝浦群日開野《あしゅうかつうらごおりひかいの》という所に正一位金長大明神《しょういちいきんちょうだいみょうじん》と立派に神に祀《まつ》り籠《こ》めと相成ってございます、伯竜《わたくし》が斯様《かよう》なことを申し上げるまでもございません。其《そ》の地のご老人たちにお聞きに相成《あいな》れば、能《よ》く明解《わか》るのでございます。(神田伯竜・口演『実説古狸合戦』

一～二頁〉

狸が戦争★4をするというのはウソみたいだが、これは本当の話なのだから、信用できないなら地元の老人に聞いてこい、という絶叫である。このように誇り高き講談師たちには、苦悩と憂鬱があったにしろ、なんだかんだで努力は報われ、講談速記本の人気は長く続いた。

「薄い本」の挑戦

物語の内容だけでなく、書物の形態に対する工夫もあった。明治三二年（一八九九）には瀧川《たきがわ》書店という版元から「時代薄小説《じだいうすしょうせつ》」が登場している。時代薄小説というのは、その名の通り講談速記本が薄くなったものだ。発売の主旨は以下の通りである。

本書は昔からの有名な話しを集め、其人《そのひと》の一代の歴史の中で一番面白い事実を抜いて書き著わしたのですから味《あじわ》いが尤《もっと》も深い。然《しか》し面白い事実ばかりで其人《そのひと》の前後の事歴がないかと云《い》うに然《そ》うではない。前後《ご》の事実も極く簡単に付随していますから、多くの時間を費し多くの金を出して読《よん》だり買ったりするよりも、安く買われて早く読んで仕舞《しまう》事が出来ると云《い》う極めて徳用の書物で御座います。（真竜斎貞水・講演『［歴史講談］上杉謙信』巻末広告）

講談速記本なんか買って読むのは時間と金の無駄だから、安くて薄い時代薄小説のほうがお得であるというコンセプトで出されたのが、この時代薄小説なのだが、いくらなんでも志が低すぎる。ちなみに時代薄小説は、だいたい一冊五〇ページ程度、同時期の講談速記本の平均からすると半分以下の分量だ。時代薄小説から約一〇年後、子供向けに講談速記本を短かくアレンジした立川文庫でも、一冊二四〇ページはあったのだから、ちょっと薄過ぎである。要点だけに絞っても、五〇ページ程度ですべてを語るのはかなり難しい。その上、計画性も何もなく書かれており、明治三四年（一九〇一）に刊行された『歴史講談上杉謙信』の時代薄小説では、下記のような雑談めいた文章が延々と続く。

一寸《ちょっ》と毘沙門天のお話しを少々致しますが当今《とういま》駿河台の北甲賀町はお屋敷のある秋元子爵《あきもとししゃく》さま、このお家に伝わる毘《び》沙門尊天《しゃもんそんてん》は実にご利益が広大なもので、伝教大師のお作であるというから余程にお古いものは立像でございまして、両眼《りょうがん》は見開いてお存《いで》なさる。貞水《わたくし》も此《こ》の毘沙門天を拝しました。然ればそのご威光に自然頭《つむり》が垂《さが》るは木造とはいえども宛《さな》がら生けるがごとく、段々伺ってみたら秋元様のはご先祖が故あって是《こ》れをお引《ひき》うけに

★4――徳島の金長大明神のタヌキは井上ひさし『腹鼓記』、スタジオジブリの『平成狸合戦ぽんぽこ』、森見登美彦「有頂天家族」シリーズに登場し、狸物語には欠かせない存在だ。明治の物語ではタヌキが鎧兜で身を固め馬に乗り大暴れしており、ある意味現代より斬新だ。

なって、以来何事も秋元家において其のご党首様は信仰なされば危うきことをお免《のが》れあそばし安政の大地震の折からも、この毘沙門をご信仰の大信心家は皆《み》な其《そ》の毘沙門天のお助けを蒙《こうむ》った。其の時は丁度今の新大橋の傍らに秋元様のお屋敷があって其処《そこ》は毘沙門天を祀ってあって〔…〕（同書一～四頁）

実にとりとめがない。雑談というよりも、要は毘沙門天を祀っていた秋元子爵様へのおべんちゃらである。話し手の技量があるため、ついつい読み込んでしまうものの、この雑談がまさか上杉謙信の生涯を描いた物語だとは誰も思わないだろう。毘沙門天の話題に計三ページが費され、後半では剣豪塚原卜伝《つかはらぼくでん》の活躍が七ページも続く。

小太郎〔塚原卜伝〕は丁寧に、小[★5]『是《こ》れは四郎どのでござるか』ト会釈をすると、四郎は理不尽にも喧嘩をしかけ、四『我が腕前を見よ』ト抜き打ちに切って掛かる夫《そ》れを小太郎は初めは右左《みぎひだ》りと体《たい》を替《かわ》してい、だが避けきれなくなったから、小「這《こ》はご無体」ト一刀《いっとう》引き抜き胸《むね》打ちをしようとしたが流石の塚原小太郎の腕前だが手先《さ》きがくるって四郎を斬って捨てた。（同書四〇頁）

講談速記本の世界では、上杉謙信は塚原卜伝を手助けしたということにはなっている。だから卜伝がまったくの無関係というわけではないものの、五〇ページ中、上杉謙信にほぼ関係ないエピソードに一〇ページというのは語りすぎであろう。たまたま謙信の時代薄小説が駄目だったのだろうと思いたいところだが、すべてがこの調子で、残念なことに時代薄小説の企画は一〇巻で終了してしまう。結論としては、失敗した試みということになるが、その無謀な挑戦は記憶しておきたい。

演説ブームの後先

講談速記本の元ネタということになっている講談はどうなのかというと、こちらも明治に入り大きな進歩を果たしている。

例えばかなり早い時期に、演説や弁論のテクニックを取り入れている。日本人は海外から輸入されたスピーチという新しい技術を模倣し、自国の文化に溶け合わせ独自の話芸をつくりあげた［図3・4］。かつて街角や電車の中で演説する若者たちがいる時代があった［図5］。演説のブームはわりとすごく、多分野に影響を与えている。例えば演劇では、誰もが聞いて理解できる台詞で話すことが求められ、壮士芝居というジャンルでは演説調の台詞回しを採用

★5──当時の娯楽物語では、会話文の前に話者が誰なのかを示すというルールがあった。書き手も読み手もまだ未熟だった時代の技術なのだろう。

左［図3］最初期の演説スタイル（『明治演説史』挿絵、大正15年）
右［図4］進化しすぎて意味が不明になった演説（『明治演説史』挿絵、大正15年）

している。第6章では、最初期娯楽小説に登場する演説口調をいくつか紹介している。

ブームは講談にも影響を与え、政治講談が発生する。最も有名なのは伊藤痴遊《いとうちゅう》★6で、彼の描く政治講談は、演説の技術を多く取り入れている。明治時代、スピーチは最新鋭の技術であり、政治講談は演説の輸入なしには成立し得なかった。

考えてみると、速記も講談も海外由来の最新鋭の技術である。講談速記本は、さまざまな技術を貪欲に取り入れ成立してたジャンルと見ていいだろう。

粗忽ゆえの進化

技量的に未熟な速記者が、講談の速記をすることが多かったことはすでに述べ

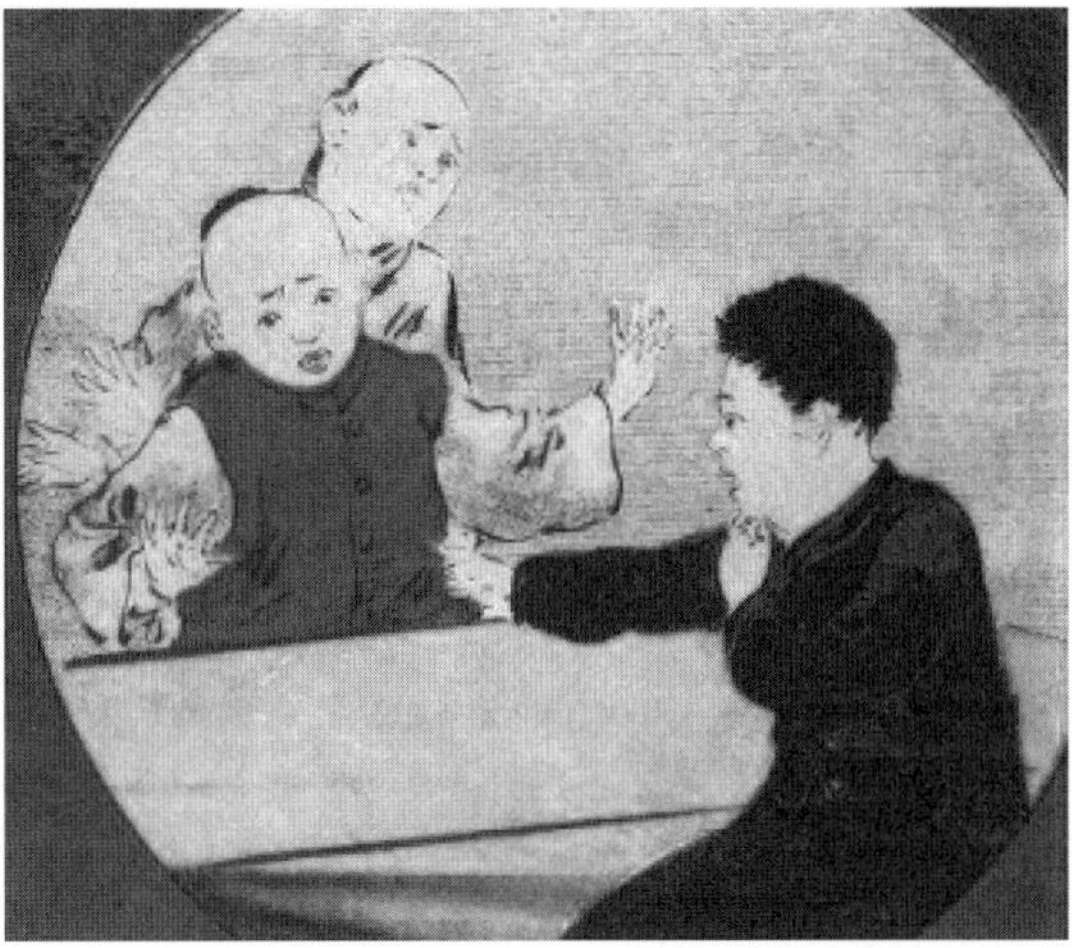

［図5］ついには子供も参戦
（『［支那征伐］少年演説討論会』書影一部、明治28年）

た。しかし、講談速記の需要が増えるうちに、十分な技量のある速記者も、こんなことを始めてしまう。

もう速記してぼつぼつ翻訳をしていたのでは間に合わない。大体、速記という作業には一遍符号で書き留めたものを、だれもが読める普通文字に清書し直さなければならないという不便さがある。いきなり普通文字で書けたらこんな便利なことはないというので、窮余の一策、講釈師と話し合ってゆっくり読んでもらい、その場で書いてしまうことにした。

★6—伊藤痴遊…一八六七～一九三八年。講談師、政治家、本名仁太郎《にたろう》。自由党に入り星亨《ほしとおる》に師事、星亨が講談速記本に多く登場するのは、このあたりにも理由があるのかもしれない。弁論術の普及に努め、『伊藤痴遊全集』はかなり有名。

（竹島茂『速記曼荼羅鉛筆供養〈上〉大河内翠山と同時代の速記者たち』六四頁）

もはや速記ではない。さらに名速記者の出自については、次のような説がささやかれていた。

昔から名速記者として速記の歴史に名をとどめている人々の中には文士崩れが多い、という話を聞いたことがある。（同書八頁）

文士崩れの速記者ならば、雑文書きに慣れているうえに、読んでいる量が圧倒的に違う。もちろん言文一致体にも馴染みがある。ライティングのスキルを活かし、講談速記本の文体を作っていったというのは、十分に考えられることである。また都合の良いことに、当時の速記者たちの中には、講談速記本に対し偏見を持つ人々がいた。

一部の速記者は講談速記をばかにする。講談師、落語家と肩を並べるのを恥じ、あんなものはどう書いたっていいと貶《さげす》む。（同書一五二頁）

速記者にとって花形はやはり議会の速記録で、講談速記本はアルバイト、あるいは正確に速記する腕のない人間、あるいは機会に恵まれない運のない野郎が従事するものだという認識だった。そして講談速記本には、議会の速記のように厳密さは求められない。

複数人で書く、文士崩れがいる、厳密さは求められない、この三点が揃った時、どんなことが起きるのだろう？　複数人だからと責任の所在はあいまい、聞き取れないところは昔取った杵柄《きねづか》、作文の技術で補ってしまう、正確でなくてもかまわないと自然に気持ちは緩む……。こんな速記が成立してしまう。悪く言えば粗忽、良く言うと非常に自由度の高い環境である。誰かが意図したものではないのだろうが、これにより独自の物語形式が生まれることになる。

講談速記本は講談師と速記者、そして文士が、無責任かつ不器用なりにさまざまな技術や文化を貪欲に取り入れながら作り上げた。情熱が空回っているところもあるが、だからこそある時期、最高に面白い物語分野として君臨することができたのである。

押川春浪とのパクリ合い

さて、講談速記本が娯楽の王者ッ！　他のジャンルに影響を与えたッ！　と繰り返していてもしょうがない。説得力を持たせるため、本章の最後では、明治が誇る偉大な作家と講談速記本の関係をみてみよう。

日本ＳＦファンであれば、押川春浪《おしかわしゅんろう》★7の名前は誰もが知っている。というよりも日本のＳＦ史は春浪を抜きにして考えることはできない。春浪は、明治娯楽物語という一大ジャンルにおけるサブジャンル〈最初期娯楽小説〉の代表作家である。この偉大なバンカラＳＦ作家も、講談

［図6］犬との格闘に敗北する壮一（「頑骨先生」『［武侠小説］怪風一陣』口絵、大正3年）

速記本の技法をかなり使用している。

次に紹介するのは春浪の短編小説「頑《がん》骨《こつ》先生」（『［武侠小説］怪風一陣』所収、大正三年）で、壮一《そういち》が狂犬と格闘する場面である［図6］。

> 壮一は良き機会こそ御参《ごさん》なれと、地上の大石拾い上げるより早く『畜生！』、一声《いっせい》叫んで投げつけた。大石はハッシと悪犬の横腹に中《あた》る。ウオーと物凄く唸って振り返った悪犬は、其処《そこ》に壮一の姿を見るより、元来狂気《きちがい》の如き猛犬だ。忽《たちま》ち鯛を打捨《うちす》て、狼の如く牙を鳴らして飛掛《とびかか》って来《き》た。『何《な》んの』と壮一は神速《すばや》く身を躱《かわ》し、飛掛かつて来る途端《はな》を、右足《うそく》を挙げて蹴飛ばした。（押川春浪「頑骨先生」一五〜一六頁）

この場面は講談速記本の化け物退治のシーンと、そっくりそのままである。大正二年（一九一三）の本からひとつ、典型的なものをあげてみよう。

幸『オオ、好《よ》き得物だ、六郎、予《よ》の腕前を見よや、斯《こ》んなものだッ』と云《い》うが早いか、弓を満月の如くキリキリと引き絞り、狙《ねらい》を定めてヤッと一声兵弗《ひょうふつ》と切って放した。咄嗟《あなや》猿は射貫《いぬ》かれたと思いの外《ほか》、斯《こ》はソモ如何に飛び来《きた》る矢を右手で確《し》っかと受け留めたる件《くだん》の猿は、幸村眺めて呵呵《からから》と嘲笑《あざわら》った。（玉田玉秀斎・口演『［真田家三勇士］猿飛佐助』六三頁）

春浪と講談速記本の文体はかなり近い。春浪の方では〈たちまち鯛を打ち捨てて〉なんてギャグの要素も入っており、犬に返り討ちにされてしまうのだが、それもなかなか面白い。上記のような「化け物に威勢の良さを見せつけ、飛び道具を使うが通用しない」といった一連の流れは、講談速記本が持つ（あるいは講談ないし、その他伝統芸能から引き継いだ）一つのテンプレートだといえる。その後だいたい「飛びかかってくる化け物を、勇士が返り討ちにする」と

★7――押川春浪…一八七六〜一九一四年。冒険小説作家、バンカラ。冒険SF武侠小説『海底軍艦』で一躍有名になる。編集者としても優秀で、「天狗倶楽部」を創立し、スポーツの普及にも努めた。

［図7］刀が通りにくい狒々を押さえつける岩見重太郎（『岩見重太郎・塙団右衛門』口絵、大正6年）

いう流れにつながる。

具体的にこのテンプレートの特徴をあげれば（1）〈良き機会こそ御参なれ〉〈オオ、好《よ》き得物だ〉といった意気のよさを表現する文言《もんごん》、（2）攻撃の後、即座にリアクションを描く、（3）そこに擬音が伴う――といったところだろう。

次の引用は、講談速記本の影響を受けている最初期大衆小説の一場面である。

前からやって来た奴の頭脳《あたま》に僕が特有の鉄拳を一ツ喰らわしてやると、彼はヨロヨロと二三歩《ポ》踏《よろ》めいてドッカリ腰掛に尻餅を搗《つ》いた。次に背後《うしろ》から来た奴の襟首捉えて、柔術極意の締めを喰《くら》わしてやると、彼《か》れはキューと咽喉笛《のどぶえ》を鳴らして息絶えた。

（星塔小史『蛮カラ奇旅行』八五頁）

これをテンプレートに当てはめると、（1）意気のよい文言は〈前からやって来た奴〉、（2）即座のリアクションは〈二三歩よろめいて〉〈腰掛に尻餅をついた〉、（3）擬音は〈ヨロヨロ〉〈ドッカリ〉〈キュー〉が、それぞれ相当する。

さらにもうひとつ、講談速記本では定番の狒々《ひひ》（大型のサルのような妖怪）退治に関係する設定も、春浪は活用している。狒々は身体に塗った松脂《まつやに》の上から砂をこすり付け、さらに松脂を塗りこむ。そんな作業を繰り返し、刀が通りにくい体を作り上げている［図7］。これも一つのテンプレだ。

この狒々退治の設定も、押川春浪は明治三三年（一九〇〇）刊行の著作で次のようにアレンジしている。

日出雄《ひでお》少年は猛狒《ゴリラ》の死骸を流眄《ながしめ》に見やりて、
『それでも、私《わたくし》は残念です、猛狒は私の鉄砲では死にませんもの。』と不平顔。
『何、左様《そう》でない、此獣《このじゅう》は泥土《どろ》と、松脂《まつやに》とで、毛皮を鉄のように固めて居るのだから、小銃の弾丸《たま》位《ぐらい》では容易に貫く事が出来ないのさ。』と私《わたくし》は慰めた。（押川春浪『［海島冒険奇譚］海底軍艦』一三八頁）

［図8］ゴリラらしき動物がいる（『［南洋奇談］東天丸五郎吉』口絵、明治44年）

ゴリラが松脂で毛を固めて、弾丸すら容易に通らなくなっている。

　春浪の冒険小説は売れに売れていた。春浪に触発された最初期の娯楽小説家たちは、類似の小説を書き始める。春浪のゴリラ描写は、やがて講談速記本に逆輸入される。次の引用は明治四四年（一九一一）の作品だ［図8］。

　総身《そうしん》の毛は宛然《さながら》針を植えた如く、尤《もっと》も此《こ》のゴリラと云《い》う奴は、始終木の油を身体に塗り附《つ》けて置いて、爾《そ》うして日光に晒し、又其《またその》上から油を塗り附けては砂利の中へ転がりして居るから、ゴリラの身体には鉄砲玉も矢も立たない位《くらい》でございます。

（旭堂南陵『［南洋奇談］東天丸五郎吉』一四六頁）

講談速記本の格闘シーンを参考に書かれた春浪の最初期大衆小説をお手本に、講談速記本は新しい作品を作り出す。創作は持ちつ持たれつということなのだろう。

先にも書いたように、押川春浪は偉大なSF冒険バンカラ作家であり、彼に影響を受けている作品は大量に存在している。講談速記本の文体は押川春浪を経由して、さまざまな作品に影響を与えていたと考えることができるだろう。

「ちょうどいい」講談速記本

講談速記本は、明治娯楽物語のなかでも最もよく読まれ、三〇年以上もその地位を守り続けた。他ジャンルとメディアとともに成長し、日本の文化の形成に大きな役割を果している。評価されて当たり前なのだが、日本の娯楽分野というのは変な環境で、多くの人が楽しむ反面、その創作者や作品は低く見られがちだ。講談速記本が果たした功績についても、語られることは当時でさえなかった。

異色のジャンル「工業教育小説」に分類される『腕の力』（大正六年）の前書きに、こんなことが書かれている。

今まで工業青年の読み物といえば、概して講談本だとか、低劣な猥雑極まる通俗小説に

過ぎなかった。（大日本工業教育界・編『腕の力』はしがき）

講談速記本は、当時から軽く扱われていたし、その後も十分に研究されることなく、忘れさられてしまっている。何千もの作品を創出した一大ジャンルが、なんの議論もなく消えてしまったというのは、にわかに信じられないかもしれないが、事実なんだから仕方がない。考えてみればこの「工業教育小説」なんてジャンルも、今や消滅している。文化なんてものは、実にはかないもので、認めてあげなくてはあっさり消滅してしまう。昔の人々にとって、講談速記本は消えてしまっても、なんら惜しくもない存在だったということになるのだろう。

しかしである。押川春浪の例をあげたように、講談速記本の存在は、同時代の作家にとってきわめて大きな存在だった。講談速記本を抜きにして語られる文学史や娯楽史は、なにかが抜け落ちているように私には思える。そして近年、講談速記本につながる文化の研究が、盛んになってきている。忘れてしまったものを、思い出すのにちょうどいい頃合いなのかもしれない。

というわけで、次章では個々の作品を楽しみながら、講談速記本の世界を覗いてみよう。

第4章 地獄に落ちそうな勇士ども

長広舌の真田幸村二世&神より強い猪突猛進男

明治四四年の凡作たち

基本的に講談速記本は、同じような作品ばかりだということになっている。しかし明治三〇年代中頃から四〇年代にかけて、個性的な作品が大量に創出された。手始めに、明治四四年(一九一一)に出版された、平均的な面白さを持つ作品を列挙していく。

玉田玉秀斎《たまだぎょくしゅうさい》・講演『豪傑荒尾龍之助《あらおりゅうのすけ》』は、主人公の龍之介が仇討《あだう》ちのために日本を漫遊するのだが、彼自身も三人の武士に仇《かたき》として付け狙われるという設定だ。龍之助はお人好しの豪傑である。

「アア、またれい方々《かたがた》、御身等《おんみら》も浪速屋《なにわや》の宅《たく》で泊《とま》っているそうだが、仇同志が今晩は、悠々一杯《ゆうゆういっぱい》やろうではございらぬか」(玉田玉秀斎・講演『荒尾龍之助』一六一〜一六二頁)

このように、仇討ちにきた三人組を飲みに誘う。〈なき兄や親に対して憚《はばか》りあり、これにてお別れ申す〉とあっさり断られてしまう。龍之助は他にも三人組が弱すぎるから、間違って自分が返り討ちにしてしまうかもしれない……などと余計な心配をする。立ち去ろうとする三人組に、自分が仇討ちを終えるまで諸国漫遊しながら武芸を磨けと激励し、自分は旅先にある神社仏閣に目印をしておき、全国どこにいても分かるようにしておくと約束している。物語終盤では見事に仇を討った龍之助が、討たれるために三人を探し歩くという至れり尽くせりぶり。読みようによってはコメディの要素が強い作品だ。

神田伯竜・講演『侠義大八《だいはち》の助八《すけはち》』の主人公・助八は、人助けばかりしている奇人であり、武芸が出来るわけでもなければ、力が強いわけでもない。ところがあまりに親切すぎるため、兄弟分になろうと侠客たちが助八のもとに殺到してしまう。武力に親切で勝つという、いわば親切豪傑とでもいうべき主人公である。

松月堂魯山・口演『鉄人流元祖青木《あおき》城右衛門《じょうえもん》』は、明るくほのぼのとした作品だ。少年時代の城右衛門は、お寺にお供えものをするからと、食料を持ち出しては、乞食たちに分けあたえる。乞食たちと仲良くなった城右衛門は、薪《まき》を持たせて自分を殴らせる。それを避け続けることで、武芸の修業になるというわけだ。長じて豪傑となり武者修業に出るのだが、城右衛門を慕って高砂《たかさご》という乞食が見え隠れに付いてくる。高砂だけではない。かつて修業に協力してもらった乞食たちと、旅先で何度も巡り合う。どうやら城右衛門には、身分の上下差という概念が存在しないらしい。

〔乞食たちは〕金がある時には酒肴を買い求め、皆が手を叩き歌を唄って酒盛りをするとは、誠に無邪気で可愛いらしい者である。（松月堂魯山・口演『青木城右衛門』三六頁）

というように、乞食たちの生活を微笑ましく思うだけでなく、時にその知恵や知識に敬意を払い、友達付き合いを続ける。

城右『オオそうか。貴様等《ら》〔乞食たち〕が左様に親切にいうてくれるので、俺もこの知らぬ都に上《のぼ》っても親についておるように思うぞよ』（同書九三頁）

乞食たちも城右衛門の協力によって、仇討ちをしたりビジネスに成功したりと、かなり活躍する。明治という新しい時代の中で、誰だって頑張れば成功できるんだという明るい雰囲気が感じられる。

鬼のような顔をして、百姓でもなく侍でもなく、なんともいえない格好で旅をする変人豪傑が主人公なのは松月堂魯山・口演『剣道名人那珂《なか》一石斎《いちこくさい》』だ。七面鳥というニックネームで呼ばれているが、怒りもしないでニコニコしている。その一方で剣の腕前は超一流、箕輪《みのわ》（現在の群馬県高崎市）で道場を開く剣聖、上泉秀綱《かみいずみひでつな》の下で修行をし、上泉の一番弟子・塚原小太郎（卜伝《ぼくでん》）も一目置くほどである。

一石斎は、川で泳ぐ鯉を見れば子供の頃を思いだして鯉釣りをしたくなり、屋根から落ちる人の格好が面白いと大笑いしながらも骨接ぎをしてあげる。善人というよりも無邪気と称するのがふさわしい。無邪気すぎて狼と唸《うな》り合うシーンまである。

狼はウンウンとうなりだしましたが、此方弥左衛門武国《こちらやざえもんたけくに》〔那珂一石斎の別名〕も同じくうなるような声を出しフウフウとうなり、本当の狼と人間の狼がにらみ合いをして間近によりまする。（松月堂魯山・口演『那珂一石斎』七五頁）

書きだすとキリがないのでこれで止めておくが、これらの講談速記本は特別優れているわけではない。明治四〇年代の講談速記本の世界では、平均的な作品ばかりだ。それじゃ優れた作品はというと、大正時代に登場する大衆文学より部分的には面白いという水準に到達している。

リーガルサスペンス「西国轡物語」

吾妻武蔵《あずまむさし》・講演『豊臣秀頼西国轡物語《さいごくくつわものがたり》』（明治四一年）は、法廷劇の側面を持っている。時代劇で法廷劇といえば『遠山の金さん』『大岡越前』などが有名だが、こちらはスクールが大きい。豊臣方の大スターである真田幸村《さなだゆきむら》の息子・大助《だいすけ》が徳川幕府を相手どり、正式な手続きを踏み大阪城を取り戻そうという物語だ。現代のドラマに置き換えると、若き正義の弁護士が国を相手に戦うといった物語にあたるのだろう。

島津藩に落ち延びた豊臣秀頼に、徳川幕府は駿河台久能山《するがだいくのうざん》の城に一〇〇万石で迎え入れようという上使《じょうし》を送る。これは徳川幕府の陰謀で、城入りの際に地雷火で豊臣残党を一網打尽にしようという計略だった。知勇兼備の豊臣残党たちは、相手の計略の裏をかき、真田幸村を超える能力を持つ息子の大助と、荒川熊蔵《あらかわくまぞう》、島津の穴森伊賀守《あなもりいがのかみ》といった名だたる豪傑の面々を、駿府の城に送り込む。豊臣方の目的は一〇〇万石の代わりとして、名城をもらい受けることだ。

この作品のキモは、あくまで建前上は徳川方も豊臣方も、武力ではなく話し合いで戦う点にある。千代田城へ向かい談判をするのは少年真田大助、徳川方の面々は爆薬や毒薬、あるいは忍術使いを駆使して大助を暗殺しようとする。真田大助は総攻撃をされながら、千代田城にまでたどり付き、穏やかに交渉をしなくてはならない。千代田城に入ってもすんなり将軍と談判とはいかない。知恵者や勇士が真田大助に挑みかかる。例えば松平阿波《まつだいらあわ》との対話は次のようなものである。

大助「貴殿は自分の代《よ》になって賊をした覚えはないと云われるが、賊をした覚えがござろう」阿波「いや賊をいた覚えはござらぬ、先祖は如何にも泥棒であったが、身共《みども》の代になって泥棒をした覚えはない」大助「愈々《いよいよ》盗った覚えはござらぬか」阿波「覚えはない」大助「若《も》しあれば何《な》んと召《な》さる」阿波「ある時に於《おい》ては拙者の一命を進ぜる」（吾妻武蔵・講演『西国轡物語』一〇四〜一〇五頁）

と松平阿波から〈泥棒をした覚えはない〉と言質《げんち》を取るや、大助は怒涛の勢いで語り出す。

大助「〔…〕松平阿波、耳の垢《あか》を浚《さら》えて能《よ》く承《うけたま》われ。汝《なんじ》の顔を見るに付けては、其《そ》の方が所業の憎むべき事、真二《まっぷた》ツに引裂《ひきさ》きやっても腹に癒えない事がある。そも頃は慶長十九年極月《こくげつ》（一二月）二十二日の日であった。所は大阪の穢多ヶ崎《えたがさき》、此処《ここ》に陣を固めて居《お》るのが大阪方の勇士明石《あかし》掃部介《かもんのすけ》であったが、僅《わず》かに千五百人の同勢を以《もっ》て固めて居《お》る、併《しか》し此処《ここ》は最も要害の砦であって、此《こ》の陣中に向《むか》って据え付けてあるのが、文禄年中に朝鮮国から持って帰ったウツロギと云《い》う大砲、それを身連体国崩《しんれんたいくにくずし》と名を付けて大阪城にては右の腕《かいな》と頼まれた大切な大砲だ。之《こ》れあるが為に松平阿波、其《そ》の方先頭となって攻め来《きた》ると雖《いえど》も、落す事出来ざるのみか、却《かえ》って総敗軍と相成って逃げ出した事を覚えて居るだろう。軍《いくさ》に勝って分捕功名《ぶんどりこうみょう》をするは、之《こ》れは軍門の習いであるが、軍《いくさ》に負けて其《そ》の方は其《そ》の時何と致した。〔…〕味方を打遣《うちや》って汝只《なんじただ》一騎を以《もっ》て逃げたところは勝間《かつま》村であるとある。一軒の百姓家に入込《いりこ》んで見れば、折しも家内は一人も居ないから、之《こ》れ幸いと辺《あたり》を見れば、米俵及び蓑《みの》、笠があるから、先ず蓑笠を身に纏い頭《こうべ》に被って俄かに農夫《ひゃくしょう》の姿に扮装《いでた》ち、米俵を担いで穢多ヶ崎の陣中に参って見れば、明石の軍は勝《かち》に乗じてドンドン後を追うて出たから陣中は空虚《から》になって居る。其《そ》の空虚《から》の陣中に入込《いりこ》んで、私は御領分《ごりょうぶん》の百姓でございます。兵糧を持《もっ》て参りましたからお受け取り願いたいと、兵糧をダシに致して陣中に忍び込み、残る武者原《むしゃばら》を掻《か》い集め、据え付けてあった身連体国崩の大砲を持《もっ》て逃げ帰ったことがあるだろう。〔一五〇〇字ほど略〕夫《そ》れでも其《そ》の方泥棒をした覚えはないと申すか、言分《いいぶん》

があれば申してみよ。何《ど》うだ返答に及べッ」（同書一〇五〜一一〇頁）

なんと、松平阿波は、卑劣な手段で明石掃部介陣営から大切な大砲を盗んでいたのだ。このように少年真田大助が、徳川方の面々を討論でボコボコにしてしまうのが物語の見所だ。次に引用するのは徳川家の御意見番・大久保彦左衛門★1に、真田大助が駿河台の城と一〇〇万石は要らぬから、大阪城と一〇万石を譲ってくれと交渉する場面である。大阪城を渡してしまえば徳川家が危ない。老獪《ろうかい》な彦左衛門は言《げん》を左右に逃れようとするが、大助が知力で追い詰めていく。

彦左（大久保彦左衛門）「ははア左様か。併《しか》し大助殿、夫《そ》れは折角のお言葉なれども、大阪城は理由《いわく》のある城、殊《こと》に只今《ただいま》にては城代まで遣《つか》わしてある城でござるから、大阪城で十万石は難しい。何《ど》うか其《そ》の外《ほか》の城で願って貰《もら》いたい。外《ほか》の城なれば如何にも願い通り聞《きき》届ける」大助「然《しか》らば大久保殿、大阪城より外《ほか》の城なれば十万石にて立て呉《く》れるか」彦左「如何にも立て遣《つか》わす」大助「然《しか》らば申す、大和《やまと》郡山犬根《こおりやまいぬね》の城、之《こ》れ如何に……」彦左「何《な》に大和郡山犬根の城、之《こ》れは大和《やまと》大納言《だいなごん》秀長《ひでなが》の立てた城だ、中々《なかなか》要害堅固な城だから斯《こ》りゃいかぬ……。あいや大助どの、大和郡山は余り大阪に近くであるからこの儀《ぎ》は叶い申さん」大助「叶わんければ致し方じゃござらぬ、しからば播州姫路屏風山白鷺《ばんしゅうひめじびょうぶさんしらさぎ》の城にて十万石、此《こ》の儀如何《いか》に」彦左「播州姫路か、前に海あり後ろに山がある。西国の喉頸《のどくび》に当《あた》る所だ。斯《こ》りゃいかぬ……播州姫路も大阪に近き故《ゆえ》相叶い申さん」大助「然《しか》らば江洲安土《こうしゅうあづち》なる金竜縄張《きんりゅうなわばり》の城は如何《いか》に……」彦左「能《よ》うも斯様《かよう》に良い城許《しろばか》り知って居《い》やがるな。金竜縄張の城は惟任日向守《これとうひゅうがのかみ》光秀が唐土金竜《もろこしきんりゅう》の図面を取って立てた城だ、斯《こ》んな城で十万石遣《や》ったらそれこそ騒動だ……此《こ》の城も相叶い申さん」大助「黙れッ大久保、大阪城と大和郡山、播州姫路及び江洲安土と此《こ》の四箇城《かじょう》を除いた外《ほか》は、其《そ》の方が皆遣《や》ると云《い》っても此方《こちら》で要らぬ。此《こ》の上は其《そ》の方に願い申さん……上様、何卒今申す大阪城で十万石をお立て下さる様《よう》、若《も》しお立て下さらん時は、大助存じ寄《より》がござる。最早《もはや》将軍の生命《いのち》を討ち奉るより外《ほか》はござらぬ」と装束を執《とら》えたまま、小剣の柄《つか》に手を掛けまして、返答如何《いか》にと詰寄《つめよ》りました。（同書一二六～一二八頁）

大久保彦左衛門ですら、真田大助には勝つことができない。当然ながら勝負は大阪方の勝利となり、大坂城返還の御《お》墨付《すみつき》を手に入れる。

帰り道では、徳川家の手の者が大助を暗殺しようと躍起になるが、それも無駄な抵抗だ。なぜなら荒川熊蔵がいるからである。荒川熊蔵は、加藤清正が豊臣秀頼を守るため真田幸村に進呈したリーサルウェポンともいうべき豪傑で、大坂夏の陣では松平忠直が引き入る三万五千の

★1――大久保彦左衛門……一五六〇～一六三九。本名忠教《ただたか》。講談速記本の世界では徳川家最大の功労者、もしも彦左衛門がいなければ、家康は五回は死んでおり、徳川幕府も一〇回は滅んでいる。ある意味では徳川家最強の男である。

左［図1］鹿の角をちぎる熊蔵（玉田玉秀斎・講演『荒川熊蔵』口絵、大正7年）
右［図2］大斧を持って暴れる熊蔵。関わりたくない（『［豪傑］荒川熊蔵』口絵、大正6年）

軍勢をたったひとりで追い返している［図1・2］。

真田大助も、星を見れば未来のすべてが分かるという特殊能力を持つうえに射撃の名人、しかも武芸や軍学にも長けている。暗殺計画が失敗してしまうのも当然だといえよう。

駄目押しとばかりに大助は、徳川家を転覆させるため井ノ口谷に潜伏していた福島正則の元家臣、桂市兵衛《かつらいちべえ》とその郎党六九名を仲間に引き入れる。桂市兵衛は身長よりも肩幅が広く、時速四〇キロで走り続けることが可能という男だ。徳川方が用意した鉄砲や大砲は、桂市兵衛と仲間たちがすべてねじ切り捨ててしまい、荒川熊蔵とともに徳川方の侍たちを気が済むまで殴り付けた後、無事に島津へ帰り着く。

もうあとがない徳川方は、大久保彦左衛門を生贄《いけにえ》に、豊臣方の城入りを拒《こば》もうとする。彦左衛門は老骨にむち打って島津までやってきて、お家のため涙を流し土下座。大阪方は大久保彦左衛門の忠心に感じ入ると同時に、徳川方のあまりの卑怯さに呆れ返り、幸村はもはや徳川方は自分たちが男らしく戦う相手ではないと宣言、彦左衛門に御墨付を返してしまう。徳川なんざ相手にする価値もないと、豊臣残党の面々は遠く琉球に進出、そこから西洋を侵略しようとするも、豊臣秀頼の病死により計画は頓挫する。これが『西国轡物語』のストーリーだ。文体が古く、曖昧な部分も多い作品ではあるが、現代向けに書き直しても十分に通用する物語だろう。

若き山田一族の秀作「緒方力丸物語」

次に紹介するのは、光り輝くヤクザが悪徳キリスト教団を討ち滅ぼす物語だ。明治四二〜四三年（一九〇九〜一〇）にかけて刊行された『豪傑緒方力丸弘行《おがたりきまるひろゆき》』『豪傑魔風軍藤太《まかぜぐんとうた》』『緒方力丸黒姫山《くろひめやま》の旗揚《はたあげ》』『天保事変浪花《なにわ》の大潮《おおしお》』『天保事変後《のち》の大潮《おおしお》』の五部作で、書名をいちいち書くのも繁雑だから、ここではまとめて『緒方力丸物語』と呼ぶことにする。

さしあたり『緒方力丸物語』の作者について紹介したいところなのだが、実はこの作品、誰が作ったものなのかすらはっきりと言うことはできない。

クレジット上では、玉田玉秀斎《たまだぎょくしゅうさい》が講演し、前半は中尾《なかお》甚三郎《じんざぶろう》、後半は山田《やまだ》唯夫《ただお》が速記者となっている。この三名の作者は、何度か登場している立川文庫と関係が深い。立川文庫は一世を風靡した少年少女向けの講談速記本で、そのシリーズ発刊数は約二〇〇巻にも及ぶ。それだけ続いたことからも分かるように、立川文庫は売れに売れ、長く読み継がれた。現代の日本における知名度も、講談速記本の中では抜群だ。

立川文庫を執筆したのは、今でいうところの創作集団である。玉田玉秀斎がブレーン、玉秀斎の後妻である山田敬《けい》がプロデューサーとなり、敬の連れ子たちが執筆するというスタイルであった。山田唯夫は敬の連れ子の一人、彼にとっては玉田玉秀斎は義理の父にあたる。中尾甚三郎というのは、おそらく創作集団の一員であった中尾亨《とおる》だろう。海軍中佐の次男で東京麴町の産まれ、正則中学から早稲田大学に入ったが、どうも面白くなく学校を中退してしまい、大阪までやってきたという人物で、それなりに小説なども読み、書き物もしていたようだ。『緒方力丸物語』の速記者が、前後半で中尾甚三郎から山田唯夫に変わっている理由は謎だ。当初から共作をしていたのか、まだ書き手として未熟であった中尾甚三郎が原稿を放り出したため、その後を山田唯夫を引き継いだのかは推測するしかない。さらにこの物語に立川文庫の創作の中心人物となる山田酔神《すいしん》こと山田阿鉄《おてつ》が、関わっていないとも限らない。

以上のような理由から、この物語を誰が書いたのか、断定することはできない。とりあえずここでは、山田一族が書き上げたとしておこう。

書かれた時期も、『緒方力丸物語』を理解するための重要な要素だ。『緒方力丸物語』は、立川文庫が登場する二年前に出版されており、山田一族の修業時代ともいうべき期間に当たる。

『緒方力丸物語』は後に立川文庫の作者として名を馳せる山田一族による、若き日の才能の煌《きらめ》きともいうべき作品なのである。

児雷也は寿司屋のオヤジ？

次に内容について。『緒方丸物語』は江戸生まれの忍者、児雷也《じらいや》の物語を明治向けに大幅にリメイクしたものだ。江戸の代表的な児雷也物語としては、『自来也説話《じらいやものがたり》』と『児雷也豪傑譚《じらいやごうけつものがたり》』がある。両作品の概要は次の通りだ。

『自来也説話』（一八〇一〜〇六）は、携帯すれば不死身になる西天草《せいてんそう》を中心に展開する物語だ。勇侶吉郎《いさみともきちろう》の親の仇《かたき》、鹿野苑軍太夫《ろくやおんぐんだゆう》は、盗み出した西天草を携帯しており不死身である。自来也は侶吉郎に助太刀し仇討ち本懐を遂げさせ、ついでに西天草を手に入れる。不死身になった児雷也は、妙香山で異人から蝦蟇《がま》の術を習い、主家の仇敵石堂《いしどう》家を狙う。火を吹く巨大な蝦蟇を操り、なおかつ不死身という無敵の存在となった自来也だったが、石堂家の忠臣たちの策略によって西天草の携帯をやめてしまう。この機に乗じて忠臣たちは、弁財天から授けられた法螺貝《ほらがい》を吹き鳴らす。これで術が破れ不死身でもなくなっていた自来也は、敗北を悟り妖術で自らを石像にしてしまう……という物語である。

『自来也説話』のリメイク作が『児雷也豪傑譚』で、天保一〇年（一八三九）から発表が始まっている。蝦蟇の能力を持つ児雷也、蛞蝓《なめくじ》の妖術を使う怪力の少女・綱手《つなて》、蛇と人間の間に生まれた、大蛇の術を使う大蛇丸《おろちまる》が主要登場人物で、蛇はなめくじを恐れ、なめくじは蛙を恐れ、蛙は蛇を恐れる、三者の三すくみが展開される。

仙人に出会い蝦蟇の術をマスターした児雷也は、鷲《わし》になり恩人の息子を助けたり、捨丸《すてまる》という少年の仇討ちの助太刀をしながら、主家の尾形家を再興するため活動を続ける。同じ頃、綱手も、夫探しのために諸国漫遊をしていた。なんだかんだで児雷也と出会い恋に落ちる二人だが、児雷也には主家再興という宿願があるため忙しい。女に惑わされている暇などないと旅を続ける。一方の綱手は仙人のアドバイスに従って、児雷也をサポートするため旅を続ける。宿敵大蛇丸はとある姫に横恋慕する。大蛇丸の邪念によって姫は病気となり、その治療のため蛞蝓丸《かつゆまる》という名刀が必要なのだが、これが悪人たちに奪われてしまう。蛞蝓丸の名刀を巡り、児雷也、大蛇丸、綱手の混戦に発展していく……。江戸の終わりには児雷也の人気も落ちてしまい、明治の元年（一八六八）に連載打ち切りとなってしまった。よって未完の作品だ。

明治の人々が、児雷也をどうとらえていたか、児雷也物語を比較的忠実に講談速記本化した、神田伯竜・講演『豪傑《ごうけつ》児雷也』（明治四二年）の冒頭にこんなことが書かれている。

此《こ》のお話は大昔の出来事でありますから、少しは掛値《かけね》もありましょうけど、其処《そこ》は大様《おおよう》に御見逃しを願います、〔…〕万一役人に出会って八方より取り巻かれましても、愈々《いよいよ》自分が危くなって召捕《めしとら》われんと仕《し》ますると、直《す》ぐに握鮓屋《にぎりずしや》の亭主《おやじ》のように、右の手で左の手の指を二本握って、口の中で何か唱《とな》え事を致しますると、忽《たちま》ち身体《からだ》が消えて無くなったり、又《また》は雲に乗って飛び去ると云《い》うようなことになります。〔…〕随分奇妙なお話が今後続々と出でまするが、是《こ》れは敢《あえ》て伯竜《わたくし》が珍奇な趣向を出《いた》して読者諸君を瞞着《まんちゃく》するのではない、昔からの語り伝えが然《そ》うなって居るのでありますから、伯竜《わたくし》を責めて下さいましては困ります〔…〕若《も》し是《こ》れが理屈に合わぬからといって、児雷也から蝦蟇《がま》の術を抜きに致しまするると、鮓《すし》に生姜の無いようなもので、何だか斯《こ》う配合《とりあわせ》が悪いのでありまして、何分《なにぶん》児雷也には蛙と云《い》う奴が附属物《つきもの》でございますから、其《そ》の辺の所は予《あらかじ》め御承知置きを願います。
（神田伯竜・講演『児雷也』二～四頁）

寿司を握る真似をすればモクモクが出て、不思議なことが起きる物語なんて馬鹿馬鹿しい、これが迷信を嫌う明治人の感想だった。そんな馬鹿馬鹿しさを解消したのが、徳川幕府と豊臣切支丹《きりしたん》連合の戦いが二〇〇年に渡って繰り広げられる『緒方力丸物語』である。

関ヶ原の戦いから大阪夏の陣を経て、徳川幕府が成立する。しかし豊臣の残党たちは切支丹（キリスト教徒）と手を組み、虎視眈々と天下を狙っていた。天草騒動を経て、由井正雪《ゆいしょうせつ》★2の乱を起こすも、徳川幕府に破れてしまう。滅んだかのように見えた豊臣切支丹連合だったが、彼らの遺志を継ぐヒーローとして、児雷也こと緒方力丸が登場する。彼も徳川に負けてしまうのだが、児雷也の残党たちは生き残り、今度は庶民たちを味方につけ、徳川幕府を転覆させようと狙う。その野望を打ち砕くため、立ちふさがるのが大塩平八郎だ。数で勝る切支丹信者たちと頭脳派の大塩平八郎が全面衝突する、というのが『緒方力丸物語』のおおまかな筋書きである。私が知る限りでは、山田一族の物語の中で、最も大きなスケールの物語だ。

ところが本作、欠点だらけの代物だ。大量の伏線は張られているが回収されない、設定は作ってあるが活用されないなど、アイデアだけが先行し物語としては破綻している。山田一族の才気が走りに走り、物語が暴走してしまったのか、あるいは元ネタとなった江戸の物語自体が破綻していたのか、そのあたりはよく分からない。

以上のような事情を前提に、彼らが書ききれなかった部分は想像力で補いながら、作品を楽しんでいこう。

忍者vs大泥棒

『緒方力丸物語』の特徴として、キリスト教に関する特殊な設定をあげることができる。この世界でキリスト教徒になれば、邪悪な力によってお金を集めることが可能となる。

　僧侶「〔…〕抑《そ》も切支丹《きりしたん》の宗教を、信じて下されましたるならば、かならず貴君《あなた》の御手許《おてもと》へ、数万金の黄金が集まる事眼前《ことまのあたり》、又《また》人の心が自然と判《わか》り、其他人《そのほかひと》の眼を喜悦《よろこ》ばし、

且《かつ》は雨霧を降らし、望み事心《ことこころ》の儘《まま》なり」（玉田玉秀斎・講演『緒方力丸弘行』一四頁）

開運グッズの効果一覧のようだが、それだけではない。呪文を唱えれば人を眠らせ、稲妻を落とし、空を飛べるという特典まで切支丹信者には付いてくる。西洋諸国が日本を占領するため、邪悪な切支丹牧師を送り込んだのだから、その信者も強力な妖術を使うことができるという理屈である。

もっともキリスト教の設定は、この作品オリジナルというわけではない。正義の武士たちが邪法を使う切支丹信者と戦う、切支丹物とでもいったジャンルが存在する。江戸時代に作られた『天草騒動』は、切支丹連合と徳川方の戦いを中心に天草の乱を描いた作品で、由井正雪や大塩平八郎が、切支丹の力を使って乱を起こすという物語も存在する。芥川龍之介の『邪宗門』や、山田風太郎の『魔界転生』を思い出す人もいるだろう。

『緒方力丸物語』が優れている点は、妖術使いが不思議な技で人々を混乱に陥れるという単純な物語に終わらせなかったことだ。本書は児雷也編だけでも六〇〇ページにも及ぶが、そのクライマックスにあたる、児雷也と徳川方の武士たちとの最終決戦はたかだか二〇ページ程度の

★2―由井正雪…一六〇五～一六五一。江戸前期の軍学者。家光の死につけいって丸橋忠弥という豪傑ともに倒幕を図るが失敗する。これがいわゆる慶安事件で、正雪は江戸時代から芝居や読み物、講釈の中で活躍してきた。正雪は、学識に富み軍学や武芸に通暁し、妖術までも使う完全無欠の人間として描かれるが、どちらかというと性格の良い丸橋忠弥に人気が集まっていたような気はしないでもない。

描写のみ。妖術はおまけ要素でしかない。

主として描かれるのは、徳川幕府の中枢に食い込もうとする緒方力丸と、その悪行を暴こうとする人々の心理戦だ。緒方力丸とその一派は、切支丹の妖術を使い徳川幕府の信用を得ていく。仲間を募り、徳川幕府を倒してしまおうという計略だ。しかし急激な勢いで出世する力丸に、徳川幕府の忠臣たちが疑いの目を向け、やがて彼らは力丸一派が切支丹であると確信する。そのため力丸は妖術を大っぴらに使うことができない。力丸に妖術を使わせ証拠を取って押さえようとする幕府の忠臣たちと、妖術を使うまいとする力丸一派の攻防が見所のひとつだ。『緒方力丸物語』の魅力は、これだけにとどまらない。他の物語から素材を持ち込み、大胆かつ魅力的に加工している点も見逃せない。

元ネタの『児雷也豪傑譚』には、妖術の使い手の児雷也、そのライバル大蛇丸、ナメクジの妖術を使う綱手《つなて》の三すくみの設定があった。この『緒方力丸物語』では大胆にアレンジが施され、児雷也の生き別れの妹が綱手、大蛇丸はなんと児雷也愛用の日本刀になっている。力丸が大蛇丸の名刀を抜けば、不思議なことに龍が昇天したかのごとく、あたり一面に霧が降る。これは綱手が使う蛞蝓《かつゆ》の術と同じ効果で、作者たちは大蛇丸の名前と綱手の能力を、一本の刀にまとめあげている。

緒方力丸の出自も別の物語につながっている。彼は実は伝説の相撲取り白藤源太《しらふじげんた》ということになっている。白藤源太は歌舞伎などで有名なヒーローで、河童と相撲を取り勝利するほどの剛力の持ち主。その白藤源太が豪傑や切支丹たちのもとで修業し、後に児雷也となる。伝説の相撲取り白藤源太が、児雷也、綱手、大蛇丸の能力を兼ね備えているのだから、強くて当たり前だ。

そんな緒方力丸の敵は誰なのかといえば、もちろん徳川幕府だ。しかし無敵の児雷也に、徳川幕府が勝てるわけがない。読心術によって大名小名を心酔させ、本拠地の黒姫山では戦争のための準備を着々と進めていく。徳川にとってあまりにも絶望的な状況を打破するため、児雷也に匹敵するライバルを登場させなくてはならない。そこで選ばれたのが日本駄右衛門《にほんだえもん》を頭《かしら》とする白浪五人男《しらなみごにんおとこ》である。彼らは河竹黙阿弥《かわたけもくあみ》の『青砥稿花紅彩画《あおとぞうしはなのにしきえ》』に登場する日本屈指の盗賊ヒーローで、日本駄右衛門の「問われて名乗るもおこがましいが産まれは遠州浜松在……」という台詞が有名だ。日本駄右衛門の子分には、女装の名人や凄腕の剣士、元船乗りや育ちの良い少年がいる。

白浪五人男と児雷也が武芸で勝負してしまえば、当然児雷也が勝つ。しかし盗賊としてのテクニックで勝負をするなら、勝算はある。切支丹連合を率いて天下を狙う児雷也と、天下を騒がせた贖罪《しょくざい》として、徳川幕府に味方する白浪五人男が攻防を繰り広げる。

『緒方力丸物語』刊行の一年前の明治四一年（一九〇八）、フランスでモーリス・ルブラン『ルパン対ホームズ』が出版されている。これも他の物語から、キャラクターを持ってくるという手法である。大泥棒と名探偵が雌雄を争うのは、王道であり読者にもウケるのだろう。名探偵コナンと怪盗キッドが対決するのもこのパターンだ。一方の『緒方力丸物語』では、忍者と大泥棒が戦っている。それも単純な対決ではない。児雷也は妖しげな忍術を使う邪悪な忍者、白浪五人男は妖術も忍術も使わない正統派の怪盗。邪道と正道の大勝負という構図になっている。あくまで個人的な意見にすぎないが、物語の設定としては『緒方力丸物語』の圧勝だろう。

サイドストーリーも秀逸で、代表的なものを紹介すると鼠屋《ねずみや》と猫屋の争いがある。

切支丹を信仰していた罪でお取り潰しとなった堀尾《ほりお》家、その生き残りに対する徳川幕府の詮議は厳しかった。児雷也の祖父も堀尾家の生き残りであり、幕府からの厳しい追及に逃げ場を失うが、鼠の毛皮を売る鼠屋の娘に助けられ、やがて恋に落ち二人は夫婦となる。ところが鼠屋は、商売敵の猫屋に狙われていた。鼠屋の主人が急逝してしまうという不幸もあり、猫屋の主人は弱みにつけこみ暗躍する。猫と鼠で、鼠屋の分は悪い。この危機を救うため、児雷也の祖父は切支丹の妖術で猫屋に対抗する……というエピソードだ。

実は猫屋、鼠屋の争いというのは、江戸の物語がもとになっている。落ち目の鼠屋に汚い格好をした彫り師の左甚五郎《ひだりじんごろう》がやってきて、金を払わず鼠の木像《もくぞう》を掘り上げて帰っていく。主人がこんなものと思っていると、木像が動き出す。木像を見たいと千客万来、鼠屋は大繁盛となるといったお話だ。ここに切支丹の妖術を持ってきたというのが面白い。このエピソードは、省略してしまった児雷也物語の三すくみの要素を補完する役割も担っている。鼠は猫に負け、切支丹は猫に勝ち、恋女房に切支丹は逆らうことはできない。オリジナルの三すくみより、ずっと面白いような気がしないでもない。

児雷也を義太夫で有名な相撲取りの白藤源太とし、大蛇丸と綱手を日本刀にしてしまい、最大のライバルとして白浪五人男を持ってくる。邪悪な切支丹という伝統的な設定を洗練させ、鼠屋と猫屋という古臭いエピソードを作り直す。既存の物語を加工し組み合わせるテクニックは、見事だとしか言いようがない。

スケールの大きさ、設定の妙、そして魅力的な登場人物と三拍子揃っている。これだけ見ると、現代でも十分に通用しそうな物語である。

設定と伏線の無駄使い

さんざん褒《ほ》めておいてなんなのだが、残念なことにこの作品は、実際に読んでみるとあまり面白くもない。

題名にまで登場する魔風軍藤太《まかぜぐんとうた》というキャラクターは、物語上では緒方力丸の参謀とでもいうべき役割を任せられている。しかし、ほとんど活躍しない。たまに顔を出すのみで、読後もまったく印象に残らない。

この物語の見所とも言える白浪五人男と児雷也の対決も、残念ながら曖昧だ。華麗な盗みや忍術で勝負をするといった場面はなく、日本駄右衛門は正面玄関から緒方力丸の家を訪問し、説教をしてしまう。猫屋と鼠屋の対決も伏線は張られているのだが、ウヤムヤのまま収束する。

児雷也の最期も、かなり無理がある。児雷也を討つのは、日本駄右衛門の手下の筑波根権六《つくばねごんろく》で、侠客とも泥棒とも武士ともつかない、あえていえばヤクザという人物である。妖術を使い、姿を隠し、空を飛び、火の雨を降らせる児雷也を前にして、徳川幕府は打つ手がない。そこで筑波根権六は、切支丹の妖術に対抗するため、和歌山・那智《なち》の滝に八日間打たれ続けるという荒行を決行し、光り輝く不思議なお札を手に入れる。

折しも不思議やお山の方に、ピカリと光り物が発した。二人〔権六と兄弟分〕はこれはと計《ばか》りに打驚《うちおどろ》き眺めて居《お》ると、熊野三社のお札が一枚前にと落ちて来る。（玉田玉秀斎・講演『黒姫山の旗揚』八一〜八二頁）

お札を懐に入れておくと、切支丹の邪法が通用しない。徳川の侍が児雷也に苦戦する中、熊野三社の力をまとった権六が児雷也に突撃する。妖術が通用しないヤクザの登場に愕然《がくぜん》とする自雷也。権六がこの護符がある限りはお前は俺には勝てないのだから、幕府転覆は諦めろと説教すると、児雷也はあっさり納得、切腹して死んでしまう。ページ数の関係なのだろうが、いくらなんでも児雷也の諦めがよすぎる。こういった展開は明治の物語ではなく、江戸の物語によくあるパターンだ。作者の気合いが入っている間は細々とした改修をしていたが、徐々に嫌になってしまったのだろうか、元ネタの『自来也説話』に似た結末でお茶を濁している。この後に大塩平八郎が登場するも、やはり作者のやる気はゼロ、よく分からないまま始まり、よく分からないまま終わってしまう。

それなら読了することもつらいくらいに退屈なのかというと、ここらが物語の不思議さで、設定の素晴らしさや、次々に張られる伏線につられ、思わずページをめくってしまう。私などは思わず何度か読んでしまったうえに、こうして紹介してしまうくらいに魅力を感じてしまった。好きになってしまうと、児雷也を筑波根権六がお札と説教で倒してしまうというオチすら気にならない。光るお札を持ったヤクザが切支丹に勝つというのも、斬新で良いではないかと納得できなくもない。

日本初の覆面ヒーロー「箕輪城物語」

この章の結びとして、講談速記本の極めつけの傑作をちょっと厚めに紹介する。玉田玉芳斎《たまだぎょくほうさい》による『豪傑杉本備前守《すぎもとびぜんのかみ》』『豪傑武田鬼景《たけだおにかげ》』『豪傑武田武者之助《たけだむしゃのすけ》』『豪傑神刀忠次郎《しんとうちゅうじろう》』『箕輪城大仇討《みのわじょうおおあだうち》』（明治四一～四五年）の五部作である。まとめて『箕輪城物語《みのわじょうものがたり》』としておこう。

『箕輪城物語』は、悪人たちに奪われた箕輪城一八万石を、正義の人々が取り戻すまでの物語だ。五部作にも及ぶ大長編でありながら、かなり上手くまとまっており、最後まで飽きることもなく読めて、読了後の満足感もかなり高い。そのうえ、講談速記本にしかない魅力を持ちながらも、講談速記本以降の物語が持つ面白さも兼ね備えている。特筆すべき点は、日本初と思われる、必殺技を使う覆面ヒーローが登場している点である。

物語は、戦国時代の京都から始まる。当時、三好長慶《みよしちょうけい》、松本弾正《まつもとだんじょう》の家臣が、毎夜のように京の都を荒らしていた。苦しむ庶民のため、二条左大臣は北面の武士たちに命じて、乱暴者を取り沈めようとするが、毎度返り討ちあうという始末である。そこに颯爽と登場するのが、顔を頭巾で隠した悪人退治之助《あくにんたいじのすけ》である。名前は変だが、その容姿はいかにもヒーロー然としている。

向《む》うから致して覆面頭巾を被ったる黒装束に身を堅めた身の丈《た》け六尺余りの大の男がバラバラッと現われ出《い》で「アイヤそれなる町人、決して恐がるには及ばん、斯《か》く申する拙者は天下無禄《むろく》の浪人、悪人退治之助《あくにんたいじのすけ》である。〔…〕」（玉田玉芳斎・講演『杉本備前守』九頁）

悪人退治之助は、「鹿島神刀流真《しん》の八方遠当《はっぽうとおあて》の妙術」という長い名前の必殺技を駆使して悪人を退治する。遠当は講談速記本に登場する豪傑ならば、誰もが使えるメジャーな技だが、せいぜい金縛り程度の効果しかない。ところが退治之助の遠当は威力絶大だ。次に引用するのは退治之助に遠当を伝授された上泉秀綱《かみいずみひでつな》が、鉄砲を持った八人組に取り囲まれるというピンチを切り抜ける場面である。

気合いの一声、八人の者は其《そ》の気合いの為に鉄砲を持った儘《まま》、大地を三尺〔約一メートル〕程も離れた、アッと驚く途端、今上《いまうえ》に飛び上《あが》った身体が大地へさして真仰向様《まあおむけさま》に倒れた（同『豪傑』武田鬼景』一七頁）

このように退治之助の遠当は、気合いによって相手を一メートルほど浮かし、空中で回転させて地面に落とすという技だ。運悪く頭から落ちれば生命すら危うい。まさに必殺技と呼ぶにふさわしい。

現在、覆面ヒーローの元祖とされているのは、大衆文学のヒーロー鞍馬《くらま》天狗《てんぐ》である。彼が初登場するのは、大佛次郎《おさらぎじろう》『鬼面の老女』（大正一三年）だ。その一〇年以上も前に、講談速記本が覆面姿のヒーローを創出させている。さらに鞍馬天狗は必殺技を持っていない。新しさという点では、誰が見たって悪人退治之助の圧勝である。

悪人退治之助が強いのも当たり前で、その正体は直心影流《じきしんかげりゅう》剣術の祖とされている杉本備前守《すぎもとびぜんのかみ》政基《まさもと》である。備前守は主君と意見が合わずに諸国を遍歴中、三好長慶、松本弾正の乱暴狼藉を知り、悪人どもを取り沈めるために京都を自主的に警備していた。

自主的に警備する正義の人は、備前守だけではなかった。上泉式部《かみいずみしきぶ》（のちに秀綱《ひでつな》）、安部《あべ》道之《みちの》助《すけ》、田中《たなか》主水《もんど》の三人も、二条左大臣に願い出て、悪人たちを成敗するため、夜ごと京の町を歩き回っていた。ところがこの三人、残念ながら腕がない。おまけに安部と田中の二人は臆病もものだ。

「上泉氏《かみいずみうじ》、向《むこ》うが馬鹿に強いとあれば止めよう、もしか我々が飛び出して却《かえ》って向《むこ》うの為に一命を落《おと》すような事《こと》があっては大変、よって今晩は止めよう」〔…〕迚《とて》も叶《かな》わんと、田中主水は野村権四郎《のむらごんしろう》の太刀《たち》の下を潜《くぐ》って逃げ出した、安部道之助も成瀬彦太郎《なるせひこたろう》の太刀下《たちした》を潜って之《こ》れも同じく逃げ出した。（同『杉本備前守』二〇〜二二頁）

このように安部と田中は敵が強ければ逃げ出してしまう。二人の逃げっぷりは実に見事で、次のような約束をしても、やはり逃げる。

上泉「しかし今夜は逃げなよ」両人〔安部と田中〕「ウン、今夜は逃げん、何《ど》んな事があろうとも今夜は決して逃げん。必ずお身《み》と進退を共にする」上泉「今夜逃げたら承知をしないぞ」両人「モー逃げん。逃げる度ごとに酷いお叱りを受けるばかり、モー今夜は逃げんぞ」〔…〕田中と阿部の両人は、サア今のうちに逃げよう。迚《とて》も居《お》ったら命がないと又々《またまた》両人が三六計の奥の手、逃げを極《き》めた。（同書四〇〜四一頁）

逃げ役二人に対して上泉式部は、悪人どもに突っ込むという男だ。いわば勇敢を通り過ぎたバカであり、いつも一人取り残されてしまう。

今夜は此《こ》れ等《ら》三十名の為に一命を捨てねば相成《あいな》らんか、思えば誠に残念の至り、此《こ》の上は腕と力の続く限り働いて、潔ぎよく切り死《じに》をしようと早くも決心をして、死物狂《しにものぐる》いとなって三十名の中で働いて居《お》る。（同書四二頁）

というように己の実力も省みず命懸けで敵に立ち向かう。田中と安部は何度も逃げ、上泉は何度もピンチに陥る。そして毎回のように彼を助けるのが、覆面ヒーロー悪人退治之助である。

面白くなさそうな粗筋

歴史好きの人が混乱してしまわないように書いておくと、『箕輪城物語』は史実として語られるものの、ほぼフィクションである。時々事実が混ざる程度である。虚実が入り混じる世界というのは、講談速記本の大きな魅力の一つなのだが、慣れるまでは少々違和感があるかもしれない。例えば上泉秀綱（式部）は実在の人物であり、実際に道場を開いている。磯畑伴蔵《いそばたばんぞう》、疋田《ひきた》文五郎《ぶんごろう》、柳生又右衛門《やぎゅうまたえもん》（宗矩《むねのり》）、神刀忠次郎《しんとうちゅうじろう》といった門人たちも実在する。『箕輪城物語』では、上泉秀綱が道場を開き、この門人たちを集めた目的は、箕輪城を奪回するためということになっている。現代でいえば、架空戦記に近い。

『箕輪城物語』の主要登場人物の出身地は、バラバラである。物語の過程で彼らは巡り合い、最終的には城を奪い返す。全五巻のそれぞれで、どのような出来事が起きるのかをまとめると、次のようになる。

第一巻『杉本備前守』……悪人退治之助に剣術を授けてもらった上泉が無敵になる。父親を殺された上泉は、あっという間に仇討ちを遂げる。ところが金森豊前守《かなもりぶぜんのかみ》に箕輪の城が奪われてしまう。上泉が箕輪城奪回作戦を立て、実行に移す。

第二巻『武田鬼景』……磯畑伴蔵の中間《ちゅうげん》（武家の召使）である武田武者之介が親父を殺した悪人二名を発見し、仇討ちを遂げる。さらに磯畑伴蔵の叔父を殺害し逃げ出した鈴木弥太郎《すずきやたろう》・弥三郎《やさぶろう》の兄弟を、伴蔵と武者之介が追い続ける。

第三巻『武田武者之助』……鈴木兄弟は磯畑伴蔵たちから逃げながら、伴蔵と武者之介を倒せる強い人物を各地で探す。鈴木兄弟は疋田文五郎を発見し、ボディーガードとして雇う。文五郎をボディーガードにした鈴木兄弟は、侠客の喧嘩に参加する。用心棒のアルバイトをしていた伴蔵と武者之介も、この喧嘩に助っ人として参戦し、文五郎、鈴木兄弟と対決する。

第四巻『神刀忠次郎』……伴蔵は文五郎に勝利、鈴木兄弟は逃亡する。喧嘩の見物をしていた上泉秀綱は、伴蔵、武者之介、文五郎を弟子にする。文五郎から柳生又右衛門（宗矩）、神刀忠次郎という有志がいると知らされ、上泉は彼らも仲間にしてしまう。伴蔵と忠次郎の仇敵を討つため、岩井備中《いわいびっちゅう》の山砦を攻め落とし、仇討ちを遂げる。

第五巻『箕輪城大仇討』……ゲリラ戦を繰り広げ、見事に箕輪城を取り戻し、大団円となる。

要するに正義の人々は何度も仇討ちを繰り返し、悪人たちが何度も逃げるというお話だ。ストーリーだけ眺めると、お世辞にもあまり面白そうには思えない。これは講談速記本が、現在の小説とは異なる構造を持っているのが原因だ。ストーリーはあまり重要ではなく、それぞれの場面を楽しめばそれで十分というような作りになっている。

ただし、『箕輪城物語』がほかの講談速記本と違うのは、本筋以外の雑味の豊潤さにある。実は初めて読んだ際には、そのあらすじはほぼ忘れてしまい、面白さだけが残っているという状態に陥った。これは優れた大衆娯楽映画を鑑賞したあとの感覚に非常に似ていた。私は映画の「トラック野郎」シリーズが好きで何度も観ているのだが、例えばお正月にダメな親父を、子供のもとにまで届けるエピソードが何作目のものかと考えると、どうしても思い出すことができない。もちろん個人的な資質もあるのだろうが、笑いあり涙あり、歌ありお色気、下ネタ人情にアクションとさまざまなエピソードが満載で、観ている間は楽しいのだが、そのストーリーを理路整然と語ってみろと言われると困ってしまう。

『箕輪城物語』も、同じようなタイプの物語で、宿屋の払いが出来ずに刀を質入れする豪傑グループの伴蔵と武者之助や、剣術使いグループの又右衛門と忠次郎の友情、あるいは侠客同士のいざこざや、上泉と元家臣の交流など、読み所が数限りなく用意されている。次々に起きる出来事を、楽しみながら読み進めているうち、なんだかよく分からないまま正義の人々が箕輪城を取り戻し、めでたしめでたしで読了してしまう。そういう種類の物語だ。

名探偵伴蔵

講談速記本において、仇討《あだう》ちというのは平凡な出来事である。平凡な出来事が繰り返されれば、当然ながら読者は飽きてしまう。そこでサービス精神旺盛な『箕輪城物語』の作者たちは、仇討ちにアレンジを加えていく。なかでも面白いのが、上泉の門人の一人、磯畑伴蔵が推理をするというエピソードだ。

磯畑伴蔵と武田武者之助は、互いに仇敵を持つ身である。武者之助の父親を殺害したのは、島田《しまだ》剛蔵《ごうぞう》、星野《ほしの》文平《ぶんぺい》の二人組だ。敵《かたき》を討つため、伴蔵と武者之助は旅を続けるのだが、残念ながら金がない。宿屋には泊まらねばならないし、飯も食べねばならない。もちろん酒も飲みたい。そこで武者之助が喧嘩やもめ事を探し出しては、二人して悪人を打ちのめし謝礼をもらうというアルバイトを始める。

その日も二人は悪い侠客や侍を半殺しの目に合わせ、五〇両をせしめ宴会をしていると、二〇歳そこその若者が相談にやってきた。先月一五日、男の家に泥棒が入り三〇〇両の金を奪われたうえに、父親と母のお常《つね》を殺害されしまった。彼自身もいろいろ捜査をしたらしいが、どうしても親を殺した奴は分からない。そんな時に近所の人から伴蔵たちの噂を聞き、そんなに偉い人ならば、犯人を探してくれるだろうと思い相談にやって来たのだと語る。これには伴蔵と武者之助も困ってしまった。「我々には分からん。八卦見じゃないから、そんな事は分からん」みたいに答えるのだが、若者はなかなか諦めない。仕方なしに両親が殺害された当日のことを聞いてみると、次の通りである。

・母親のお常は首を斬られて殺害され、首は発見されていない。

・お常は二五歳の後妻で、星野文平という侍の妹らしい。
・星野文平は村の寺に滞在している。
・星野文平は金目的で、自分の妻を他の男の妻にしているという噂がある。

星野文平は、武者之助の仇敵と同じ名前だ。お常の兄が武者之助の仇敵であれば、当然ながら悪人である……ということで、伴蔵が次のような推理をする。

・星野文平とは武者之助の仇敵ではないか。
・星野の相棒である島田剛蔵がその寺にいれば、人違いではない。
・仇敵ならば、恐らくお常は星野文平の妹ではなく妻である。
・星野文平の妻（お常）は生きており、母親の死骸は別人である。
・状況から察するに父親を殺したのは、星野文平の妻（お常）である。

続いて伴蔵は、現地調査を始める。まずは茶店屋で婆さんに「先月の一三日か一五日頃に人が死にはしなかったか」と聞いてみると、果たして三二歳の女が死んだという。火葬か土葬かと聞くと、この地域では土葬ばかりだという答え。死体を用意することは十分に可能である。その足で伴蔵は寺に向かい、先日死んだ女の甥っ子だが弔いを願いたいと申し出る。寺の住職と侍が出てきたので、伴蔵は「オオ、誰かと思った……星野文平殿ではござらぬか」「どうも姿は変わってはおるが、あなたは島田剛蔵様ではございませんか」とカマを掛ける。ギョッとする二人、伴蔵はあなたがたと旅先で碁をしたことがあったのだとごまかして、供養料を払うと宿へと帰る。

これで推理の正しさが証明された。首のない死骸は先月死んだ女、星野文平、島田剛蔵は武者之助の仇敵、寺の奥に隠れているであろうお常は若者の仇敵だ。伴蔵、武者之助、そして若者の三人は、その日の晩に寺に行き、見事に仇討ちを果たす。並の講談速記本ならば、豪傑たちがなんの手がかりもなく寺へと赴き、犯人たちを地面に投げつけ身体を粉微塵にして終わってしまうシーンなのだが、豪傑の伴蔵がきっちりと調査しているのがなんとも面白い。

現代人であれば、推理にも何にもなっていないじゃないかと、批判したくもなるだろう。ただしこれでも当時の純国産の推理小説としては、なかなかの水準だ。磯畑伴蔵が推理するくだりは、数十ページだが、明治後半の推理小説や探偵講談はこの程度の内容を引き延ばしひとつの作品としているものがほとんどである。このように『箕輪城物語』は、優れたエピソードを惜しげもなく使い捨てていく。

クセが強すぎ上泉門下

講談速記本では、登場人物の書き分けがされず、名前以外はほぼ同じという作品が多い。ところが『箕輪城物語』の登場人物たちは、かなり明確な特徴を持っている。彼らはそれぞれ固有のエピソードを持ち、換えのきかない一人の人間として行動をする。

物語中最強の男・杉本備前守は荒れ果てた京の町で、正体不明のマスクヒーロー悪人退治之助として活躍していた人物である。上泉の師匠であり、アドバイザーとして活躍する。

上泉秀綱（式部）は箕輪城奪回作戦の中心人物で、とにかく強い。無敵である。ただし短気かつ無鉄砲なため、敵とみればどんなに大勢であろうとも後先考えずに突っ込んでいく。杉本備前守に剣術を授けられて以降は無敵の強さを誇るため、本人は平然として生還するものの、弟子たちはその尻拭いのために奔走しなくてはならない。彼が〈脳を絞って吐き出したる〉策略も、強い奴を集めて一気に城を落とすという雑なものだ。残念ながらリーダーに適した人物とはいえない。ところが上泉は日本一の剣術使いだ。強くなりたい優秀な豪傑たちが、上泉のもとに集まってくる。無茶な師匠の無茶な望みを叶えるため、正義の人々が工夫を凝らすというのも、この物語の見所のひとつだ。ちなみに上泉はこの後も物語の中で強くなり続け、ついには仙人になってしまう。その辺りについては第10章で軽く触れている。

豪傑の磯畑伴蔵は、太刀を差して街中をほっつき歩き、巨石があれば押したり引いたりすることが趣味の危険な少年だった。父親は医者であり、時には代診もしている。ある日のこと、伴蔵は鈴木左次馬之助《すずきさじまのすけ》の家へと診察に向かう。奥方様がお茶とお菓子を出してくれるのだが、〈同じ銭のかかるものなら〉と酒と肴を出してもらう。あげく病人に〈もし今眼前に戦いが出来たらどうする〉〈腹でも切ったらどうぢゃ〉と言い放ち、家に帰ってしまう。もはや診察ではなく、ただの嫌がらせだ。

こういう男なので医者には向かない。そこで侍になろうと剣術を習い始めるのだが、力量抜群で異常に丈夫な身体を持っている。殴ったところで伴蔵の身体が強すぎるため、〈木太刀《きだち》が跳ね返〉ってしまう。相手が疲れたところで、組み付いて投げ飛ばす。世の中は力がすべて、剣術などは役に立たん、と高《たか》をくっていた。しかし剣術の先生にコテンパンにされたことで、その奥深さを知り、心を入れ替え一心不乱に剣術の稽古を始める。才能にも恵まれていたのだろう。一年もたつと伴蔵は直心影流の極意までも授かるほどの腕前となり、それなりに礼儀正しい人間に成長、見事な豪傑となる。とにかく強い、これが豪傑伴蔵の特徴である。

この伴蔵と旅をするのが、武田武者之助源《たけだむしゃのすけみなもと》の鬼影《おにかげ》である。これは改名後の名で、元は八蔵だ。彼は父親の仇敵を討つ旅の途上で行き倒れになったところ、伴蔵の叔父に命を助けられた。その恩返しのため、伴蔵の叔父の家で、中間《ちゅうげん》として働いている。伴蔵も礼儀知らずの男だが、八蔵はそれに輪にかけて酷い。叔父の家を訪ねた伴蔵に対する八蔵の応対はこうだ。〈八蔵「ナニッ磯畑伴蔵？ ナニしに来やがった〔…〕アアお前てなァ宅の主人の甥《めえっ》の伴蔵と云う奴は。手前《てめえ》が伴蔵か。よう来やがった。待っとれ待っとれ。伴蔵、今に俺が叔父に合わせてやるぞ」〉

八蔵は無邪気な男で、強そうだからという理由だけで改名するし、常に持ち歩いている一八貫五〇〇目（約七〇キロ）の鉄の棒も、実は桐《きり》で作った偽物だ。武者之助はお調子者でいい加減な男ではあるが、実力以上に目立ってしまうし、なぜか人から愛される。上泉も伴蔵も、お気に入りの武者之助には、熱心に剣術を教える。その結果、彼は武田武者之助源の鬼影という名前にふさわしい本物の勇士に成長する。

剣術使いの柳生又右衛門宗矩《やぎゅうまたえもんむねのり》は、春日大明神から剣術を授けられ〈最早《もは》や春日大明神は汝《なんじ》に対し教《おし》ゆる所は更にない〉と告げられたほどの男である。ただし日本に一人だけ、春日大明神以上の剣客がいて、さらに強くなりたいのならば、その人から教えを受けろと、アドバイスをもらう。そのため又右衛門は、日本一の剣客と出会うのを待っている。その剣客とはもちろん上泉のことで、上泉は神をも超えてしまっている。又右衛門の性質は頑固一徹で、願掛けしているからと、殿様に目通りする際にもボロボロの着物のまま。その一方で礼儀万端心得ており、上泉と違い冷静沈着だ。剣術使いなだけに、剣術を人に教えることに長けている。そんなわけで、味方を増やすため、道場を開き門人を集める役割を担当する。

神刀忠次郎《しんとうちゅうじろう》は、不思議なことにすべてのことができてしまう。剣術に秀でているのは当然として、碁は五段、槍もなかなかの名人、しかも馬にかけては日本一といっても恥ずかしくない腕前である。ところが厳しい修行をしている描写が、まったく出てこない。なんでも人並み以上にできてしまう器用な人なのだろうが、器用すぎて少々気味が悪い。彼の器用さは、箕輪城奪回作戦で活かされる。

最後に紹介する疋田文五郎《ひきたぶんごろう》は、箕輪城奪回作戦のメンバー中では、唯一の常識人である。剣術もできれば力も強いのだが、最も運と扱いが悪いキャラクターだ。北条浪人ということになっているから、恐らく鎌倉生まれ、主家が滅んでしまったため、新たな勤め先を探しながら武者修行をしていたのだろう。彼は行き違いから磯畑伴蔵に肩を斬られており、本当に運が悪い。ただし化け物並みに強い上泉に見いだされ、無茶な計画に巻き込まれることによって自然に強くなり、最終的には新たな勤め先も見つけることになるのだから、苦労は報われたといってもいいだろう。

これらのエピソードや登場人物の特徴は、講談速記本としては異常に細かい。なんなら今から週刊漫画にしてしまっても通用するくらいで、これも読者を楽しませるため、うっかり小さな物語を付け加えてしまった結果だろう。増えたエピソードを無視することもなく、後の場面に活かして伏線も回収する。こんな作業を繰り返すことにより、物語に深みが加わっていく。

「最強」探す鈴木兄弟

登場人物たちを繋げるために重要な役割を果すのは、悪人鈴木兄弟である。兄にあたる弥太郎《やたろう》という男は、溝端伴蔵と武者之助を極度に恐れている。

かつて弥太郎は、伴蔵の叔父の後妻と浮気をしていた。その現場を押さえたのは、伴蔵と八蔵だ。浮気をした二人を床の間の柱に括《くく》り付け、無茶な二人が何をするかといえば大宴会だ。

八蔵「モー飲めない」伴蔵「マア飲め飲め、こんな肴《さかな》は一代の間《うち》に滅多にないぞ、飲め飲め」（玉田玉秀斎・講演『杉本備前守』二〇二頁）

後妻と間男が床の間の柱に縛られている前で、大男二人が酒を飲んでいるというのは、なんともシュールな情景で笑いを誘うが、弥太郎にしてみればたまったものではない。弥太郎をあわれに思った伴蔵の叔父は、すべてを許し後妻と弥太郎を解放する。

この事件によって弥太郎は強烈なトラウマを負い、一種の伴蔵恐怖症になってしまう。不安が高じて弟の弥三郎とともに、伴蔵の叔父を種子島の短銃で殺害し失踪する。逃げ出しても伴蔵と武者之助が恐ろしくてたまらない。なんとかトラウマを克服したい弥太郎は、伴蔵と武者之助を倒せる最強の男を探し出すため、日本全国をさまよい続ける。

強い男を探し出し、伴蔵を殺害してもらう、これが鈴木兄弟の行動原理である。剣聖の上泉秀綱も、目的は違えど強い男を探すため、日本全国を漫遊している。本当に強い男というのは、日本にそれほどいるわけでもない。というわけで鈴木兄弟と上泉の一派は、自然に接近してしまうというわけだ。

悲劇の悪役・岩井備中

さて、『箕輪城物語』で最も魅力的な悪人は、岩井備中《いわいびっちゅう》という男である。岩井備中は神刀忠次郎の師匠を殺害し国を出た後に、美濃の山奥で要塞を築いていた。仲間と武器を集めた上で、戦乱の世に打って出て、もう一花咲かせようと画策しているのである。かなり勤勉な男で、浪人を集め、人材を確保している。さらに宿屋に泊まる侍に痺れ薬を飲ませては誘拐し、勧誘するといった地道な活動も続けている。その結果、今や仲間は総勢数百名という勢いである。

武器も揃えているうえに、山砦は堅固であり、勢力はなかなかのものだ。かつて岩井備中一派の略奪に困り果てた周辺住人が、領主にあたる織田信長に岩井備中の成敗を願い出でたことがある。しかし織田家は、浅井、朝倉を相手に戦《いくさ》の真っただ中であった。岩井備中の戦力を見て、片手間に征伐するような相手ではないと、住民たちの願いは退けられてしまう。織田信長すら慎重にならざるをえないほどの組織を短期間で作ってしまうのだから、岩井備中は一国の主《あるじ》になれる器であるといっても言い過ぎではないだろう。

事実、剣術使いグループの柳生又右衛門と神刀忠次郎、その門下生たちは正面から攻め込むことはかなり難しいと断念している。そのため又右衛門が身分を偽り、二人で岩井備中の山砦に侵入する。強い侍を探し続けていた鈴木兄弟は、この時期、すでに忠次郎と出会っていた。忠次郎も鈴木兄弟を信用したのだろう、これまでの事情を話し、又右衛門、忠次郎とともに岩井備中の山砦へ潜入してくれと依頼する。

岩井備中の山砦に入り込むことに成功した鈴木兄弟は、ここに至って考えた。神刀忠次郎ですら天敵の磯畑伴蔵とやれば頼りない。又右衛門が加勢したところで、確実に伴蔵に勝てるわけではない。それに比べると、岩井備中というのはなかなかの男である。彼を利用すれば伴蔵を殺すことは容易《たやす》いと、あっさり裏切り、柳生又右衛門と神刀忠次郎はスパイだと密告する。

そこで岩井備中は、一六挺の鉄砲と「二つ弾丸の強薬」を使って、又右衛門と忠次郎を山砦から追い出してしまう。「二つ弾丸」というのは、二つの弾丸を糸などで括《くく》ることによって、散弾のような効果を出す技術、「強薬」は火薬を増やすことである。二つ弾によって飛距離が縮むことを防ぐため、火薬を増やし補うというわけだ。いくら又右衛門が強くても、ここまでされてはたまらない。

逃げ出した剣術使いの又右衛門と忠次郎が、どう攻め込むかと悩んでいるところにやってきたのは上泉であった。上泉はあっという間に二人を打ちのめすと、弟子にしてしまう。磯畑伴蔵、武田武者之助、疋田文五郎、柳生又右衛門、神刀忠次郎、以上五名の勇士を弟子にした上泉秀綱は大満足、彼らを鍛え上げ、箕輪城を奪った金森豊前守に目にもの見せてくれようと大張り切りだ。

上泉は気が短い。早速五人に武術修行をさせようとするが、ちょっと待ってくださいと、神刀忠次郎が岩井備中のことを話す。伴蔵の仇敵、鈴木兄弟もそこにいるということが分かった。上泉はそういう事情ならば、自分が助太刀するから、さっさと山砦を壊滅させればいいじゃないかという。伴蔵はもちろん、武者之助も大喜びだ。

武者「先生〔磯畑伴蔵〕、愈々《いよいよ》仇討《かたきうち》が出来ますな、川中島で見遁《みのが》したが、今度は大丈夫やれましょうじゃ。之《こ》れから敵討《かたきうち》に出立しましょう、大先生〔上泉秀綱〕には、只今より美濃路《みのじ》へ乗り込み遊ばすよう、そうグズグズして居ると仇《かたき》が逃げる……」（同『神刀忠次郎』九三頁）

上泉は武者之助を気に入っているうえに、武者之助と同じ程度にせっかちだ。そんなわけで、あっさり武者之助の申し出を受け入れる。

上泉「武者之助、しからば其《そ》の方の願いによって、只今より出立《しゅったつ》いたそうか……」（同書九三頁）

織田信長すら片手間には倒せないということからもわかるように、岩井備中は一国の主となれる人材だ。だからこそ、強い者を見分ける眼力を持つ鈴木兄弟も味方についた。しかし上泉秀綱は別格だ。なんの準備もなく、ブラブラ歩きで出掛けていく。しばらく山中の砦《とりで》を眺め考えていたのだが、面倒くさくなったのだろう。

上泉「後《うしろ》の山から火をかければ苦もない事じゃ、サァ掛《かか》れ」（同書九四頁）

裏手から火を付けると、当たり前だが正面から人が逃げ出す。待っているのは上泉をはじめ豪傑の面々だ。逃げ出した六〇人は皆殺し、鈴木兄弟は伴蔵に斬って落とされ、岩井備中も神刀忠次郎に殺される。残りの人々は焼死、山砦は壊滅する。切れ者の岩井備中にしてみれば、そろそろ地盤も堅まってきたところであるし、今後は天下の形勢をみていよいよ世の中へ打って出てやろうと考えていたことだろう。鈴木兄弟にとっては、ようやく発見した伴蔵を恐れずに済む安住の地であった。両者ともにまさか上泉のような化け物がやってくるとは、想像だにしていなかったことであろう。

鈴木兄弟は仕方ないにしろ、岩井備中は場合によっては物語の主人公としてやっていけるほどの器量がある。そんな男ですら、上泉の前ではなす術もなくやられてしまうのだから、少々悲しくなってしまう。もっとも悪人は正義に負けるというのが、講談速記本のルールなのだから仕方がない。

豪傑たち、就職する

上泉秀綱のもとに集まった五人の若者たちは、確かに強い。しかし上泉秀綱の目から見ると、まだまだ未熟者ばかりである。だから上泉秀綱は、彼らが一人前の勇士になるまで鍛え上げる。若者たちが一人前となった後で、箕輪城を取り戻すという作戦だ。修業の末に大豪傑となった若者たちは、上泉の腕前にすっかり心服する。お師匠様の為ならば水火の中も辞せんと誓い、一同は悪人退治之助、もとい上泉の師匠にあたる杉本備前守のもとへと向かう。いよいよ箕輪城奪回作戦の開始である。

相手は一八万石の城主・金森《かなもり》豊前守《ぶぜんのかみ》、家臣は三〇〇〇有余人、箕輪城は武田信玄ですら攻め切れなかったほどの名城でもある。さらに上泉に対して徹底的な対策を講じている。城内に入るためには鑑札《かんさつ》が必要、上泉を捕まえれば褒美は望み放題、役人たちは血眼になって上泉を探し回っている。このような状況なのだから、六名で城を攻め落とすためには、戦略が必要だ。そこで杉本備前守は、どのような計略で城を奪うつもりだと上泉に質問する。これに上泉は〈未だその計画はございません〉と堂々と返答、上泉はとにかく強いが、敵とみれば後先を考えず突っ込んで行くという男だ。計略など考えているはずもない。

幸いにも杉本備前守が、箕輪城奪回作戦を立ててくれていた。勇士たちを箕輪の城に就職させ、密かに活動させようという計画だ。すでに門人の松田という男を、箕輪の城下町に潜入させ、口入屋《くちいれや》（今でいう職業紹介事業）として働かせている。まず先陣として、松田の助力で磯畑伴蔵が就職をする。ここで伴蔵は、怪しまれないように馬鹿の真似をする。

役人「フン、その方の名はなんというか」伴蔵「伴蔵さんと云《い》います」役人「フン、伴蔵さんか、年は幾つだ」伴蔵「たしか二十五六で……」（同書一二二頁）

伴蔵が馬鹿の真似をすることで、周囲の人々は危険な人物ではないと信じ込んでしまう。鑑札をもらった伴蔵は、〈馬鹿の伴蔵さん〉として、城内に酒を持参する。お店では素直で力が強く、よく働くと可愛がられる。城内では仲間たちに酒を安く売り、馬鹿だけにやけに気前がいいと評判だ。

伴蔵は仲良くなった仲間のツテを使い、疋田文五郎を杉山という大目付《おおめつけ》（今の警視総監くらいの役職）の部下として就職させることに成功した。もとは北面の武士であり常識人の文五郎だけに、仕事は万事に行き届いている。杉山のみならず、奥方様までも文五郎を気に入ってしまう。続いてなんでもできる神刀忠次郎も、伴蔵の紹介によって、日本一の馬丁《ばてい》という触れ込みで働きだす。ひょんなことから金森豊前守の御前で指南役と馬術勝負をすることになり、忠次郎は見事に勝利を得る。金森豊前守はすっかり神刀忠次郎に惚れ込んでしまい、殿様直々《じきじき》の馬丁となる。残った柳生又右衛門は、剣術を教えるのが上手い。だから道場を開く。ところが水谷という剣術の先生が、城下町で道場を開いているため、誰も柳生の道場には習いに来ない。そこで口の悪い武田武者之助が、町中に悪口を言って回る。

武田「〔…〕あの弓町《ゆみちょう》に水谷源太左衛門《みずたにげんたざえもん》という奴がございますな」二人「ウンある、何《な》んだ」武田「あれはチョッカイ屋じゃそうで……」二人「チョッカイ屋とは何《な》んだ」武田「彼《か》の水谷源太左衛門の剣術の様なのを指して棒振《ぼうふり》剣術、猫のチョッカイというので」二人「フンそうか」武田「彼《こ》んな剣術は百まで習ったとて糞の役にも立つもんじゃない、それよりか本町の柳生の道場へ行けば緩急《まさか》の時に間に合う剣術を教えて貰われる」（同書一七五頁）

武田武者之助が所かまわず悪口をしゃべり散らかす。当然ながら水谷が怒って柳生の道場へやってくる。二人は試合をし、気の毒ながらということで、柳生は水谷の骨を折る。水谷は町を去り、門人たちが続々と柳生の道場にやってくる。教え方が上手いから、若侍《わかざむらい》たちは、柳生を大いに尊敬し始める……というように、勇士の面々はそれぞれの場所で真面目に働く。こうして情報を集めながらも、金森豊前守に恨みを持つ味方を探すといった地道な活動を続ける。

覆面の継承

箕輪城周辺で就職をした勇士たちは、それぞれの職場で信頼を得る。そろそろ攻め込む手筈を整える頃合いだろうというわけで、勇士の面々は上泉秀綱に中間報告をする。上泉秀綱は箕輪城周辺に待機し、いよいよとなったら城を落とそうという計画だ。上泉秀綱は元箕輪城の若殿だった太郎正満《たろうまさみつ》とともに、上泉の叔父に当たる碓井弥五郎《うすいやごろう》の家に居候することになる。

ところが弟子たちから、しばらく連絡が来ない。気の短い上泉秀綱はイライラし始め、一人で箕輪城に行ってくると言い出す。もちろん周囲の人々は上泉を止める。〈向こうよりなんとかの沙汰《さた》あらば、その時に乗り込むのが上策であろう〉と、碓井弥五郎も止めれば、〈別に今宵《こよい》参らずとも、敵方へは六人の者も入り込みたることとなれば、その者よりの通知を待ってお出になっては如何にございましょうや……〉と、若殿の太郎正満も止める。

もっともな意見だが、短気な上泉がそんなアドバイスを聞き入れるはずがない。覆面頭巾で顔を隠し黒装束という出で立ちで、箕輪の城へと走り出す。ちなみにこれ以降、上泉は行動する際には、常に覆面頭巾で面部を隠している。顔を知られているから当たり前なのだが、師匠の悪人退治之助の後を継いだようにも見え、なかなか熱い展開である。

覆面頭巾の上泉が箕輪へ向かって走り出すと、その途中で侍が娘に乱暴しようとしているところに遭遇してしまう。上泉は正義感の強いヒーローだから、もちろん女を助けるが、男は上泉にかつて仕えていた助造《すけぞう》だった。

彼《か》の仲間《ちゅうげん》〔助造〕が、『ヤア汝《きさま》は上泉か』と一声《こえ》、左《さ》しもの上泉先生も、『しもうた、こんな事なら助けに来るでは無《なか》った……』と思うたがモー仕方ない、すぐ斬り捨てようとするとたん、右の仲間《ちゅうげん》は、こんな奴にあって、グズグズしておれば命がないと、明神の下を流れる川の中へ、石垣からドブーンと計《ばか》りに飛び込んだる其《そ》の儘《まま》、上泉に於《お》いては、『アア、しまった、逃がしたか、残念なことを致した…』と歯を鳴らし〔…〕（同『箕輪城大仇討』一一頁）

川に飛び込み逃亡した助造は、御目付役の杉山に報告する。杉山は非常線を張るのだが、これで大変な思いをするのは、御目付役の部下として働いている疋田文五郎だ。

そこで文五郎は、上泉を捕えたいと杉山に申し出る。杉山は文五郎の非凡さを知っているから、上泉を目撃した助造、熊五郎とともに見張りに出す。文五郎はまずは助造を連れ出すと、首の骨を折って殺害し、川に投げ捨てる。なにも知らずにやってきた熊五郎は、助造がいないから不思議に思う。

熊五「いつ帰るんだい?」文五「マア少《しば》らくは帰れんな……」熊五「帰れんって何処に行ったんじゃ?」文五「十万億土《じゅうまんおくど》だ」熊五「十万億土ッて……そらお前死《しな》な行かれん所じゃねぇか」文五「そうだ、だから死んで行ったんだ」熊五「どこで死んだ……」文五「ここで死んだ。死骸は川の中に放《ほ》り込んだ」熊五「じゃ己《わ》れが殺したんか…」文五「俺が殺ったんじゃ」熊五「己《わ》りゃ又《また》なんでソンな荒いことをさらすのじゃ」文五「軈《やが》てお前も遣《や》ってやるが、俺は上泉秀綱四天王の一人、疋田文五郎安行というもんじゃ」(同書四八〜四九頁)

助造が行ったのは十万億土、あの世にいってしまったのだから遠いはずである。文五郎は〈エッ〉と驚き逃げる熊五郎の首の骨を折ってあっさり殺害、二人の死体を川に捨ててしまう。こうしておけば、後々二人は上泉に殺されたということになり、捜査をかく乱することができる。

同じ頃、磯畑伴蔵も夜の街を走り出す。その途中、家中の金森五郎《かなもりごろ》八郎《はちろう》にとがめられたため、腹いせに首を抜いて殺してしまう。柳生の道場に到着すると、出てきたのは武田武者之助だ。で、上泉が何をしているのか、聞いてみると、

伴蔵「武者、上泉先生は」武者「二階で柳生さんとお酒宴《さかもり》でございます」(同書五五頁)

なんと上泉は柳生の道場の二階で酒を飲んで、ご機嫌になっていた。上泉はとにかくめっぽう強いのだが、何とも頼りにならないリーダーなのである。

大人は心理戦がお好き

上泉秀綱が我慢できずに突っ込んできたため、金森豊前守を油断させ、虚を突いて討ち取れる状況を作る必要が生じてしまった。そこで弟子たちは、いくつかの手順を踏み、有利な状況を作っていく。長くなるので一六五ページに上泉の逃走から箕輪城奪回寸前までをチャートとしてまとめた。

実は上泉たちの行動は、ゲリラ戦の基本的な作法から、それほど外れてはいない。彼らの作戦のポイントを、五点でまとめてみる。

（1）戦闘前に勇士たちは城下町に潜伏をしている。
（2）彼らは一般市民及び、箕輪城内部の人間たちから支持を得ている。
（3）外部からの援護も望める。
（4）宴会の混乱に乗じて決戦する際に、上泉は柳生の道場に逗留中の能役者として箕輪城の内部に入り込んでいる。

（5）上泉以外の豪傑は反撃を防ぐ為、要所要所に待機する。

軍事に詳しい人からすれば、幼稚な戦略なのかもしれない。ただ講談速記本としては、かなり現実的な戦略だ。

なぜ上泉たちはいきなり城に乗り込まないのか不思議に思う人もいるだろう。上泉秀綱は一〇〇〇人程度の相手ならば斬り倒し、弟子の磯畑伴蔵ですら、五〇〇名程度の軍勢を単身で蹴散らしてしまう。その他の勇士たちも十分に強い。彼らが五人もいれば、城なんていつでも奪回することができる。しかし『箕輪城物語』のヒーローたちは、真っ正面から城を奪わない。

なぜ『箕輪城物語』の作者たちが、城を奪うまでのプロセスを丁寧に描いているのかといえば、これが大人向けの読み物だからである。この時代の講談速記本はまだギリギリ大人向けの読み物であり、理屈が通っている必要があった。明治の人たちは、科学や合理性を愛する人たちだ。低俗とされていた講談速記本ではあるが、読者たちは自分たちも科学や合理性を好む近代人だという自覚を持っていたのである。大正時代に入ると講談速記本は子供のための読み物へと移行し、理屈に合うかどうかよりも、とにかく強いヒーローが悪い侍をコテンパンにやっつけるといった作品が好まれるようになる。大正の豪傑なら、回りくどいことはせずに箕輪城を単身で奪ったことだろう。

明治の後半は講談速記本の読者層が、大人から子供への移行する過渡期で、荒唐無稽な作品

上泉一派による箕輪城突入までの流れ(玉田玉芳斎・講演『箕輪城大仇討』より)

	場所	出来事
❶	検問所	敵方に潜入中の疋田文五郎は「上泉を見た、上泉はこっちだ!」とウソの情報を流し、逃走中の上泉たちに時間を与える。
❷	碓井弥五郎の家	上泉と弟子たちが若殿の太郎正満を柳生又右衛門の道場へ連れ出す。
❸	城下町	柳生又右衛門が弟子たちの尊敬を集め、上泉に匹敵する強さだという噂が流れる。
❹	箕輪城内	柳生又衛門の噂を聞いた金森豊前守が、上泉を成敗するための夜回りを依頼する。
❺	城下町	柳生又右衛門は若侍を引き連れ、大家とみれば土足で上がり込み家捜しをする。料理屋があれば飲み食い散らかし、金も払わない。前の御領主様の時代には、こんなことはなかったのにと、金森豊前守の評判が悪くなる。
❻	城下町	金森家の四天王が、自主的に上泉探しを始める。武田武者之助も街を徘徊し、四天王を見つけると、「こいつが上泉と太郎正満だ」あるいは「上泉の仲間だ」と、なんの根拠もない言い掛かりを付けては殴り倒し、再起不能にしてしまう。これで金森家の戦力が低下する。
❼	酒屋	酒屋の主人が磯畑伴蔵に自分も仲間だと打ち明けてくる。金森豊前守が、城下町にあるすべての家を抜き打ちで検査するぞと忠告される。さらに小梅村にある酒屋の立花半兵衛の家に上泉を隠せとアドバイスする。
❽	検問所	神刀忠次郎は、文五郎と同じ手法で役人たちをかく乱し、小梅村に向かう上泉たちを援護する。
❾	立花半兵衛の家	上泉と太郎正満が、立花半兵衛の家に身を隠す。だが、ひょんなことから上泉がいることがバレてしまう。
❿	立花半兵衛の家	柳生又右衛門は、征伐隊の隊長として立花半兵衛の家へ向かい、上泉たちを馬に乗せて逃がし、さらに上泉に切られて負傷をした振りをする。
⓫	城外近郊	上泉と太郎正満は馬に乗って逃亡、途中で乗り捨て、柳生の道場へ帰る。
⓬	城外近郊	金森豊前守は、柳生又右衛門が家臣でもないのに上泉に立ち向かい、負傷をしたと思い込み、すっかり信頼する。上泉らが乗り捨てた馬が、城から遠い場所で発見されたこともあり、二人は一時身を潜めたのだろうと、家中が油断する。
⓭	箕輪城内	八月一五日の晩には、月見の宴を開かれることになる。金森豊前守から、そろそろ怪我も治ったろうから、是非にも登城してくれと、柳生にお誘いがやってくる。仇討ち本懐はこの時だとばかりに、上泉始め箕輪城奪回作戦のメンバーたちは大喜びだ……。

が出始める。そんな中で『箕輪城物語』の作者たちは、あえて大人向けの良質な講談速記本を丁寧すぎるくらい丁寧に作り上げた。いわば大人向け講談速記本の最後の輝きといえる作品で、ファミコンであればメタルスレイダーグローリー、あるいはジャストブリードといったところであろう。

というわけでいよいよクライマックスなのだが、実は講談速記本において、物語の結末はかなりおざなりに扱われる。仇敵を求めて四巻にも渡って苦難の旅をした末に、イエッ、バッ、ソレ、ヤッ、ザックリ、ウワーッといった擬音交じりの一〇行程度で仇討が終わってしまう作品まであるのだから、その扱いの酷さも想像することができよう。

なぜクライマックスがおざなりなのか、それは講談速記本が講談という話芸の技術を使って作られているからだ。講談師が長編の物語を演じる場合、明日も寄席に来てもらうため、話の区切りを盛り上げなければならない。しかし物語に結末が来てしまえば、明日に期待を持たせる必要はないのだから、工夫をこらす必要もない。講談の技術をもとにして作られる講談速記本も、章の切れ目は盛り上がるものの、全体としてみるとちぐはぐで、結末はいまいちという作品が多い。こういった事情もあり、ネタバレされたとしても、講談速記本の面白さはほとんど変化しない。

ところが『箕輪城物語』は、ネタバレされてしまうと、面白さが半減してしまう。なぜなら作者たちが、小説のようにストーリーを作っているからだ。『箕輪城物語』の大仇討は、きちんとクライマックスになっているのだが、これから容赦なくネタバレしていくので、その顚末を楽しんでいただきたい。

最終決戦で天井ギャグ

天正五年（一五七七）八月一五日の夕暮れ時、月見の御宴《ぎょえん》が催される。主だった家臣たち一五〇名が箕輪の城に勢ぞろい、夜の一〇時をすぎるとみな酔いが回る。

ご機嫌の金森豊前守に、道場に能役者が滞在しているので、能を舞わせてみてはと、柳生又右衛門が申し出ると〈それは面白い事であろう〉という答え。それではということで、柳生は自分の道場へと戻る。道場ではリーダー上泉秀綱はじめ、磯畑伴蔵、武田武者之助、疋田文五郎、神刀忠次郎、若殿の太郎正満、助っ人としてやってきた杉本備前守の弟子たちが、今や遅しと待ち構えていた。〈どうかこれよりお乗り込みの程を……〉というわけで、上泉秀綱、太郎正満は覆面頭巾で顔を包み、柳生とともに箕輪の城へと乗り出していく。

金森豊前守の前に、能役者だという触れ込みで覆面頭巾の上泉、太郎正満が並ぶ。〈予が金森豊前守であるぞ〉と声がかかる。〈御免くださいませ〉と、上泉たちが頭を下げたと同時、パッと取ったる覆面頭巾！［図3］

ヤアヤア金森豊前守、よッく承《うけたま》われ、かく申す我こそは能役者にはあらで上泉伊勢守《いせのかみ》

［図3］ついに箕輪城に乗り込む上泉秀剛と太郎正光（『箕輪城大仇討』口絵、明治45年）

秀綱《ひでつな》である。（同書一八六〜一八七頁）

名乗りを上げる上泉伊勢守秀綱、場内の人々は騒然、歌舞《かぶ》、音曲《おんぎょく》の席であった観月の御宴もまたたくうちに修羅《しゅら》の巷《ちまた》となり、相鬩《あいせめ》ぐ剣の刃音は空中に伝わり物凄く、討とう、討たれまいとする戦いの最中に、ドンと一発の銃声が鳴り渡る。用心深い金森豊前守は、かねてより変事が発生した際の合図を決めていた。ところがである。これまで弟子たちに迷惑をかけてきた上泉伊勢守秀綱も、勝負となればめっぽう強い。合図のノロシも何も、すでに金森豊前守を討ち取っていた。許しを請うものは助け、抗うものは討ち取りと、早々に戦いの後始末を始めてしまっている。

そんなことは知らない家中の人々は、御本丸に向けて走り出す。こんなこともあろうかと、磯畑伴蔵と武田武者之助は城の正面入り口付近の橋、疋田文五郎と助っ人の侍たちは裏門に続く橋、そして神刀忠次郎は一人通用門にかかった橋で待機していた。城内に乱入する者があらば、討って取ろうというわけだ。磯畑伴蔵に向かったのは五〇〇人の軍勢を従えた金森太郎《かなもりたろう》左衛門鬼門《ざえもんおにかど》という鎖鎌《くさりがま》の達人、音に聞こえた豪傑だ。

〈ヤアヤアそれなる小童《こわっぱ》、金森家にさるものありと知られたる金森太郎左衛門鬼門なり、いでや汝《なんじ》より討ち取ってくれん〉と、鎖鎌で打ち込めば、磯畑伴蔵は四メートル弱の欅《けやき》の柱を振り回して応戦する。双方必死に立ち働いていたが、ビューッと打ち込む鎖鎌、磯畑伴蔵の柱にガラリと巻き付く。金森は自分の方へ引き寄せようとする。伴蔵はこうなりゃ引っ張りあいだと、ウンと力を込めて引いた。底無し力の伴蔵に引っ張られ、鬼門はコロリと倒れてしまう。金森太郎左衛門鬼門をグッと押さえた磯畑伴蔵、〈如何に金森太郎左衛門鬼門とやら、汝ほどなる剛の者でありながら、主家を横領するような悪人に味方するとは何事じゃ。我々は当家の主たる長野信濃守殿《ながのしなののかみ》、奥方、ならびに逆臣《ぎゃくしん》金森豊前守のために討ち滅ぼされたる者のため、今宵は仇討ちを致しておる。しかるに汝は真の道を歩む我々に敵対いたすはなんたる事ぞ。この場に至り本心に立ち帰り、まことの道を歩む我々に降参いたしなば助け遣《つか》わすが、さもなければ一命を絶つがどうじゃ。かばかりの勇士に拙者は逆賊の名を被《こうむ》したくない。降参致さぬか。正気に勝るものは世にないぞ〉と説得する。

豪傑は単純で乱暴だが、基本的には正義を愛する人である。この説得に豪傑の金森太郎左衛門鬼門はあっさり納得、くるりと後ろを向くと、

『ヤアヤアそれなる逆賊金森豊前守《ぎゃくぞくかなもりぶぜんのかみ》の臣下の奴等《やつら》、かく申する金森太郎左衛門は只今この所に於《お》いて改心をいたし、〔…〕いでや逆賊に味方する奴等《やつら》をば片《かた》っ端《ぱし》より討ち取ってく

れん。それとも改心いたして降参すれば、拙者よりご主人磯畑先生に宜《よ》きに取り計らってやるが、どうじゃ』（同書一九二頁）

と絶叫する。伴蔵一人でも勝ち目がないのに、金森家でナンバーワンの豪傑まで敵になってしまった。逆らえば確実に生命はない。それに逆臣となるよりも、正義の人に味方したほうがいいじゃないかと、皆が磯畑伴蔵の家来になってしまう。一方の裏門には、竹貝三郎左衛門《たけがいさぶろうざえもん》義秀《よしひで》という豪傑が、二〇〇名の軍勢を引き連れ、ドッと乗り込んだ。疋田文五郎が必死になって戦っていると、磯畑伴蔵たちが駆け付ける。前にグッと出た金森太郎左衛門鬼門が〈ヤアヤアそれなる逆臣金森豊前守の臣下の奴等、片っ端より討ち取ってくれん。それとも改心いたして降参すれば、咎めは致さん〉と仲間を説得、竹貝三郎左衛門義秀たちも、逆賊となるよりも正道を選ぼうと仲間となる。通用門では斎藤権之丞《さいとうごんのじょう》という鉄棒使いの豪傑が一〇〇名という軍勢を引き連れて、ドッと乗り込んでくる。そこに立ちはだかる神刀忠次郎、二人が必死になって戦っていると、今度は竹貝三郎左衛門義秀が〈ヤアヤアそれなる斎藤権之丞、我は只今より正義を守る上泉殿の家来となったり、逆賊どもの爪牙《そうが》となれば、片っ端より討ち取ってくれん。それとも改心いたして降参すれば、咎《とが》めは致さん〉と大音声《だいおんじょう》を上げた。言われて斎藤権之丞と家臣たち、悪逆と呼ばれるよりも正義の名を残したいということで、彼らも仲間になる。

もうお分かりだろうが、〈ヤアヤアそれなる……〉という説得を繰り返し、敵の家臣が次々と仲間になるというのは一種のギャグで、当時の人々は笑って読んだ場面であるが、とにかく冗談のように革命軍が結成される。

総勢七〇〇人が上泉に加勢しようと本丸へ駆けつけると、すでに上泉伊勢守秀綱は目出度く仇討ち本懐を遂げていた。師弟一同は大喜びである。豪傑とその仲間たちが城内外を清めた上で、太郎正満が箕輪城を治める。勇士たちはそれぞれ出世をし、武芸馬鹿の上泉秀綱は相変わらず道場で若者を鍛え上げている……これが『箕輪城物語』の結末である。

山田一族の不遇

本章で紹介したのは、講談速記本というプラットフォームの爛熟期《らんじゅくき》に書かれた作品である。『西国轡物語』では、豊臣方の豪傑たちの魅力が余すところなく描かれ、『箕輪城物語』はこれぞ講談速記本という作品であった。どちらも、円熟の境地に達している。

少し残念なのが『緒方力丸物語』だ。高度な技術を使おうとしたものの失敗、それでも現代でも十分に通用するような要素をところどころに発見できてしまう。さらに指摘しておきたいのは、『緒方力丸物語』の作者たちも、物語を成功させるだけの能力は持っていたという点だ。

これは講談速記本の衰退の原因にもつながる話だが、玉田玉秀斎、つまり山田一族には時間がなかった。確認できる範囲の話だが、明治四四年五月から明治四五年七月の一年二か月のあいだに、『箕輪城物語』の制作者たちはこの一作しか出版していない。同じ期間に山田一族は、約五〇冊もの作品を出版している。なぜ山田一族はこれほどまでにハイペースで書いているのか。彼らが講談速記本で生活をしていたからだ。

『箕輪城物語』では、定番の場面が多数登場しながらも、推理小説風の味付けをしてみたりと、ちょっとした遊びをが随所に見つけられる。その結果おなじみの場面を楽しみつつも、これまで読んだことのない斬新な作品に仕上がっている。長い執筆時間を品質向上に当てることで、講談速記本の数々の弱点を克服してしまい、五巻という長い物語を飽きることなく読ませ、見事なクライマックスまで用意している。一方の『緒方力丸物語』の山田一族は、多作すぎた。熟考する時間もなかったのだろう、斬新な設定を生かすことができずに、あっさり失敗してしまっている。しかし先にも書いたように当時の山田一族は、修業時代ともいうべき日々を送っていた。彼らの懐事情は、かなり厳しいものであったらしい。山田一族の一人、池田蘭子の自伝的小説『女紋』には、単純計算で年間で三〇冊程度のペースで出版し、そのうえ、いくら売れようが原稿料は一度も上がらなかった、と書かれている。おまけに社会的な地位も低い。これで物語の質を向上させようなんて気にはならない。そんな環境下で山田一族が果敢に挑んだ『緒方力丸物語』は、失敗を運命づけられた悲劇の作品に見えなくもない。もう少し彼らに時間があれば、日本の大衆文学史／エンタメ史が変わっていたかもしれない。

それでも山田一族はいくつもの作品を書き続け、後に猿飛佐助《さるとびさすけ》を筆頭とするさまざまな魅力的なヒーローを作り出すことに成功し、ついに明治娯楽物語中、最高のキャラクターを産み落とす。その名は桂市兵衛《かつらいちべえ》。彼については次章でじっくり紹介することにしたい。

第5章

豆腐豪傑は二度死ぬ

ミスター講談速記本・豆腐人間 桂《かつら》市兵衛《いちべえ》

桂市兵衛《かつらいちべえ》という男

スーパーマン、バットマン、キャプテン・マーベル……。アメコミの世界では一九三〇年代に登場したヒーローが、今も現役で活躍している。それに比べると講談速記本から発生した個性的な豪傑たちが、忘れられているのは実に惜しい。現在でも通用するキャラクターが数多《あまた》いるなかでも、ハリウッド映画化にも耐えうる存在が桂市兵衛《かつらいちべえ》である。

歴史上、有名な戦国武将はいろいろいるが、講談速記本においては大した活躍はしない。なぜならば、著名な人物は明確に死が確認できてしまうからである。講談速記本には、事実が描かれているという建前がある。豊臣秀吉がいくら偉いとはいえ、死亡した後に旅を続け、徳川侍を殴りつけることはできない。

ところが実在したんだかどうだか、あいまいな人物ならば自由に動かせる。ちょっとした特徴を持っていれば、さらに使い勝手が良い。こういった事情から桂市兵衛正澄《まさずみ》、作品によっては桂市兵衛直春《なおはる》とされている男が、講談速記本における最高のキャラクターへと成長していく。

江戸の物語にも、桂市兵衛は存在している。安土桃山・江戸時代に生きた太った小男で怪力の持ち主、戦場で組討ち《くみう》（組み合って争うこと）をすれば無敵といった設定であった。有名どころだと、『石山軍記』『太功記』『太閤記』などに登場し、それなりの活躍をしている。浪人時代の市兵衛が柿を盗み、農民に袋叩きにあっていたところ、永禄七年（一五六四）生まれの大

［図1］市兵衛は神が乗りうつった六助に勝利しかけ、秀吉が見物であったと喜ぶ名勝負だった（『毛谷村六助』挿絵一部、大正9年）

名・福島正則が助け家臣にする。市兵衛は福島の期待に応え、小田原の戦いの際には、韮山城《にらやまじょう》に一番乗りを果たしおおいに活躍、天王山の戦いでは豪傑蟹江《かにえ》才蔵《さいぞう》を生け捕りにし、秀吉が企画した相撲大会において、神が乗り移っているという設定の毛谷《けや》村六助《むらろくすけ》に大ダメージを与えた［図1］。またとある男の嘘を暴くために、豊臣秀吉が桂市兵衛を利用している。このあたりが江戸の物語における桂市兵衛の大きな業績だ。

明治に入ると太った小男という部分が、身長と肩幅が同じという設定となり、やがて〈屏風《びょうぶ》市兵衛〉というニックネームが付けられた。そこから市兵衛は、さらに膨張していく。身長は一四〇センチ、時には一二〇センチにまで縮むものの、

［図2］平らな豆腐ではなく高さのある豆腐を思い浮べていただきたい（著者撮影）

肩幅は一五〇センチ以上に成長する。その体格を活かし、手を広げれば突進してくる馬三頭を押し止めることができる。やがては奥行すら広がり続け、最終的にはほぼ直方体となり、ニックネームも〈豆腐《とうふ》市兵衛〉となる［図2］。

身長と肩幅が同じという特色から、講談速記本ではギャグ要員としてしきりに登場する。市兵衛が旅をしていると、いきなり大男が斬り掛かってくる。事情を聞けば、四角だから市兵衛だろうと思い腕試しをしたと語る。または市兵衛が変装しスパイとして活躍するも四角であるためすぐバレる、あるいは忍術で大風を起こすとサイコロのように転がる――こんな場面が定番化していた。

もともと桂市兵衛は名脇役であったが、

『怪勇桂市兵衛』（明治四二年）では主人公として活躍している。今でいうところのスピンオフ作品だ。吾妻武蔵・講演『豊臣秀頼琉球征伐』（明治四二年）では準主人公として登場、沖縄へ渡り海外の豪傑たちと死闘を繰り広げている。

講談速記本では、一流ヒーローの息子たちも登場する。真田幸村の息子大助をはじめ、猿飛佐助《さるとびさすけ》や霧隠才蔵《きりがくれさいぞう》、荒川熊蔵《あらかわくまぞう》、木村又蔵《きむらまたぞう》、大橋茂右衛門《おおはししげえもん》などなど、英雄豪傑の息子たちが父に負けじと物語の中で八面六臂《はちめんろっぴ》の活躍を観せてくれる。桂市兵衛の場合、息子だけでなく、その甥っ子や妹までもが活躍している。これは真田幸村など講談速記本の大スターと同じレベルの扱いだ。今では忘れられてしまっているが、かつて桂市兵衛は超一流のヒーローだった。

善悪があいまい

明治というのはまだまだ秩序が明確でない時代であり、正義のヒーローも善だか悪だかよく分からないということが多かった。これについては犯罪実録を扱う第8章で詳しく解説することとして、桂市兵衛は善悪があいまいなキャラとして描かれる。

桂市兵衛が主人公として扱われる作品としては、玉田玉秀斎・講演『怪勇桂市兵衛』『豪傑後《のち》の桂市兵衛』（明治四四年）『豪傑最後の桂市兵衛』（いずれも明治四五年）の三部作と、凝香園《ぎょうこうえん》『天正豪傑桂市兵衛』（大正一二年）、サブ主人公として登場するのは吾妻武蔵講演の『豊臣秀頼西国轡物語』（明治四一年）、『豊臣秀頼琉球征伐』（明治四二年）が代表的なものとなる。

もともと桂市兵衛は江戸時代から物語の世界で活躍していた。だが、彼に明確なキャラ付けをしたのは、立川文庫を手掛けた創作者集団・山田一族だ（池田蘭子『女紋』によると、『天正豪傑桂市兵衛』の凝香園も山田一族の一員らしい）。というわけで、まずは山田一族による「桂市兵衛三部作」から彼の言動を見てみよう。

市兵衛「ナーニ母親《おっかあ》さん、介意《かま》わぬ、母親《おっかあ》さんを酷い目にあわしおったで、私《わたくし》は腹がたつ、腹がたったから叩《なぐ》ってやったのじゃ、ハハハハハお母さん、此奴《こいつ》弱い奴じゃの、面白いなァ……」（玉田玉秀斎・講演『［怪勇］桂市兵衛』二二頁）

市兵「ハハハハハ面白いなァ、仕返しとは面白いな、私《わたくし》は門を開けてやる、そこでこいつのように殴り殺してやるンだ、ネエ、母親《おっかあ》さん。面白いだろう」（同書二二頁）

市兵「ハハハハハ此奴《こいつ》も弱い奴だ。お前等《まえら》もやっぱり弱いのかッ」（同書二七頁）

これが桂市兵衛、八歳の頃の発言である。とある足軽頭《あしがるがしら》が桂市兵衛の母親に対し、いかがわしい行為に及ぼうとしていた。そこにやって来たのが八歳の市兵衛で、足軽頭を殴り殺した後、数十人の足の骨を折ってしまう。人が死ぬさまを見て、お母さん面白いだろうと話しかけているんだから、ものすごい。その後、なんだかんだで母親は死亡、市兵衛はひとりぼっちになってしまうが、特になにも感じず一人で生きていく。

市兵「己《おれ》は腹が減ったから飯をくわしてくれ」としらぬ人の家《うち》へ飛び込んでせがみます、否《いや》だというと、市兵「否《いや》ならいいわ、お前の家にひをつけて焼殺《やきころ》してやるから左様《そう》思えッ」（同書四一頁）

どこからどう読んでも、正義のヒーローではない。少年時代は悪党だったが、後年は立派な人格になり……というわけでもない。大人になった桂市兵衛は、釣り人のゴミが顔に当たったと大喧嘩、殴り殺してしまうと、死骸を川へ蹴り落とす。それに続くのが、次の台詞である。

市兵「アハハハハ……水葬にしておけば知れる気遣《きづか》いはない、何《ど》うやら腹が減った様《よう》だ、彼《か》の弁当も頂戴しよう」（玉田玉秀斎・講演『［豪傑］最後の桂市兵衛』一〇六頁）

殺害した人間の弁当を奪い、アハハと笑い食べてしまう。市兵衛は、七〇歳に近付いてもなんら成長しない。荒川熊蔵と桂市兵衛が沖縄に上陸後、腹が減ったために取るのが次の行動だ。

熊蔵「成程、何《な》にか食って居やがるではないか」市兵「うむ。何《ど》うじゃ一番下に降りて行って、彼奴等《あいつら》を擲《なぐ》り殺して了《しま》い、彼奴等《あいつら》の装束を取って吾々《われわれ》が琉球人となり腹を大きく

した上、国頭《くにがみ》の港へ裏切《うらぎり》して遣《や》ろうではないか」（吾妻武蔵・講演『〔豊臣秀頼〕琉球征伐』一五七頁）

人を殺して飯を食う。外見は身長よりも肩幅が広いというもので、どっからどう見ても正義の味方ではない。現代の感覚では、良くいえば犯罪者、悪くいえば妖怪に近い存在だ。それでも市兵衛が超一流の豪傑であることは確かで、時には驚くような身体能力を見せつける。山道を馬より早く走り続けることもできれば、馬を背負って断崖絶壁を駆け降りることも可能である。次に引用するのは、奇妙な体型を活かして活躍をする場面だ。

豆腐の市兵衛といって居《お》ります。事に依《よっ》たら横幅のほうが広かろうという妙な格好な人もあるもので、其奴《そいつ》がヒョッコリヒョッコリと出て来た。この市兵衛の得意とするのは組打《くみうち》です。〔…〕短かくて横に平たい奴は扱い難くて仕方ない。ムーンと捻倒《ねじたお》そうとすると、なかなか倒れません。市兵衛は余り力を入れないで沈《じ》と居る。このくらい横に平たい人間は倒そうと思ってもなかなか転ばない。（旭堂南陵・講演『豊臣秀吉』第三編、七〇〜七一頁）

講談速記本の世界で豪傑の標準的な身長は八尺二、三寸（約二・五メートル）だが、対する桂市兵衛は五尺（約一・五メートル）に満たない。その体型を見て侮った相手を、市兵衛はニコニコ微笑《ほほえ》みながら、あっという間に倒してしまう。もっとも肩幅と奥行きは一四〇センチ以上あるのだから、体積では講談速記本中最大級だといっても差し支えない。

実在した人物は実在したんだからあまり思い切ったキャラクターにすると嘘になってしまう。リアルを志向する明治人にはそぐわない。しかし存在も善悪もあいまいな桂市兵衛なら、悪ノリに近いアレンジを加えても、特に問題はなかった。

泥棒乞食の子供時代

講談速記本の至る所に登場する桂市兵衛の活躍を、並べていくときりがない。というわけで彼が主人公として扱われている『桂市兵衛三部作』『天正豪傑桂市兵衛』から重要な出来事を抜き出して彼の半生を描いてみよう。

各作品の設定は、大幅に異なる。特筆すべき場所では、作者名から「桂市兵衛三部作」は【玉田】、『天正豪傑桂市兵衛』は【凝香】として識別可能にしてある。なお四冊分の物語を圧縮して紹介していることから、市兵衛が狂っているように見えるかもしれないが、実際に狂っているのだから仕方ない。

生まれは【凝香】から。父親は織田信長の家臣で身体虚弱だが頭脳明晰、母親は身長二メートル以上の怪力の持ち主で、片手で家を持ち上げホウキで床下をはくことができる。あの織田信長ですら猪《いのしし》と間違え驚いたほどの女豪傑《おんなごうけつ》だ。妊娠一四ヶ月を経て、市兵衛を出産、生まれた時から市兵衛は横に広かった。父親・市左衛門《いちざえもん》のコメントは〈オヤッ、妙な子が出来た、此奴《こやつ》四角張《しかくば》っている〉であった。

市兵衛は子供の頃から非凡な人間で、八歳の頃には牛の角を折り、投げ殺している。天亀元年（一五七〇）、市兵衛一三歳、姉川の戦いにおいて初陣を果たす。豪傑龍門寺兵庫之介《りゅうもんじひょうごのすけ》は〈横幅の広い少年が突っかかって〉きて驚いたものの、所詮は一三歳の少年である。一騎打ちの戦いとなると苦戦する。見かねた福島正則が途中参戦すると、なぜか市兵衛が激怒。福島を馬ごと転倒させると、龍門寺兵庫之介の首を斬り走り去る。これまた激怒した福島正則が市兵衛を殺そうするも、秀吉の説得により家臣とすることになる。

まだ部屋住みの福島正則は、市兵衛を相手に相撲や太刀打ち、弓などで遊びつつ、正則が酒を飲み暴れた時には、市兵衛が柱に縛りつけ、頭を殴り躾《しつ》けるといった暮らしを続ける。勇将として知られる福島正則がなぜこんなことを許しているのかというと、戦場に出ればすべて市兵衛が解決してしまうからだ。

【玉田】では、子ども時代の桂市兵衛は少し苦労している。市兵衛の祖父、桂広澄《ひろずみ》は、実弟が毛利家のお家騒動に加担していることを知る。毛利の家臣たちと事を収めた後に、弟を恥じて切腹し、息子の桂元忠《もとただ》は妻と毛利家を出る。元忠は、寺子屋で文武を教え真面目に生活をしていたが、平穏な生活は長くは続かなかった。ある日のこと、酒が飲みたくなり強盗をはたらき、やがて捕まり死罪となる。幼くして父親を失った市兵衛だったが、八歳の時に母親も失い、そのショックから足軽頭を殺し十数人の足の骨を折る。その後は乞食を引き連れて商店を巡り、飯を食わせなければ放火すると脅しては飯を奪うことを生業《なりわい》とする。当然ながら町中の嫌われ者となるが、市兵衛は特に気にもとめてない。一二歳で斎藤龍興《さいとうたつおき》の家臣大沢主水《おおさわもんど》の弟子となり槍を習い、一四歳の頃に木下藤吉郎、後の豊臣秀吉を殺しに行くも失敗、武者修行の旅に出る。

ここまでで注目すべきなのは、市兵衛は柿泥棒という江戸時代の設定が、【凝香】では首泥棒、【玉田】では乞食の大将にアレンジされている点だ。講談速記本の実際にあったことを語るというルールに従って、一応、妄想のみではなく根や葉が存在している。父親の名前が異なるのはご愛嬌といったところだ。

ケンカで友人を増やす青年時代

話を続けよう。【玉田】によると、市兵衛は山の中で牛程度の猪を殺した後に、よく分からない理由で人間と格闘する。エイッという市兵衛の絶叫と、ウオーという一般人の悲鳴ばかりで状況が不明だが、なんだかんだで尾州岩倉織田家《びしゅういわくらおだけ》の残党、堀尾茂左衛門《ほりおしげざえもん》に弟子入りし、息子の茂助と修行してほぼ無敵となる。無敵となった市兵衛は、一七歳にして月を見てきれいだと思う程度の感性を得る。ちなみにこれが、桂市兵衛物語において最も叙情的な場面だ。

修行を終えた市兵衛は、堀尾茂左衛門の住み家を出る。その足で蜂須賀小六《はちすかころく》の山窟を訪れ、いきなり小六の軍勢と戦争をする。市兵衛が暴れ続けているところに、秀吉とその仲間たちが登場、福島正則は市兵衛の勇力に感動し家臣にする。ここで一巻が終わり、後編では正則の息子正澄《まさずみ》とともに福島家の存続のため活躍すると予告されている。ところが桂市兵衛の人気が出すぎたため路線変更、第二巻、第三巻と桂市兵衛が暴れ続けることになる。

第二巻の『後の桂市兵衛』では、福島正則にスカウトされるも、家臣になるとヒマなので三年旅に出ると宣言、筑前名島《ちくぜんなじま》（現在の福岡市東区名島）に着き小早川家の武士たちが喧嘩するのを見物していたが、なぜか市兵衛がキレて全員をボコボコにする。市兵衛を止めるために、大豪傑の岩見重太郎が登場。決闘をして親友となりふたたび旅に出る。市兵衛が雇った駕籠屋《かごや》が別の駕籠屋に衝突し、いつものように喧嘩となる。相手の駕籠から出てきたのは備前・岡山の浮田家《うきたけ》に仕える豪傑花房志摩《はなふさしま》、殺し合いの後にやっぱり親友になった。なぜ気軽に殺し合いをするのか不思議に思うかもしれないが、豪傑は殺し合いをしながら友達を増やすという習性を持っているのだから仕方ない。

市兵衛に惚れ込んだ花房志摩は、足軽の娘貞世《さだよ》と桂市兵衛を結婚させ浮田家の家臣に取り込もうとたくらむ。その頃、桂市兵衛は一九歳の血気盛り、貞世に誘惑され良い仲となる。すでに福島正則の家来であるため、浮田家家臣になるのは断るが貞世と結婚する。ある日のこと、浮田家の武術大会が開催され、飛び入り参加した市兵衛が暴れると強すぎてみんながドン引き、殿様も浮田家に勇士はいないのかと激怒、さすがの市兵衛も空気を読み花房志摩に勝ちを譲った。これで義理は果たしたとばかりに出奔、なぜか市兵衛に本気で惚れてしまった貞世も、彼を追って旅立ち行方不明となる。

市兵衛は祖父の墓参りをしようと毛利家へと赴くが、関所でトラブルが発生する。二四人を相手に奮闘し、毛利家から追加でやって来た二〇〇人も撃退。市兵衛が暴れ続けて手がつけられないため、毛利家の重臣毛利《もうり》内匠《たくみ》が市兵衛をなんとか説得する。この頃、市兵衛の肩幅が身長を超える。

肩幅が身長を超えた市兵衛だが金がない。無名の豪傑三人が酒を飲んでいたため、適当な理由で殴りかかりもちろん勝利するも、三人組も金を持っていなかった。困っているところに、偶然通りかかったのが後藤又兵衛《ごとうまたべえ》★1であった。市兵衛は又兵衛から金を奪おうと襲い掛かるが、逆に投げられてしまう。講談速記本の世界では又兵衛が最強だから、この敗北はやむなしといったところ。しかし又兵衛は又兵衛である。投げはしたが金も恵んでくれた。金を手に入れた市兵衛が乞食を発見、又兵衛からもらった金をそのまま与え、一文無しで宿屋に泊まる。いくらなんでも計画性なさすぎだが、市兵衛だから仕方ない。続いて宿屋でガチャガチャしたイベントが発生し市兵衛が暴力で解決。またもや旅立つ。その頃、市兵衛の妻貞世は、山の中で

★1――後藤又兵衛…一五六〇?〜一六一五。名は基次、黒田家の家臣、後に浪人し大坂夏の陣で戦死しているが、講談速記本の世界では普通に生きていて、沖縄や江戸で大暴れしている。虎より強く忍術が通用しない上に、作品によってはサイコキネシスも使える。軍師としての能力も真田幸村に勝るとも劣らない。すぐ後に登場する加藤清正はほぼ神で、新納武蔵は無敵なのだが、後藤又兵衛と戦えば危ういといったところ。

ヤクザを殺していた。そこに偶然通り掛ったのが福島家の豪傑・大橋茂左衛門《おおはししげざえもん》だ。茂左衛門は正義感から貞世を殺害しようとするのだが、毎度のことながら偶然にも通り掛った桂市兵衛と茂左衛門が殺し合いとなるも、すべては誤解だとわかり和解。貞世は大橋茂左衛門が備前に送り届けてくれることになった。

天王山の戦い

以下は【玉田】から。妻を預けて安心した市兵衛はふたたび旅に。長州で真田幸村と家臣に出会い、彼らとともに処刑場破りをする。その勢いで島津藩へ乱入。人を殺して飯を食った後に、島津藩の大豪傑・新納武蔵《にいろむさし》とその家臣たちと乱戦、川へと逃げて伊集院右衛門《いじゅういんうえもん》に助けられた。伊集院から軍学を授けられた後、熊本へと向かう。当時、熊本には一人で旅する者は宿屋に泊まれないというルールがあった。仕方なしに市兵衛は地蔵堂へ泊まるため、一四〇貫（約五二五キロ）の地蔵を片手で移動させる。市兵衛、地蔵堂へ入るが体が四角形のため入らない。これに激怒し肥後の木山弾正《きやまだんじょう》と議論する。木山は加藤清正と互角の勝負をしたほどの男で、室内で市兵衛と相撲をして家を壊しかける。相撲を通じて木山弾正と友達になった市兵衛は、熊本から飛び出した。いつものようにトラブルに遭遇し、いつものようにすべてを暴力で解決していると、豊前小倉《ぶぜんこくら》（現在の北九州市小倉）で早馬に出会う。事情を聞くと本能寺の変が起きたとのことで、馬を奪って走り続け、秀吉vs光秀の天王山の戦いに出陣する。ちなみに秀吉の中国大返しは一〇日で二〇〇キロの強行軍を果たしているが、市兵衛は知人に挨拶をしたりしながら四日で四二〇キロ移動している。

【凝香】では、天正一〇年（一五八二）六月二日、天王山の戦いに市兵衛が参戦する。活躍しすぎて討ちとった敵の首を持ち切れなくなった。仕方なしに八〇個の生首を全身に吊り下げながら戦闘していたところ、戦国最強の武将の呼び名も高い蟹江才蔵《かにえさいぞう》（可児吉長《かによしなが》）と組討ちとなる［図3］。ただでさえ小さいのに、今の市兵衛の全身は生首まみれだ。これを見た蟹江は市兵衛が座っていると誤認するが、よくよく見ると四角形である。〈それでも豪傑か…、まるで衝立《ついたて》のようだ〉と吹き出すが、市兵衛は生首を吊り下げたまま、蟹江を生け捕りにしてしまう。

［図3］当時の技術では市兵衛の四角さを再現できていない（『［天正豪傑］桂市兵衛』口絵、大正12年）

【玉田】では、市兵衛は馬で天王山に乗り込むと、やっぱり蟹江才蔵を組み敷いている。この頃市兵衛は二三歳、初陣だった。市兵衛と才蔵のやりとりは次のようなものだった。

市（兵衛）『オオッ、能《よ》き相手御参なれ、イザ見参見参…』と、槍を捻《ひね》って突っ掛《かか》った、蟹江才蔵は之《こ》れを見て大いに怒り、才『ヤイ、汝《なんじ》は何者だ、敵に槍を附《つ》けるに、何故姓名を名乗らん、無礼者奴《ぶれいものめ》ッ……名を云《い》えッ』市『ホイ失策《しま》った、オー初陣だから少々失策《しくじり》はあるわい、夫《そ》れほど聞きたくば名乗って聞かせる、一寸永《ちょっとなが》いが耳の穴をほじくって能《よ》ッく聞け、我こそは平相国《へいそうこく》清盛入道の末孫、亡《ぼう》織田右大臣信長の家来、羽柴筑前守秀吉の又《また》家来、福島市松正則の其又《そのまた》家来の桂井市兵衛正澄とは俺だ』才『何という永い名前だ、最少《もう》し短かく云え……』（玉田玉秀斎・講演『最後の桂市兵衛』一九六～一九七頁）

市兵衛の可愛げが発揮された一幕だ。【玉田】では天王山の戦いで才蔵に勝つところまでしか描かれない。桂市兵衛が福島家存続のために活躍する続刊『豪勇福島太郎正勝』も予告されていたが、続きが書かれることはなかった。

ポスト天王山

【凝香】では天王山の戦いの後の市兵衛が描かれている。賤ヶ岳《しずがだけ》（現在の滋賀県長浜市）の合戦で大岩山《おおいわやま》（現在の京都市伏見区～山科区）の要害に攻め込もうとした福島勢は、その途上で断崖絶壁を前に立ち往生する。怒った桂市兵衛が福島正則を馬ごと持ち上げ絶壁を歩行、勢いがついた一隊は賤ヶ岳の難所を越えて大岩山に辿り着き勝利する。天正一二年（一五八四）の小牧山《こまきやま》の合戦では、豊臣秀次を市兵衛が罵倒する。これで秀吉に嫌われ、武家奉公は差払い（要するにクビ）となってしまう。しかし福島正則は、桂市兵衛を足軽として三〇〇〇石で召し抱え続けた。

実はこのエピソード、もとは蟹江才蔵のものである。作者が話を考えるのが面倒になり、名前だけ市兵衛に変更してページを稼いでいるわけだが、講談速記本ではよくあることだ。市兵衛は暇なので、豪傑のスカウト活動に勤しむ。桂市兵衛に出会った星野《ほしの》又八郎《またはちろう》は〈オヤッ、貴様の身体は四角じゃないか〉と驚くも組討ちとなり敗北、福島家に召し抱えられる。この調子で福島家の豪傑が増えていく。

やがてよく分からない戦争が起きた。そこで市兵衛は活躍しすぎ、豊臣秀吉が感動、あっという間に差払いは解除、福島家に戻り家老となった。戦争が起きるたびに桂市兵衛が活躍し、とうとう秀吉は天下を取るが、平和になり市兵衛はヒマなため諸国漫遊に出てしまう。

真田幸村に正体を見破られる

以降のソースもすべて【凝香】である。いろいろあって市兵衛は、荒波源太《あらなみげんた》というヤクザの居候《いそうろう》となる。その恩返しとして八角団五《はっかくだんご》郎《ろう》というヤクザの一家を皆殺しにする。相手がヤクザでも殺人は殺人だ。役人が追ってくるが返り討ちにして六四人殺す。追手が増えすぎ面倒くさくなった市兵衛、海に飛び込み偶然にも海賊船に助けられるのだが、頭目は八角団五郎の兄浪右衛門《なみえもん》であった。またもや殺されそうになるが逆に四人殺す。すでにこの日だけで百名近く殺害、さすがに疲れたため海へと逃亡、泳ぎ着いた六田村は、浪右衛門の率いる海賊に苦しめられていた。それじゃ海賊退治をしようと、飯を食べて寝たら回復、浪右衛門を踏み殺し海賊船は燃やしてしまう。

そのまま旅を続け、越前の国で少年の仇討ちを手伝い、山の中で上杉謙信の軍師だった宇佐美《うさみ》駿河守《するがのかみ》定行《さだゆき》と出会う。宇佐美は一度は死んだが、幻夢上人《げんむじょうにん》という仙人に助けられたとのこと。宇佐美は、今や年齢を忘却してしまったほどの男で、軍学兵法を桂市兵衛に教え込む。

旅を続ける市兵衛は、兄妹が仇討ちできず自害しようとしてるところに出くわす。もちろん助っ人を買って出るのだが、偶然にも豪傑たちが集結する。誰が助っ人になるかで喧嘩となり、中でも大橋茂右衛門は〈家鴨《あひる》奴《め》ッ〉〈不具者〉と絶対に言ってはダメな罵倒をしながら殴りかかってきたから応戦、いつものごとく宿屋を破壊しそうになるも仲直り。豪傑四人が兄妹の仇敵を捕まえ仇討ち本懐となり、また旅に。

江戸に到着した市兵衛は、なぜか徳川侍を驚かせようと思い立つ。変装し稲妻光之助《いなづまひかりのすけ》と名乗り、毎夜吾妻橋《あづまばし》で待ち受け、三河武士から刀を奪っては川に捨てるという行為に熱中する。徳川四天王とされる武将の小平太《こへいた》康政《やすまさ》（榊原康政）だけは見逃してやるが理由は不明、やがて三河武士は吾妻橋を通らなくなる。そんな折、吾妻橋に真田幸村が登場。幸村は稲妻光之助を、市兵衛だと一目で見抜く。〈ハッハ……それは一目見ればすぐ分かる。その方は衝立《ついたて》と渾名《あだな》を取った男ではないか。天下に豪傑多しといえども、まず汝《なんじ》ほど分かりやすいものはあるまい〉。

市兵衛はこれに懲《こ》りていたずらを止めてしまったのだが、だいぶ遅れて徳川家康が激怒、卑怯者の家康は市兵衛が泊まっている宿屋の主人を捕縛。市兵衛がみずから名乗り出て主人の身代わりとなり縛られるが、すぐ腕力で縄を切り役人を刀で斬りまくる。徳川方が鉄砲を出してくるも、豪傑の木村又蔵《きむらまたぞう》が登場して形勢逆転、適当に暴れた後で市兵衛は逃げ出すが、木村又蔵が逃げ遅れ捕まってしまう。

木村又蔵が鈴ヶ森《すずがもり》で打ち首になると聞いた桂市兵衛は、もちろん助けに行く。その途上で幽霊半之丞《ゆうれいはんのじょう》という豪傑が登場、助けた木村とともに徳川侍をボコボコにしていると、本多平八郎《ほんだへいはちろう》を筆頭に徳川四天王が登場、三人は疲れたため血路を開いていったん退却、宿屋で酒を飲んでいると、偶然にも宿屋の女房が浮気をしていることが発覚する。それだけならまだしも、女房と浮気相手が共謀し、主人を殺そうとしていることも割れる。怒った豪傑たちが取って押さえると、間男は小田原大久保家の家老大久保典膳《おおくぼてんぜん》の次男金之助《きんのすけ》だということが分かった。宿屋の主人が奉行所に訴えるが、あべこべに牢屋に入れられてしまう。豪傑たちは一人ずつ宿屋の主人を助けにいくが、町奉行所には落とし穴が仕掛けられており、木村又蔵と幽霊半之丞の二名が捕まってしまった。これは陰湿で粘着質な徳川家の陰謀で、桂市兵衛と木村又蔵、幽霊半之丞を罠にかけようと付け狙っていたのであった。

怒った桂市兵衛が奉行所を破壊に行く途中、奉行に逃がされた宿屋の女房と大久保金之助に遭遇。二人の首を同時に絞めて殺害し、ヒモでくくりつけて一つにした死骸を大久保典膳の家に投げ捨てる。当初の目的を忘れ気分良く宿に帰った桂市兵衛が酒を飲んでいると、翌日には豪傑二人が網乗物《あみのりもの》（重罪人を運ぶかご）で江戸に送られると聞く。それじゃ明日助けにいくかと、引き続き酒を飲んでいると、豪傑の母里太兵衛《もりたへえ》がやってきたので助っ人を依頼。さっそく網乗物を奪い二人が暴れていると、偶然にも講談速記本界最強の男・後藤又兵衛が登場、徳川方の役人たちはなす術もなく逃げ出すばかりである。助けられた二人とともに、豪傑たちは小田原城に乗り込み、宿屋の主人を助けるか、四人と戦争するかと談判、戦争すれば負けるため大久保加賀守《かがのかみ》が謝罪、大久保典膳は切腹して死ぬ。その後、朝鮮征伐に参加するため桂市兵衛は福島藩へと帰り、それなりに活躍。大阪夏の陣、福島家断絶の際には苦心しながらも大いに活躍するが詳細は述べられていない。

以上が桂市兵衛の半生である。さまざまな場所で同時に活躍しているなど、矛盾も多い。ただしこうしてまとめてみると、物語における市兵衛の立ち位置と、講談速記本の変化が見えてくる。妖怪が人を殺しているだけといった雰囲気だが、これは彼が大人向け講談速記本ではなく、子供向け物語の住人であるからだ。【玉田】は大人向け物語から子供向けへの移行期の作品、【凝香】は完全に子供向け物語である。二作品を比べみると、【凝香】の市兵衛の滅茶苦茶ぶりが際立っていることが分かるだろう。子供向け作品については第10章で別の観点から解説するが、子供なんて強い奴が暴れてりゃ喜ぶだろといった雑な狙いで書かれている。有名な豪傑たちが幾度も登場し、集結しては暴れるというのも子供向け講談速記本の様式美で、単純明快で読むのが楽な作品たちだ。

両作品ともに、市兵衛は大阪の陣の後も、ひそかに働いていたという記述があった。彼がいかなる活躍を見せたのか、「桂市兵衛三部作」完結の四年後に、その後の物語が描かれている。

市兵衛がオトナ面《づら》する「通力太郎」

桂市兵衛は超一流の講談速記本界のスターだから、子供だけでなく甥っ子も活躍していることはすでに書いた。彼の血縁者たちが活躍するスピンオフ作品が「福島三勇士」シリーズだ。雪花山人らが立川文明堂から刊行した『福島三勇士通力太《つうりきた》郎《ろう》』『福島三勇士桂小《こ》太《た》郎《ろう》』（いずれも刊行は大正五年）『福島三勇士蟹江《かにえ》才助《さいすけ》』（大正七年）である。実は一連の作品は凝香園の『天正豪傑桂市兵衛』より以前に書かれているのだが、細かいところを気にしても仕方ない。

「福島三勇士」シリーズでは、桂市兵衛が仕える福島家が元和五年（一六一九）に改易（大名の領地を没収し身分を奪う刑罰）の処分を受け、寛永元年（一六二四）に福島正則が死去、正則の息子市之《いちの》助《すけ》、あるいは市松《いちまつ》に福島家を相続させるまでが描かれる。続き物ではなく、同じ出来事が三度描かれるのだが、登場人物が変わり、市兵衛の行動や物語の結末も微妙に違う。同じ出来事を別の視点から何度も語るというのは、講談速記本の特徴の一つで、最近のエンタメで流行っていた「ループもの」っぽい雰囲気がある。

というわけで三部作のストーリーを眺めつつ、市兵衛のその後について紹介していく。

［図4］白狐を斬る通力太郎
（『［福島三勇士］通力太郎』口絵、大正5年）

一作目の『通力太郎』は、豪傑大橋茂《おおはししげ》右衛門《えもん》の息子である。この大橋茂右衛門も講談速記本の世界ではスターであり、とにかく声がデカく、市兵衛の同僚でもある。茂左衛門の息子太郎も子供の頃から声がデカく、無駄に強い。〈こんな人間の粕《かす》は、何百人でも坊《ぼう》が叩きつけてやる〉といいながら、一般人を毎日殴りつけている。一四歳になると普通の侍が相手ならほぼ無敵、毎夜外に出ては人を投げて遊ぶようになる。ある日のこと、羽賀井《はがい》一心斎《いっしんさい》先生と出会いこっぴどくやられてしまう。一心斎先生って誰だよって思ったかもしれないが、とにかく強い老人だとでも考えていただければ十分だ。太郎は一心斎先生の強さに感動して弟子入りし、二か月の修業で無敵さに拍車がかかる。日常的に水野《みずの》十郎左衛門《じゅうろうざえもん》を始めとする旗本を殴り続けていたため、集団リンチに遭いそうになるも、全員気絶させ諸国漫遊へと出発する。

漫遊の途上、福島正則の墓前で眠る通力太郎の夢に福島公が出てきて、徳川をブッ潰してくれと頼まれる。起床すると福島正則公がかわいがっていた白狐《びゃっこ》が登場、太郎は神通力を授けられる［図4］。神通力の内容は、能力的には現在の忍者とほぼ同じだと考えていただければいい。これで声がデカくて強い忍者が誕生、元福島家の家臣の浪人を助けながら旅をする。

強くなった通力太郎は、同じく二世豪傑たちと出会い、殺し合い、友人になる。やがて桂市兵衛の息子・小太郎と、可児《かに》才蔵《さいぞう》（吉永）の息子・才助に出会い、豪傑の習性通り、最初は殺し合いとなるがすぐ仲良くなる。そうこうするうち、福島家は断絶。怒りに燃えた豪傑たちは上州《じょうしゅう》赤城山《あかぎやま》（群馬県のほぼ中央に位置）で旗揚げをし、徳川家をブッ潰すことに決定する。ところが通力太郎の父親の大橋茂右衛門と桂市兵衛がやってきて若き豪傑たちを説得し、なんとかかんとか福島家が残ることができましたといったところで物語は終わっている。市兵衛がオトナ側として諫める側にいるのが妙な感じだ。

市兵衛が死ぬ「桂小太郎」

二作目の『桂小太郎』は、元和元年（一六一五）五月六日に物語が始まる。大坂夏の陣で、実は福島家からただ一人桂市兵衛だけが大阪城へ乗り込んでいた。天守閣で秀吉の木像に礼拝していると、化け物が出たので格闘。もちろん市兵衛が勝利する。化け物は豊臣方に味方する白狐で、市兵衛と友達になる。ところが市兵衛、徳川侍を殺しすぎ、かなり疲れていた。そこでそろそろ俺は死ぬから、息子の小太郎に一太刀《ひとたち》なりとも徳川将軍を斬らせてやってくれと白狐に依頼する。白狐は快諾、雑談を続けていると、そこにやってきた本多《ほんだ》忠朝《ただとも》に市兵衛は殺されてしまう。ここの解釈は少々難しい。私の推測だが、本多忠朝が強いのは事実である。しかし、桂市兵衛が敗北するとは考えられない。そもそも市兵衛は忠朝の父親平八郎《へいはちろう》に勝ってはいないが、負けてもいない。忠朝に殺されてしまうというのは考えにくい。しかも他の物語では、市兵衛は七〇を越えて戦場で活躍をしている。この場面、市兵衛は槍《やり》で刺されて一度は死んだが、生き返ったと解釈して辻褄《つじつま》を合わせるしかない。

市兵衛が死んだ（あるいは仮死状態になった）直後、白狐は息子の桂小太郎勝秋《かつあき》に武芸を仕込んでいた。場所は広島海田《かいだ》市村《いちむら》で、もとは桂市兵衛の領地である。小太郎には白狐が乗り移っているという設定で、一七歳で徳川将軍を殺しに出かける。小太郎自身は忍術は使えないが、白狐がオートで良い状況にしてくれる。例えば自分でも知らぬうちに、美人の女巡礼者に姿が変わっているし、敵に取り囲まれると大嵐となり徳川侍は巻き込まれて死ぬ。いわば強力なサポートキャラのようなものだが、小太郎自身も白狐になって瞬間移動ができたりする。まるっきり子供の妄想だが、実際子供向けの作品だから仕方ない［図5］。

基本的には『通力太郎』とほぼ同じようなストーリーで、物語は赤城山の旗揚げの場面で終幕する。

妹が剛力で結婚「蟹江才助」

三作目、蟹江才助は、桂市兵衛の妹・お力《りき》とおなじみの豪傑・蟹江才蔵の息子とされている。物語は大阪の陣よりだいぶ前、蟹江才蔵が市兵衛に敗北するところから始まる。ところが、蟹江才蔵はなかなか福島の家臣にならない。そんなわけで桂市兵衛が一計を案じ、お力《りき》と蟹江才蔵を結婚させようとする。まずは蟹江才蔵の身の回りの世話をさせるが、これに才蔵は激怒、並の女なら撃退されてしまうところだが、お力《りき》は怪力の持ち主。一二歳から桂市兵衛に鍛えられているため、結婚をかけて才蔵と組討ち勝負をして勝利し、二人は夫婦となる。

［図5］浮かんでいるため強い
（『［福島三勇士］桂小太郎』口絵、大正5年）

やがてお力《りき》は妊娠。一九か月目で出産したのが才助である。才助は、出産直後に産湯《うぶゆ》たらいを持ち上げて歩行、一〇歳で馬を踏み殺す。蟹江才蔵と桂市兵衛に武術を教えられ、冬に川を泳ぎ荒縄で身体をゴシゴシこすっているため肌が固い。福島家の豪傑の家を訪ね、槍《やり》の名人・大橋茂右衛門、小太刀の達人・星野又八郎などに武芸を習う。結果的に一二歳で、なんでもできるようになる。なんでもというのは、家を持ち上げ壊すなどだ。これには蟹江才蔵も〈家なんか動かしては困る〉と説教をする。

　成長した才助は、武者修行に出たくて仕方がないが、まだ子供だからと許してもらえない。腹を立てて酒を飲んでいると、侍三人が、桂市兵衛と蟹江才蔵について悪口雑言しているのを聞きつける。良い機会だとばかり、才助は皆殺しにする。これを父親と市兵衛に報告すると、三人くらいで喜んでいてはダメ、俺らは千人くらいは殺しているぞと説教されながらも元服、蟹江才助則幸《のりゆき》となる［図6］。

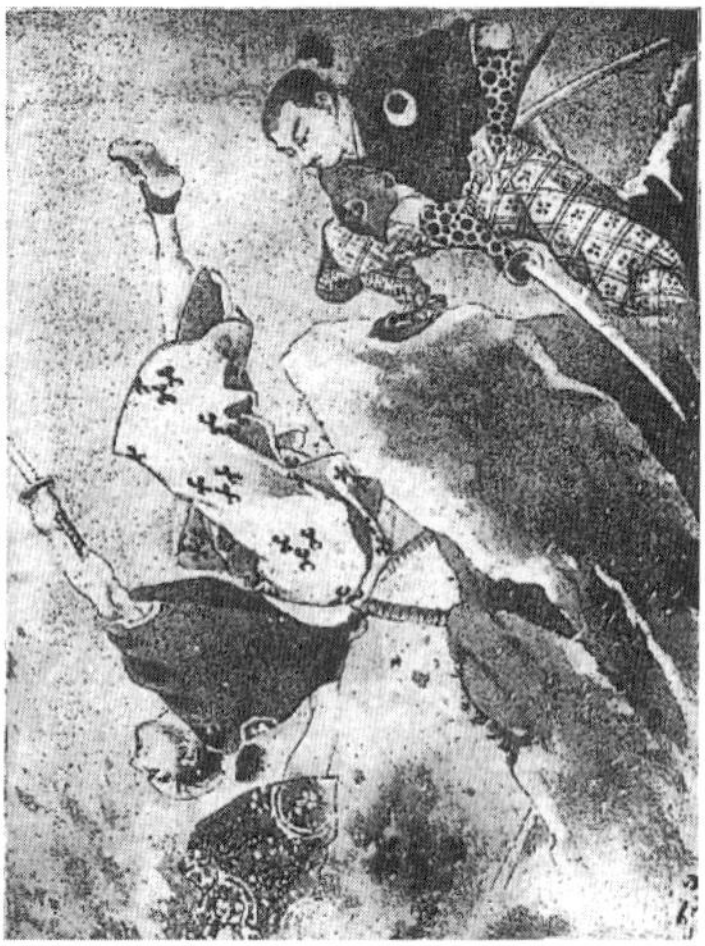
［図6］何してんだか分からないがとにかく強い
（『［福島三勇士］蟹江才助』口絵、大正7年）

桂市兵衛は二度死ぬ

　ほとぼりを冷ますため、才助は市兵衛の息子・桂小太郎とともに武者修行の旅へ。いきなり、荒川熊蔵、塙《ばん》団《だ》右衛門《えもん》、薄田隼人《すすきだはやと》と出会い乱闘、熊蔵は小太郎を称して〈チョイと四角〉と形容している。市兵衛の遺伝子は残っているということなのだろう。殺し合いの後、三人と仲良くなり、才助と小太郎、福島家の豪傑の息子たちが大阪の陣に少しだけ参加。真田幸村は若者たちに、いかなる策を施そうといずれ豊臣方は負けてしまうと語り、まだ若いのだから後の世で活躍しろと説得、若き豪傑たちは戦線離脱する。ちなみに市兵衛が大阪の陣に参加している描写はない。

再び武者修行に出た才助と小太郎。家康の大名行列に出くわし、飯を奪うか奪うまいか迷ってるうちに霧隠才蔵が乱入したり、一〇丈（約三〇メートル）ある大蛇から喰われたり、代官につかまったりするが、特にみるべきところはない。

やがて二人は福島家滅亡を知る。ブチぎれた福島家の若手の面々とともに、徳川家を相手に戦争しようと張り切る。福島家の三家老がお前らの息子たちを止めてくれと、桂市兵衛と可児才蔵に相談するが、『通力太郎』とは違い、二人もノリノリで戦争の準備を開始、若者とともに徳川家を滅ぼすことを決意する。それでこそ市兵衛だ。これにビビった徳川方が福島正則を説得し、彼らを諫める手紙を書いてもらう。主君の手紙を読んだ若手たちは、仕方なしに城を明け渡す。

暇になった豪傑の息子たちは、正則の家に押し掛け居座ってしまう。豪傑六人が家事をするのだが、全員強くて無駄にデカい。気力の弱った正則は迷惑顔で帰れというが、どうしても帰らない。ずっと家事をしている。そのうち正則は病死、やがて桂市兵衛と可児才蔵も後を追うように病《やまい》で逝《い》く。『桂小太郎』とは死に方は違うが、この物語でも市兵衛は死ぬ。しかし別の物語で普通に復活している。もはや不死身の化け物だ。

正則が死に、若き豪傑を止めるものもいなくなった。彼らはまたもや上州赤城山で旗揚げ、福島市松を取り立てるか、徳川家をブッ潰されるか選べと幕府に迫る。なんだかんだあってようやく福島家は残ることとなる。福島家の豪傑の息子たちは、他藩から高給で召し使えるとの申し出はすべて断わり、福島市松に仕え一生をまっとうしました、めでたしめでたしというのがこの物語の結末だ。

琉球をあっさり制覇「琉球征伐」

これで息子たちは収まったが、シリーズ中で二度死んだ桂市兵衛は未だに徳川家にムカついていたというのが、『豊臣秀頼琉球征伐』（明治四二年）である。第4章で紹介したリーガルサスペンス『豊臣秀頼西国轡物語』（明治四一年）の続編だ。市兵衛の旅ももうすぐ終わる。

福島家を潰された後、元和七年（一六二一）あたりに浅野《あさの》但馬守《たじまのかみ》長晟《ながあきら》が、福島家が拠点にしていた広島城へとやってくる。これに桂市兵衛が激怒、六九人の英雄豪傑を引き連れて井ノ口谷に立て籠る。なぜそんなことをしたのか、もちろん浅野家への嫌がらせのためである。浅野家は桂市兵衛たちを征伐しようとするが、幾度も返り討ちにされ、すでに諦めている。「福島三勇士」の世界では、この期間に息子たちが赤城山で旗揚げをしていたということになるのであろう。

そんな折に、真田幸村の息子で『西国轡物語』の主人公・大助が桂市兵衛を訪ね、豊臣家再興のため協力を請う。無駄に張り切ってしまった市兵衛は、手始めに広島城を半壊させ、六九人の部下を使って浅野家三〇〇〇の軍勢をボコボコにする。これで徳川方もだいぶ弱っただろうと、豊臣秀頼が匿《かくま》われている島津家に帰ろうということになるが、旅の途上で老人の桂市兵衛は中年の荒川熊蔵と殺し合いをして未成年の大助に怒られている。

なんだかんだで沖縄から西洋を狙うことになり、豪傑の面々が琉球に渡る途上、天候の関係で停泊。退屈のあまり桂市兵衛と荒川熊蔵が日本南端の島・鬼界ケ島《きかいがじま》に上陸、組討ち勝負をするうち、またもや殺し合いとなり、真田大助に怒られる。

琉球に上陸後、桂市兵衛が人を殺して芋を食い、琉球最強の勇士、岩星大尽《がんせいだいじん》、岩星明尽《がんせいみょうじん》を荒川熊蔵とともに倒し、わりとあっけなく琉球を征服するも、主《あるじ》の豊臣秀頼がこの世を去ってしまう。失意の内に、後藤又兵衛と真田幸村は出家して物語は幕を閉じる。

思えば実在したかも分からないのに、無比の痛快ぶりでもって大人の読者にも子供の読者にも愛され続けたのは、講談速記本の世界広しといえど市兵衛ひとりだろう。現代ではすっかり忘れ去られてしまったところも講談速記本と運命をともにしているようで、もはやミスター講談速記本といってさしつかえない。

琉球征伐の後、出家した市兵衛が何をしたのかは不明である。かといって、時代の波とやらに消えてしまったのかというと、恐らくそうではない。二度も死に、何の説明もなく復活する男である。現代エンタメ作品のなかに、あの豆腐男がいつ現れないともかぎらないと、私は本気で思っている。

第6章

〈最初期《さいしょき》娯楽《ごらく》小説《しょうせつ》〉の野望

「舞姫」の主人公をバンカラとアフリカ人がボコボコにする

現代人の主人公はむずかしい

講談速記本が明治娯楽物語の土台なら、進化の起爆剤となったのが〈最初期娯楽小説〉である。ここではゲンコツを使うヒーローが登場するまでの過程を観察し、最初期娯楽小説がどういうものかを解説していきたい。

明治人が同時代の人物をヒーローに仕立てるのは、かなり骨の折れる作業だった。日清・日露戦争が起きた後に発生した、軍人や馬丁をヒーローにしようといった動きはすでに紹介した（第2章）。彼らは非戦闘員だが軍の関係者だから、海外の地を踏むことも、兵器の開発も自然にする。しかし市井《しせい》に生きる「普通の人々」が、日常の中で活躍する物語を描くのは一朝一夕とはいかなかった。

そんななか、新聞記者を主人公にしようという試みがあった。なぜ新聞記者なのか。単純な理由としては新聞小説を書いている人間が、新聞記者であったからというものがある。ちょっと格好をつけてみたい、そんな気持ちは誰でも持っているものだ。加えて新聞記者は、明治時代にはチンピラやゴロツキのようなものだとされていた。そこで地位向上の気運が生まれたというわけである。

初期の新聞記者は、いわゆる経世家《けいせいか》、つまり政治や社会、経済といった問題について世の人々にいわば処方箋を与えるといったある種の知識人であった［図1］。

ところが明治五年（一八七二）あたりには教養と公共心を合わせ持つ「知名の士」が筆を執《と》ることがなくなり、新聞自体の価値が落ちてしまった。朝倉亀三『本邦新聞史』によると、新聞は〈瓦版の如く、其《その》記者も亦《また》戯《げ》作者《さくしゃ》以下に遇《ぐう》せ〉られていた。戯作者とはそのまま戯作を書く人のことである。一時的に知的な階級だとされたこともあったが、基本的には武士や商売人が、片手間にふざけた文章を書いていた。だから、新聞記者もいい加減でふざけたものを書く職業と目されていた。伊藤正徳『新聞五十年史』によれば、明治二〇年代の後半から三〇年代だと〈中等学校を中途退学したものが、外の所では雇ってくれないから新聞記者になろう〉と思うような職業であった。そんな下等な新聞記者の地位を向上させようと、正義の新聞記者というキャラクターが創出される。

［図1］東京日日新聞の主筆・岸田吟香
（『新聞記者奇行伝　初編』挿絵、明治44年）

明治三六年（一九〇三）の『女海賊《おんなかいぞく》』は、新聞記者を主人公にした物語である。作者は海好きを公言している江見水蔭。海水浴関連の小説も書いた男だ。

主人公は架空の新聞「東西新報」の主筆《しゅひつ》兼社主の花房太郎《はなふさたろう》、一八、一九の少年である。東西新報の評判は高い。なぜなら主筆の花房太郎が、警察より先に事件を発見し、みずから解決してしまうからだ。花房はスクープのため、命懸けで女海賊の退治に乗り出す。

物語は樺村《かばむら》伯爵が主催する園遊会から始まる。新聞記者たちが東西新報の噂をしていると、当時のことばで「新空気」（西洋風で知的な会話がなされる状況・場所程度の意）に慣れた淑女がやってくる。雑談をしていると花房太郎が登場、ここに女海賊が紛れ込んでおり、伯爵の令嬢・登代子《とよこ》が誘拐されるでしょうと語り出す。みんなが呆然とするうち、新空気の女はどこかに消えてしまい、令嬢が誘拐されたとの報が届く。花房が言うには、先程の女は芝浦中佐の夫人に化けた女海賊で、名前は高浜千浪《たかはまちなみ》だと語る。なぜ誘拐を阻止しなかったのかと問い詰められると、千浪は爆裂弾を持っていたからだと言う。花房はたぐいまれな調査能力を持っており、だいたいのことを知っている。

後日、千浪が芝浦中佐の妻・深雪《みゆき》を訪ねる。令嬢の登代子を誘拐したのは自分で、次は芝浦中佐を誘拐すると宣言をする。千浪は芝浦中佐に恋をしており、誘拐して手に入れようとしていること、令嬢を誘拐したのは、かわいいものをいじめるのが好きだからということ。そんなことを語ると、姿を消してしまう。

日本海軍は秘密裏に女海賊退治作戦を開始、芝浦中佐も参加する。女海賊が所有するのは、遊覧船に見せかけた飛箭号《ひせん》で、とにかくすごい船だ。なぜすごいのかというと、全速力だと二五ノット（時速四五キロ）は出る。しかし速度が出る理由や仕組みについては、解説されていない。船の上部は緑色、下部は赤色、白色のマスト、黒色の煙突、樺《かば》色のブリッジ、五色に輝く船だとかなんだとか、その描写は装飾が主となっている。明治にあっても押川春浪《おしかわしゅんろう》などは、それなりに科学的な根拠を書こうとするのだが、江見水蔭はそのあたりに興味がない。女海賊の本拠地には、他の船やノーチラス号みたいな潜水艦があるとされているが、特に物語で活用されるわけでもない。このあたりも押川春浪なら力を入れて書くのだが、水蔭には徹底的に興味がなかったのだろう。流行してるみたいだしとりあえず出しとくか……程度の意識で登場させ、とにかくすごいんだッ！　で済ましてしまう。

物語は女海賊の視点へ移る。千浪が誘拐した令嬢を船長室へと連れていくと、そこには猿人とも人猿ともつかない化け物が待っていた。人猿は千浪のペットで、令嬢を犯すよう命じられている。この絶体絶命の危機に、颯爽と登場するのが新聞記者の花房太郎だ。彼は乞食に化け、飛箭《ひせん》号に潜入していたのである。睡眠薬を人猿に投げ付け、一時は危機を乗り切るも、電気仕掛けのカーペットで捕まってしまう。千浪の手下に処刑されそうになるが、起死回生の手段として演説を試みる。

「諸君――諸君は唯《ただ》金銭を得て眼《め》と口との快楽を満《みた》さんが為に海賊を為《せ》られるのでは有《あ》りますまい。必《かな》らず諸君は其様《そのよう》な浅墓《あさはか》な考え方からではあるまいと信じる。何者かの同情を失った為に、世に激して此様《このよう》な海上の掠奪《りゃくだつ》を企《くわだ》てられたのでありましょう。必らず然《そ》うであると私《わたくし》は信じて居るのです。〔…〕」（江見水蔭『女海賊』七六頁）

花房は続けて、世の人は海賊たちを見放してはおらず、なかには海賊の活躍を応援するものもいる、と断言する。当然、海賊サイドから「それは誰か」と問われる。

「や、それは今は申しません。けれども確かに同情者が少《すくな》からぬ。だのに私《わたくし》を虐殺したとなら、其事《そのこと》が世間へ知れたとなら、それこそ全く同情を天下に失《うしの》うて、隠れたる諸君の尊敬というものは消滅して了《しま》いまするぞ。此処《ここ》に玉あり、光なき玉は何《な》んになりましょう。此処《ここ》に花あり。香《かおり》なき花が何《な》んになりましょう。諸君、強いばかりが武士《もののふ》かという諺《ことわざ》がある。徹頭徹尾残虐《ざんぎゃく》なのが、海賊の本領ではあるまいと思う。だから、殺《こ》ろすなら綺麗に殺して貰《もら》い、メインマストへ逆さ釣《づり》なんぞは御免蒙《こうむ》ろう。何《な》んぞ花房太郎に自刃せしめざる。要は秘密の他に漏れぬのにあるのだろうから……」（同書七六〜七七頁）

当時の演説はこういう雰囲気で、時折物語の世界に登場する。今とは違い演説が盛んな時代で、さまざまな問題を解決できると考えられていた（第3章）。しかしこの試みは失敗、あっさり殺されそうになるも、忍び込んでいた黒人に化けた仲間に救われる。

花房はいったん退却、海軍の海賊征伐も失敗してしまう。後日、花房は伯爵と芝浦中佐夫人を集めて相談、私設の討伐隊を作り海賊退治に乗り出す。花房は〈一刻を争う時間のために礼儀を欠く場合があります。お許しください。今はその場合であります〉などと、ここでも演説をするのだが、あまり面白くもないので省略しておこう。

この動きをライバル紙「東都日報」の記者荒山と、探訪長の山下が察知した。前々から芝浦中佐夫人に恋をしていた荒山は、夫人を騙し船で無人島へと連れ出すと、肉体関係を強要する。それを見かけた花房太郎は、自転車で海岸沿いを走り、新式浮き袋（作中で細かい説明はない）で無人島に渡り、夫人を助けて脱出。取り残された荒山は牡蠣《かき》を食って一晩を過ごす。

探訪長の山下は、花房と中佐夫人を殺そうと荒山を誘い、出発の当日に船を爆破する計画を立てる。数日後、伯爵と中佐夫人、そして花房の三人が余っていた遊覧船で女海賊を退治に出発、悪人たちは遊覧船を爆破しようとするが、あっさり失敗し逮捕されてしまう。

ここから物語は急展開する。女海賊・千浪の正体は日清戦争で死んだ清国軍人の娘で、バックにはロシアがついていた。日本海軍を全滅させるのが彼女の目的だ。千浪が航海中、突然嵐が起き海賊船は破損、修理と補給のため台湾に向かうも、進路を誤り暗礁に乗り上げる。そこに都合良く登場したのはまたもや花房とその一行。人猿は少佐の飼い犬に嚙み殺され、千浪と芝浦中佐夫人と一対一の勝負となるも、千浪は〈船に爆裂弾を忘れて残念なことをした〉とケアレスミス。花房のサポートもあり、中佐夫人にあえなく刺殺され、物語は終わってしまう。

もうひとつの新聞記者が主人公の小説が、稲岡奴之助《いなおかやっこのすけ》『海賊大王《かいぞくだいおう》』（明治三八年）だ。主人公は大東《おおひがし》光《ひかる》。大東は、日露戦争が起きて興奮し、日本海軍をひそかに援護する非公式の遊軍を作るため、妻と離縁しようとするが、なぜか妻もノリノリで夫の計画に大賛成、息子も海軍旗をあげ帝国バンジャイと絶叫。一家全員がどうかしている。その計画は実に雑で、引退した異常に人徳のある老人とタッグを組み、日本人の芸者を嫁にしたアメリカの富豪から金をもらい、私設軍隊を作るというものだ。船を手に入れる部分の描写は面倒くさくなったのだろう、多数の舟を持つ冒険好きな富豪の弟が私設軍隊に参加し、面白半分でロシアを攻撃、バルチック艦隊の一部を倒し、日本の勝利に貢献するという物語である。こちらは話の重点が、妻とその実家との涙の別れ、妻に仕えていた忠義者の下女の参戦、そして妻の死などに費やされており、歌舞伎や浄瑠璃のような一幕モノの様相が強い。

『女海賊』の千浪も含めて、明治期の物語で女性が勇ましい活躍をしているところが、現代人からすると珍しく思えるかもしれないが、もっと強く魅力的な女性キャラも多数存在している。第7章で何人か紹介しているので、参考にしていただきたい。

いろいろと書いてきたが、この時代に新聞記者を主人公にした冒険譚を創作するのはまだまだ難しかった。新聞記者を主人公にした結果、少なくとも演説や新聞社同士の喧嘩においてはそれなりのリアルさは出ている。しかし軍艦の詳細や戦術などは知らないのだから、どうしても書き飛ばしてしまうことになり、結果的にバランスの悪い作品となる。主人公が使う武器も、弁舌以外は軍人や軍夫たちと同じ得物でしかない。だったら最初から軍人や軍夫を主人公にするのとさして変わらない。

ヒーローも帯刀禁止

ある時代まで、日本で新たなメディアが受け入れられ、エンタメ作品が制作される際、先陣を切るのは常に日本刀を使うヒーローであった。だが、明治人のヒーローはそうはいかなかった。なぜか。明治九年（一八七六）に、帯刀禁止令が発せられ、一部を除いて日本刀が使えなくなったからである。

明治人をヒーローにするためには、刀を使わずに武器を持った相手を制圧するヒーローを作らなくてはいけないのだが、明治人は理屈にこだわる。そこに合理性がなければ、まともに読んではくれない。「丸腰ヒーロー」という巨大な課題が、明治の創作者たちの前には聳《そび》え立っていた。

明治人が使える武器はと考えてみると、真っ先に思い浮ぶのは柔術であろう。ところがである。丁髷《ちょんまげ》をしたヒーローたちも、普通に柔術は使える。いわば必修科目のようなもので、柔術の修業場面などほぼ登場しない。だから柔術メインのヒーローは、講談速記本ヒーローの劣化版に見えてしまう。

実は講談速記本にも、柔術を主体に戦うヒーローが存在していた。最も有名なのが渋川《しぶかわ》伴五郎《ばんごろう》だ。登場する作品は複数あり初出の特定は難しいが、確認できる範囲では明治二七年（一八九四）には邑井《むらい》一《はじめ》講演の講談速記本『渋川伴五郎』が存在している。物語の設定は江戸。渋川は異常な怪力と一枚あばらの持ち主だ。あばら骨は普通一二本あるが、骨が太すぎて一枚に見えるというのが一枚あばらである。柔術だけではキャラが弱いため、一風変わった特徴を付け加えたというわけだ。さらに剣術は上手くはないという設定もある。だから剣術の達人と戦う際には、なんとか相手から刀を取り上げなくてはならない。制約により物語に具体性や、新たな展開が生まれる。例えば、庄屋の家が三八人の盗賊に占拠されるという場面がある。通常の豪傑であれば正面玄関から乗り込んで皆殺しにしてしまうのであるが、伴五郎にはそれができない。武器を持った相手一人であれば間違いなく勝利できる。しかし取り囲まれてしまうと、少々危うい。だから伴五郎は知恵と柔術を駆使して忍び込み、弓矢の名人や大マサカリ使いの手下、そして棒術の達人である親玉をなんとかかんとかやっつける。ここには明治人のリアリティーが存在している。いくら柔術に秀でているとはいえ、武器を持つ相手に危なげなく勝てるわけがないじゃないかという理屈である。

伴五郎からずっと後、昭和一七年（一九四二）に日本が誇る最高の柔道ヒーロー、姿三四郎《すがたさんしろう》★1が登場する。姿三四郎は講道館の勢力が伸び、柔術が柔道となったことにより成立したヒーローだ。つまり柔道は十二分に強いという知識が人々に広がるまで、人類は姿三四郎を書くことができなかった。明治の時点では高度な技術が確立していた講談速記本の世界ですら、柔術ヒーローを描くのは難しく、渋川伴五郎も人気ヒーローとは言い難い。まして明治人が柔術を使い、バッタバッタと悪人を投げ殺す冒険活劇を描くのは困難を極めた。

それじゃ明治の現代人は、なにを武器に戦っていたのか？『女海賊』の花房太郎は機敏さと弁論に秀でた主人公を演じていたが、講談速記本の主人公たちと比べてみるとどうにも冴《さ》えない。先に紹介した現代人ヒーロー『信州小僧』も、結局は日本刀を振り回しており、活動している時代が異なるだけで、設定は講談速記本の武士ヒーローと変わりがない。

最初期娯楽小説としての「坊ちゃん」

そんななか、比較的成功したキャラクターとしてバンカラがいる。バンカラとはなにか、今やあまり理解できないかもしれないが、破れた帽子に破れた服、汚いマントで街を闊歩《かっぽ》するのが格好良いとされていた時代があった。次に引用するのは、ある書生が高坂《たかさか》という友人を描写した文章だ。

高坂君の衣食に無頓着なるに至っては三舎を避けねばならぬ〔一目おかなければならない〕。破帽《はぼう》〔破れた帽子〕、弊衣《へいい》〔ぼろぼろの服〕、蕭條《しょうじょう》〔不景気なさま〕として乞食も同じ、薙刀《なぎなた》のような〔履き潰して薄くなった〕草履を引き摺《ず》り、濛々《もうもう》たる紅塵〔土煙〕の中をバタリバタリと歩く〔…〕（宮崎来城『天竺浪人』三三頁）

現代の感覚だと悪口のようだが、高坂君は褒められている。この当時は弊衣破帽の汚い身なりで、堂々と世の中を渡っていくというのが男らしいとされていた。現代では破帽を被ってい

★1——姿三四郎…富田常雄による同名の青春小説の主人公。柔道の天才児で、ボクサーや空手家相手の異種格闘技戦もこなす。戦中から戦後にかけて書かれ、作品自体はかなりまともな内容で、ＧＨＱから発禁処分を受けなかったことでも有名な作品。

るキャラクターは、時代錯誤野郎という印象のほうが強いかもしれないが、明治の時点では最新ファッションの一つであった。

明治に書かれたバンカラ書生系の主人公が活躍する小説で、今も多く読まれているのは夏目漱石の『坊ちゃん』（明治三九年）であろう。坊ちゃんは、現代においてもその本質は経済小説だとか、男色小説だとかなんだとか、勝手な解釈ができてしまうほどに優れた作品だ。もっとも明治の娯楽物語として眺めてみると、ただの滅茶苦茶に面白すぎる娯楽小説であり、細かい部分を解釈してみたところで仕方がないなという感想になる。同年に書かれた小説で、坊ちゃんより良くできた娯楽小説を挙げるというのはかなり難しい。

例えば五峰仙史《ごほうせんし》『滑稽小説《こっけいしょうせつ》空想病』（明治三九年）は妄想癖のある男が主人公の物語で、ひたすら妄想し続けた結果、不眠症となり脳病院に行こうとするのだが、一二ページも空想を続け病院の診察時間が終わってしまうといった作品だ。角書き《つのがき》に〈滑稽小説〉とある以上はユーモア小説なのだろうが、まえがきで作者は〈僕はこの恐るべき病気を世間に紹介し、同時に、その病気の伝播せざるよう、些か《いささか》予防の道を講じたいと思う〉なんてことを書いているため、滑稽小説であることを読み落とした人は、社会派の小説として受け取ってしまうかもしれない。

実際に読んでみても、内容は空想病の患者の妄想というか独り言が延々と続くのみである。少しだけ引用してみよう。

畜生ッ、癪《しゃく》に触るなァ、之《これ》ほど手を叩くのに聞《きこ》えぬのか知《し》ら、イヤ、聞えぬはずはもちろんない。ないとすれば、能々《わざわざ》聞えぬ振りを装うて居やがるのだな、畜生ッ、失敬な奴だ、彼《あ》れ程僕が愛してやっているのに、直《す》ぐと心を変えて、他の客と巫座戯《ふざけ》て居るなどは実に怪《け》しからん奴だ、全体、彼《あ》の客は何者か知《し》ら、近頃越して来たばかりで、馬鹿に羽振りを利かせやがるじゃないか、羽振りを利かせるのは構わんが、何も、僕の愛している奴を横から出て愛するにも当らんじゃないか。〔五ページ中略〕畜生ッ思えば癪に触るじゃないかッ、やッ、了《しま》ったッ、オイお留《とめ》さん、お留さんッ、大変大変、土瓶がひッくり返ったよッ。』（五峰仙史『空想病』三二〜三八頁）

このような独り言が約六ページも続く。全編がこの調子だ。現代人が、これをユーモア小説と認識するのはかなり難しい。『空想病』は瞬発力としては『坊ちゃん』より優れた部分もないわけではないが、総合的には大きく劣ってしまう。

少し話がズレてしまった。恐ろしいことに『坊ちゃん』は、次の三ジャンルの要素を持った小説でもある。

・バンカラ物
・探偵物
・仇討ち物

当時の娯楽物語で人気のあったジャンルを横断している上に、すべての水準が高い。明治という未熟な時代において、こんな作品を書ける作家がゴロゴロいるわけがない。『坊ちゃん』は、学識があり日本芸能はもちろんのこと、西洋の小説にも造詣が深い漱石先生によるものだ。まして漱石は『坊ちゃん』を商売のためではなく、ストレス解消のために書いており、さまざまな技法を試すことができた。面白くて当たり前といったところだ。ただし、漱石になれなかった普通の作家たちの活動も忘れてはならない。

坊ちゃんが書かれる以前に、宮崎来城《みやざきらいじょう》による「書生一代記」というシリーズ物で、『餓鬼大将《がきだいしょう》』（明治三五年）と『天竺浪人《てんじくろうにん》』（明治三六年）が書かれている。これは向こう見ずなバンカラ少年が大人になるまでの物語だ。『坊ちゃん』のような作品が受け入れられる土壌は、無名の作家によって耕されていたのである。彼らの平々凡々な作品群は、徐々に現代人ヒーローが確立するための材料を揃えていく。これは現代人のヒーローのショボさを克服するため、必要な作業だった。そんな活動を経て、やがて彼らはゲンコツという武器を発見することとなる。

拳骨和尚がやってきた

明治娯楽物語におけるゲンコツを武器とする流れの源流に存在しているのが、物外不遷《もつがいふせん》こと拳骨和尚《げんこつおしょう》である。幕末期に活躍した曹洞宗の僧で、戦前はそれなりの人気を誇り、子供にも人気のキャラクターであった［図2］。

人気の理由は拳骨和尚が倒幕運動に加わったことが大きい。明治はその直前の江戸時代がダサい時代であった。だから豊臣方のヒーローに人気が出るし、勤皇の志士（京都の朝廷に味方した人々）も正義の人として称賛される。勤皇派で無駄に強い拳骨和尚がヒーローになるのも、当然の成り行きといったところであろうが、今となっては忘れ去られている。これは太平洋戦争の後に、戦前の価値観が否定されてしまったからだ。ある時代の失敗を強く認識してしまうと、その時代を否定しようという大きな流れが発生する。馬鹿馬鹿しいと思われるかもしれないが、我々も同じような世界に生きていて、今もなお、かつて発生した価値観に影響を受け続けている。こういった現象が発生するのは、仕方のないことなのだろうが、ここではそんな小理屈は無視することにして、拳骨和尚について観察していくことにしよう。

［図2］鐘を持ち上げる拳骨和尚
（『拳骨和尚』挿絵、昭和14年）

拳骨和尚の特徴は名前の通りゲンコツで、木材を殴れば拳《こぶし》の跡を付けることができてしまう。ものすごい怪力の持ち主でもあり、作品中では八〇〇キロ程度の物質を持ち上げている。拳骨和尚を扱った作品は多いが、ここではかなり早い時期に書かれ、後の物語の原型になった石川一口・講演『侠骨《きょうこつ》日本男児』（明治二八年）を紹介する。

この物語には主人公が二人いる。一人は拳骨物外、もう一人は小林南越《こばやしなんえつ》である。小林南越は因州稲葉の藩主松平《まつだいら》の家臣で、常識的に見るとかなり強い男である。ある日のこと藩主は南越を呼ぶと、〈現在世は乱れに乱れているため、上は一天万乗の君の宸襟《しんきん》（天皇の心）を安んじ奉ることから、下は万民塗炭の苦しみを救済する必要がある。今すぐ当地を退いて天下の悪弊を退けて天晴《あっぱ》れ美名を残せ〉と命を下す。あいまいかつ無茶苦茶な命令だが、南越はあっさり承諾、幕末の動乱をなんとかするため旅に出る。

南越が山道を歩いていると、野猿に襲われている母子に遭遇する。世直しと人助けが目的の旅なのだから、南越は母子を助ける。小石を集め野猿を目掛け投げつけると、百発百中の腕前だ。しかし小石くらいで猿はひるまない。牙を向いて襲いかかってくる。進退ここに極まった南越、刀を抜いて斬りかかろうとしたところ、〈アイヤお武家《ぶけ》、ソリャいかん〉という声、一人の僧が飛び出すと、猿を素手で殴り付ける。猿は目口から血を出し死亡。僧は目につく猿を片っ端から殴り殺していく。さすがの猿もこれにはドン引き、恐れをなして逃亡してしまう。

無駄に強い謎の僧侶に興味を持った南越は、ともに旅をする。この僧侶は、もう一人の主人公、拳骨和尚こと物外不遷《ものがいふせん》であり、南越と同じく幕末の混乱をなんとかするため旅をしていた。和尚はとにかく力が強く、行く先々で起きるトラブルを暴力で解決する。泥酔した馬子（馬を引き人や荷物を運ぶ職業）が女性に荷物を運ばせろとカランでいるところに遭遇すると、八五〇キロ程度の荷物を乗せて馬を破壊し、馬子を反省させる。力自慢の相撲取りがやってくると、立てなくなるまで投げ続ける。日照りで難儀する農民たちを助けるため、寺の鐘を海に捨てて雨乞いし、八大竜王に雨を降らせる……などなど、各地で善行をなしながら旅をするうち、南越と物外は意気投合。ともに尊王攘夷に邁進しようではないかと誓い合う。

物外の尊王攘夷のための計画は、短絡的で粗雑である。

外国人の尖り鼻、真鍮眼《しんちゅうまなこ》の赤髭《ひげ》に、如何なる器械の船あるとて恐れ賜《たも》うは何事ぞ。余人は知らず愚僧《ぐそう》に於《おい》ては一命と云《い》う器械を以って、弾丸はおろか仮令《たとえ》如何なる軍艦と雖《いえど》も打壊《うちくだ》くは我胸中にござれば〔…〕（石川一口・講演『日本男児』七五〜七六頁）

命懸けで軍艦を沈めるという一般人的には無茶な計画である。もっとも物外は、鉄を指だけで曲げることも可能な男だ。そして基本的に明治娯楽物語の世界では、並外れた怪力の持ち主は、〈向《む》こう倍力《ばいりき》〉という能力を持っている。これは常に相手の倍に値する力が出るというものので、つまり軍艦の二倍の力を出すことができる。ただし物外も人間だ。軍艦を破壊している最中に、疲労を感じる可能性もあり、もしかすると失敗してしまうかもしれない。偶然出会った勤皇派の老人に、確実ではないことは止めておこうじゃないかと説得される。老人の説得に物外はあっさり納得、南越とともに地下活動に勤しむことにする。物外は京都、南越は江戸に潜伏し、それぞれ行動を開始する。

南越の調査によると、江戸では水野忠邦《みずのただくに》が御朱印を出しまくり、庶民から黄金を奪い取っているとのこと。金を奪われ将来を悲観した者の中には、自殺をしてしまうものすらいる。御朱印を出し黄金を奪うというのは、恐らく天保の改革のことなんだろうが、詳細はよく分からない。とにかく怒った南越は水野忠邦らを罵倒するため、水戸藩の協力を得て〈徳川家の未来記〉と銘打った演説会を開催する。聴衆は盛り上がるが、最終的に南越は毒殺されてしまう。

一方の物外はなにをしていたのかというと、相変わらず暴力ですべてを解決していた。当時の京都には無頼《ぶらい》の浪人たちがのさばり、庶民を苦しめていた。運の悪い浪人三名が悪事をしているところに、偶然物外が通りかかった。怒った物外が一人の横面を殴ると目と口から血を噴き死亡、もう一人を蹴りあげると肋骨がすべて折れ即死、残る一人の頭蓋骨を割り殺害する。物外は町役人に、侍を殺したと報告、これによって悪事をすると怪力の坊主に殺されるという噂が京都に流れ、すっかり浪人は大人しくなり街に平和が戻る。その後も物外は関西近辺で過ごし、最終的には味醂《みりん》屋で亡くなる……というのが『日本男児』のストーリーである。

勤皇派としての活動が描かれていないのは、幕末を描くのが複雑で面倒くさいからだ。卑怯な徳川幕府vs正義の豊臣残党というシンプルな構図の江戸ではなく、利害が錯綜する幕末を舞台にして娯楽物語を書くというのは、明治時代にはかなり難しかった。だから拳骨和尚は旅をしながら猿や人間の頭蓋骨を破壊し、すべての問題を解決してしまう。実話ということになっているため、ゲンコツで幕府を転覆させてしまうことができない点も残念である。これらは本作に限ったことでもなく、当時の幕末の人物を扱った娯楽作品に共通する制約だった。

［図3］新撰組局長の近藤勇に、茶碗で向かう物外和尚
（『［侠骨］日本男児』挿絵、明治28年）

物外はなかなか魅力的な人物で、拳の強さのインパクトはすごかった。彼の登場により、講談速記本の世界で強さを表す表現に変化が生まれ、拳骨で顔面を殴ると脳骨微塵、目玉が飛び出し死亡といったパターンが出現する。その他にも、新撰組の近藤勇《こんどういさみ》を相手に、茶碗を武器に勝利してしまうという有名なエピソードも物外和尚は持っている［図3］。とにかく拳骨が強力というのが物外の特色で、強い奴が殴ればすべてが解決してしまうという思想が物語全編に流れている。

だが、問題は残っている。作中で和尚がなぜ強いのか、説明されていないという点だ。物外の肉体に変わったところはなく、腕力を鍛えるための修業をしたわけでもない。幾度も書いているが明治人は嘘を嫌い、理屈を愛する。明治人は、ゲンコツで日本刀に勝てる理屈を必要としていた。その理屈が生まれるまでにはもう少し無名の作家の試行錯誤を説明しなくてはならない。

船上で虎退治「世界鉄拳旅行」

拳骨和尚が拳ですべてをなんとかするのであれば、現代人でも同じことができるだろといった発想で書かれた小説が存在する。それが増本河南《ますもとかなん》『冒険奇譚世界鉄拳旅行《せかいてっけんりょこう》』（明治四二年）である。

物語は作者の回想から始まる。主人公の近藤鉄郎は天性活発な男で、子供の頃から冒険や探検が好きであった。幼い頃は怪力と鉄拳で友人たちを閉口させていたが、成長するにつれ学識のある冷静沈着な勇士となった。旧制中学卒業後、鉄郎は世界冒険旅行へ出発し行方不明となる。その近藤がいきなり作者の自宅へやってきて、冒険譚を語り始める。それを聞き書きしたものが、この物語であるという建前で書かれている。章が移るごとに、作者が茶と菓子、酒や西洋料理を出し、近藤を引き止めながら話をさせる。

冒険に出発しようと家を飛び出した近藤は、金がないため汽船に水夫として乗り込む。船内で鉄拳を活用し扉をブチ破り、白人を殴り倒した結果、高橋という男と友人となる。二人は、高橋の叔父のツテでアラスカへと探検に行くことに決める。準備はどうしようか、武器も揃えておかなくてはという高橋に、近藤は鉄拳があるから大丈夫だと語る。しかし高橋は半信半疑だ。これが気に喰わない近藤は、鉄拳の威力を見せる機会を伺っていた。

［図4］月夜に虎に拳骨を喰らわせる近藤鉄郎（『［冒険奇譚］世界鉄拳旅行』口絵、明治42年）

ある日のこと。同行していたサーカス団の虎が脱走してしまう。荒れ狂う虎に人々はなす術がない。だが近藤は、高橋に鉄拳の威力を知らしめる良い機会だと大喜びである。マストに登ると丸裸になり、脱いだ上着を腰帯に括《くく》り付け、虎の鼻先へと突きつける。虎は服を捕まえようと、飛びかかる。その瞬間に服を引き上げる。また服を吊り下げると虎が飛びかかる。これを一時間ほど繰り返すうち、虎に疲れが見えはじめる。〈愈々《いよいよ》鉄拳征伐だ〉とつぶやく近藤。虎を睨み付けると、敵はマストをジリジリ登ってくる。今だとばかりに近藤は足場を蹴って真っ逆さまに落下、その勢いのまま、鉄拳を脳天に喰《く》らわせると虎は気絶してしまう［図4］。プロレス技のフィスト・ドロップが危険になったようなもので、舞台装置が必要なこのパンチは、必殺技の原型にも見える。拳で虎を気絶させるというのは、かなり無理があるものの、しかし以下二点の理屈は存在している。

・虎を疲れさせている。

・落下して拳の威力を高めている。

残念ながら、腕力がなぜ強いのかという理屈はない。あえて言えば、冒頭で鉄郎には三人から五人力はあると書かれている。が、これは一般人より力があるといった程度で、誰もが納得できる理屈ではない。さらに拳がとにかく堅いという特徴もあるが、その理由も描かれていない。もうひとつ、飯を大量に食べる場面も目につく。牛肉ロース一〇人前と飯五杯や、パン一斤とスープ一杯そしてロース肉一〇皿などで、飯を大量に食べるような豪快な男であるから強いと言いたいのだろう。

拳骨和尚に理屈が皆無であったことを考えると、多少の進歩は見られるが、少々説得力に欠ける。講談速記本の世界では、五人力なんて人物は普通にそのへんで歩行をしており、村一番の力自慢の男ですら二五人力くらいは持っている。このように理屈を追い求めると、主人公の魅力が低下してしまう。

虎退治以降、近藤は鉄拳のみで敵を撃退することがほぼなくなってしまう。未開地では銃も使う。遭遇した敵を退治した経緯は次の通りだ。

vsツキノワグマ：右手で殴りながら左手に持った拳銃で射殺。
vs山賊：油断した隙に殴り倒す。
vs白熊：穴に落として射殺した後に殴る。

こしてみると、腕力よりも知性、知略が目立っている。なぜ山賊の油断を見極めることができたのかというと、事前にジョンストンなる米国人のアラスカ探検談を読んでおり、そこに山賊のアジトらしき場所の記述があったことを覚えていたからだ。近藤の拳骨の強さは、あくまで常識の範疇で収まっているが、そこに知恵が加わることで、発生した大きな問題を解決できる。拳骨和尚ならば、なんの問題もなく白熊を殴り殺すことも出来るのだろうが、そんな物語は明治も後半になると通用しなくなっていく。

本作は近藤の冒険という体《てい》で書かれているが、アラスカに辿り着くまでの苦労話などは描かれない。もっとも本文で、〈くどくどしいことは抜き〉にすると宣言されているのだから、なんとも仕方がない。そんなわけで物語の途中は素っ飛ばし、近藤が語るこの話の締めくくりだけ書いておこう。

近藤鉄郎はここまで語って、『ああ草臥《くたび》れた、それから熱帯国へ着いて、象だの獅子だの鰐《わに》だのを殴飛《なぐりと》ばして来たが、又《また》明日でも御馳走の具合《ぐあい》で話す事にしよう、失敬！』と、大拳《おおこぶし》を撫《な》で廻《まわ》して辞し去ったが、其後《その》何故か少しも顔を見せないので、痛快な鉄拳話《てっけんだん》は今尚《な》お聞くことが出来ないのである。（増本河南『世界鉄拳旅行』一五五頁）

続編を示唆するような結末ではある。しかしあまり人気が出なかったのだろう。残念ながら続編は書かれていない。

豊太郎vs坊ちゃん

もう一人、強い男の活躍譚を見てみよう。『世界鉄拳旅行』と同時期に書かれた、『蛮《バン》カラ奇《き》旅行《りょこう》』（明治四一年）の主人公・島村隼人《しまむらはやと》も、理由もなく強い男の一人である。作者は星塔小史《せいとうしょうし》、詳細は不明だが、東京専門学校（今の早稲田大学）に属していたことだけは判明している。

島村隼人は正統派の蛮《バン》カラで、夏目漱石『坊ちゃん』の主人公の仲間だ。そのビジュアルは［図5］のような感じである。ちなみに、右端にに小さく〈BM〉とあるのはBankara（蛮《バン》カラ）Man（マン）の略だろう。

さて、蛮カラとはなにか。身なりや言動が粗野なことである。鉄拳制裁の名のもとに、すぐ人を殴るという性質もある。蛮カラは基本的に一般人より強い。その蛮カラの中でも島村隼人は特別に強い。パンチ力もあるし、武器も扱う。そして柔術ではなく、講道館柔道の達人でもある。柔道の技術体系は、明治二〇年にはほぼ完成している。『蛮カラ奇旅行』の舞台は明治

［図5］バンカラのイメージ図（『［武俠小説］蛮カラ奇男児』書影一部、明治41年）

四〇年だから、若者が柔道の達人であったとしても不思議ではない。ただし柔道のみを物語の中心にするのはやはり難しかったのだろう。島村隼人は拳も使えば武器や財力も積極的に使いながら、ハイカラ退治を遂行していく。

ある日のことである。島村隼人はそもそもハイカラとは何かと考えた。ハイカラを一言で説明すると、西洋風に生活する気取った人間だ。だったらハイカラの元凶である西洋人を殴るのがてっとり早い。もうひとつ、旅行の基本方針は、悪い奴はすぐ殺害しようというものである。

汝等《きさまら》は汽車《きしゃ》泥棒《どろぼう》だが、私《わし》は生命《いのち》泥《どろ》棒《ぼう》だ（星塔小史『蛮カラ奇旅行』八二頁）

そんなわけで、島村隼人はハイカラ討

伐の旅に出るのであった。

少しだけこの作品の歴史的な背景を書いておこう。明治三〇年代半ばから、冒険旅行が流行し始める。有名なところだと、中村春吉《なかむらはるきち》の自転車による『中村春吉自転車世界無銭旅行《せかいむせんりょこう》』（押川春浪編、明治四二年）がある。同作は実話とされているが、この時期は実話とフィクションの境目があいまいであり、小説と同じような位置付けと考えていい。今もたまにあるジャングルの奥地で大冒険なんてスタイルも、すでに明治時代には確立していた。裸体画や海水浴への関心も重なって渋江不鳴《しぶえふめい》が『裸体旅行《らたいりょこう》』（明治四一年）なんて小説を書いたりもしている。とにかく斬新な旅行物語を書いたら売れる時代があった。さまざまな冒険譚が書かれ、ネタ切れ寸前の時期に書かれたのがこの『蛮カラ奇旅行』である。

ストーリーは単純明解だ。主人公が貧乏だったり、新しい文明を見たりする設定に読者も飽きているから、現在の貨幣価値で五〇万円ほどの金を持つメチャ強い奴が、海外の都市を普通に旅行しながら外人を殴ったらウケるだろといった荒いもので、殴る以外はただの旅行になってしまっている。

こんな時代もあったのだなといったところで、とにかく島村隼人はハイカラを殴り歩くため海外へと出発、ところが早々に船内で金髪碧眼の女に刺し殺されそうになる［図6］。

しかし島村隼人は蛮カラである。難なくナイフをもぎ取ると、ザックバランに質問する。

『貴女《あなた》は狂女《きちがい》ですか、それとも寝保《ねぼ》けて居《お》られますか。〔…〕』（同書一六頁）

［図6］後ろから島村隼人を狙う金髪碧眼の女（『蛮カラ奇旅行』より）

こういう感じの会話をしているうちに、狂女の母親がやってきて事情を説明する。これは私の娘です。娘は日本の留学生と婚約しましたが、男は黙って日本に帰国。母と娘は日本にまで出向き、なんとか留学生の実家を探し当てたが、男は許婚《いいなずけ》と結婚していたというけんもほろろのご挨拶でした。もう男は帰ってこないと知った娘は、とうとう頭が狂ってしまい男と姿かたちの似ている日本人を見るとナイフで刺そうとするのです、と涙ながらに語った。実に悲しい物語だが、この章のタイトルは〈狂婦人物語——憎むべき日本紳士〉で、デリカシーの欠片《かけら》もない。

悔しくて悔しくて仕方がないと語る母親に同情した島村隼人は、日本に帰国したら、その日本人を探し当てボッコボコに殴ろうと決意する。

先に種明かしをしておくが、この作品はいくつかの作品から設定を借用している。なかでも物語の大筋に関わるのが、森鷗外《もりおうがい》の『舞姫《まいひめ》』★2だ。この物語の狂女は雪枝《ゆきえ》という名で、雪枝をフって逃げた日本人留学生は織部欽哉《おりべきんや》となっている。二人の境遇は、『舞姫』におけるエリスと太田豊太郎《おおたとよたろう》に酷似している。

星塔小史は、別の物語の設定や人物を登場させる遊びが好きだったらしく、彼による「シャーロック・ホームズ」シリーズの翻訳では、清水次郎長《しみずのじろちょう》一家が活躍し、ホームズの名前は堀見射六《ほりみしゃろく》となっている。星塔小史はホームズの翻訳ができるのだから、英語は読める。雪枝はシェークスピアの墓の近所に住んでいるという設定だが、知らないドイツを舞台にするより、自分が知ってるイギリスを選んだのは、自然な成り行きであろう。

もうひとつ、『蛮カラ奇旅行』は漱石の『坊《ぼっ》ちゃん』の微妙なパロディーでもある。親譲りの無鉄砲で子供の頃から損ばかりしている坊ちゃんは、親父に勘当されそうになっても乳母の清《きよ》が代わりに謝罪してくれるが、子供の頃から狂っていた島村隼人は女教師の尻をバットで殴り付けたため父親から勘当され、誰かがかばってくれることもなく、陸軍大尉の叔父のもとで蛮カラ修行をして無駄に強くなるといった感じである。清《きよ》のいない坊ちゃんが豊太郎を殴る話として読んでも面白いかもしれない。

『舞姫』『坊ちゃん』の近代文学を代表する二作のほか、海外の小説の一部分を適当に翻訳し、切り貼りもして書かれている。こういういい加減さは、現代の感覚だと理解しがたいかもしれないが、昔はそういう小説が存在していた。

ともかく島村隼人は帰国したら『舞姫』でいうところの豊太郎を殴りに行く予定であり、こんな狂った人間に付け狙われる豊太郎は運が悪いとしか言いようがないだろう。なにせ島村はこんな会話をする人物なのだから。

『ですが貴方《あなた》〔島村隼人〕、船中で斯《こ》う人を死なしたりなどして関《かま》わないのですか』

『ナーニ関《かま》いませんとも』（同書三六頁）

★2—『舞姫』…森鷗外による短編小説。明治二三年（一八九〇）一月、月刊雑誌「国民之友」に発表された。鷗外の処女作でもある。子供の頃からずっと勉強していた太田豊太郎は、二二歳になると国費でベルリンに留学。ところがヨーロッパの文化に触れ近代的自我に目覚め苦悩をする。いろいろあって豊太郎は踊り子のエリスと仲良くなるものの、ついでに無職になってしまう。親切な友達の紹介で職を得るもエリスが妊娠、なんだかんだでロシアへ仕事に行くことになる。エリスが大量の手紙を書くため、豊太郎はだんだんうっとうしくなってくる。そんなある日のこと、友達が日本に帰国したらいくらでも職があると耳寄りな情報をくれたので、じゃあそうしよっかなと思ううち病気になって気絶していると、雰囲気を読めない友達がエリスに豊太郎は日本に帰ると報告、エリスは豊太郎が自分よりも名誉を選んだこと知り狂人となってしまう。面倒くさくなり豊太郎は日本へ逃亡するのだが、船の中でまあ雰囲気読めねぇ友達の責任だろみたいな荒っぽい責任転嫁をするといった物語。豊太郎のクズ野郎丸出しな態度はともかく、鷗外と日本文学の青春のきらめきのひとつといった作品だ。

ハイカラを討伐しよう

島村隼人は豊太郎を殴るため帰国しなければならない。しかしまずはハイカラを討伐すべきである。そこで隼人はインドで強盗団を殴打し、勢い余って幾人かを殺害して改心させ、海賊と殺し合いで勝利するうち、なんだかんだで無人島へと到着、そこで宝を探し当てて五〇〇万円を手にするのであった。現在の貨幣価値にすると、一〇〇〜五〇〇億くらいの価値があるものの、島村隼人は蛮カラである。金などあまりにどうでもいいため、四〇〇万円を使ってパリの伯爵夫婦を惨殺する。なんでそんな狂った行為をするのか解説すると、もちろん狂っているからである。伯爵夫人を惨殺した後は、パリやロンドンを徘徊してハイカラを殴り歩く。

滞在の数日は先《ま》ず市中を見物して、傍《かたわ》らハイカラな人間に遇《あ》うと喧嘩《けんか》を吹掛《ふきか》けて片端《かたはし》から撲《なぐ》り飛ばし、非常に愉快に日を送って居《お》った。（同書一八〇頁）

この後も、島村隼人が怒りに任せて人を殴ったり殺したりするといった雰囲気で、旅行中に殺した人間の数は確定しているだけで九名、不確定なものを合せると三〇人くらい、とにかく命が軽く、すぐに人が死ぬ。

島村隼人は命乞いする海賊にも厳しい。次のように言い放ち、荒れ狂う海に蹴り落とす。

〔海賊〕『ア……、許して下さい』
〔隼人〕『可愛想な嘆願である、けれど僕は許さぬ〔…〕』（同書九九頁）

続編の『蛮《ばん》カラ奇男児《きだんじ》』も、同じく命が軽い。

『〔…〕首魁《かしら》が殺されて了《しま》った、ヨー。』（星塔小史『蛮カラ奇男児』五二頁）

人が死んでるのに〈ヨー。〉じゃないだろうと突っ込みを入れたくなるが、だいたいこういう感じで話は進んでいく。

アフリカ人と帰国しよう

なんだかんだで島村隼人はアフリカ人のアルゴを引き連れ、日本へと帰国する。なぜアフリカ人なのかというと、〈蛮カラの本家本元なる阿弗利加《あふりか》蛮人〉だからである。今ならアウトだが、明治であれば問題ない。そもそもこの作品は、面白そうなモノはなんでも取り入れようではないかという姿勢で書かれている。例えばイギリスの老人と島村隼人が子供を集め、スパルタ式で武士道と騎士道を徹底的に教え込むというエピソードがある。最終目的はより良い世界にするために世界を統一するというものであり、この狂った集団は〈世界統一倶楽部《くらぶ》〉という安易な名前だ。そしてこの倶楽部の基本的な方針は、〈ハイカラ撲滅主義〉、どこまでもハイカラを目の敵《かたき》にしている。

もちろんアフリカ人のアルゴも世界統一倶楽部の一員だ。麦を使って米やパンを超える主食を発明し、武士道と騎士道を同時に身に付けているだけでなく、弓術と捕縛術の達人で〈其《そ》の神速な挙動は実に神のごとくである〉。

アルゴは脱出不可能とされた孤島にある牢獄から脱出するついでに、海賊組織を壊滅させ、無政府主義者の組織までブッ潰す。大きなトラブルの六割程度は彼が解決するほどの、作中きってのチートキャラであり、仮面ライダーでいうとギギとガガの腕輪を装着した完全体の仮面ライダーアマゾンの位置付けにあり、もはや完全無敵だと言えよう。そもそも人種には重きを置かれず宗教も無意味、すべての頂点に蛮カラが位置している世界観だから、本家本元のアフリカの蛮人が一番強く、偉いという結論が出るのも当然であろう。

世界統一しよう

世界統一倶楽部という発想はかなりイカれているものの、当時こういった思想がちょっとしたブームだった。もしかすると、「八紘一宇」を連想してしまいそうになるかもしれない。しかし、実際は世界統一思想は八紘一宇より先に成立していて、コントの人類教[★3]やカントの『永遠平和のために』[★4]から発展して発生した思想である。

もっとも『永遠平和のために』に、ハイカラを皆殺しにするといった記述はない。永久平和という理想を、現実的な解決策としていくプロセスがスリリングに描かれている。細かいことは抜きにして、とにかく今すぐ世界を統一したら平和になるだろう、俺が今すぐ悪い外国人を殴り倒しに行くッ！　といった短絡的なものでは決してない。

島村隼人が傾倒していた世界統一思想は、オリジナルの世界統一思想とは同じ名前ではあるものの、まったくの別モノで、その実態はといえば、相手が日本人でも外国人でも、ハイカラ（西洋風）であれば即刻殴り殺そうというもので単なる蛮カラ至上主義でしかない。

豊太郎、廃人となる

冒険を終え日本に到着した島村隼人は、アルゴとともに東京へ向かうため汽車へ乗るがあいにく満席、ふと見ると一人のハイカラ紳士が二、三人分の席を占領し新聞を読んでいる。それ

★3―コントはフランスの哲学者。人類教は一九世紀に流行った、無政府状態を解決するために提唱された宗教。人間の知識を体系化し普及させ、愛をもって人類を崇拝の対象とすれば、自然に人類の精神が統一され無政府状態が解消するというもの。人類教という名前にキャッチーさがないためか、明治の娯楽物語にはあまり登場しない。

★4―『永遠平和のために』…いかなる条件が揃えば、永遠平和状態になるのか記述されている書物。永遠平和という名前が格好良すぎたため、まれに娯楽小説に登場する。一七九五年刊行。

のみならず席に旅行鞄まで置いている。アルゴが〈貴方《あなた》少し小さくなりなさい。私が茲《ここ》に座りますから〉と言いながら、鞄を紳士の側に寄せて座ろうとすると、紳士が激怒する。紳士とアルゴが喧嘩を始めたため、二人を宥《なだ》めようと割って入った島村隼人だったが、ふと鞄に挟んである名刺を見ると〈織部欽哉《おりべきんや》〉と書かれていたため、早速殴ることにする。

唐突《いきなり》鉄拳を振り上げて紳士の額をウンという程劇《はげ》しく殴倒《なぐり》した、彼《か》れ〔織部欽哉〕は殴られて背後《うしろ》へ蹌踉《よろ》めいたが、踏み止まってアルゴを捨《すて》て僕の方へ向《むか》い、『君は何《な》んだ、無暗に他人を殴打して怪《け》しからん、此のママには捨置《すてお》かん。警官に引き渡すー』といって来たのを、今度は其《そ》の帽子を突き飛ばし、奇麗に分けたハイカラ頭の髪を鷲摑《わしづかみ》に引捉《ひきとら》えて、頰面《ほっぺた》を平掌《ひらて》でピシャリ、ピシャリ！　更《さ》らに二三度頰面をたたいて突き放す。（同書二〇八頁）

殴られた織部欽哉は茫然自失である。他の乗客が間に入ろうとするが、隼人は落ち着いて、鉄哉がかつて雪枝に対して行った仕打ちを乗客にも聞こえるよう大声で説明する。乗客にも事態が飲み込めてくる。そうして〈ハイカラ頭〉に精神的ダメージを与えたところで、

更《さ》らに二三度頰面《ほっぺた》を叩いて突き放すと、彼《か》れは蒼《あお》い顔をしてドッカリ尻餅を搗《つ》き、無言で垂首《うなだ》れたまま、再び言葉を出さなかった。（同書二〇九頁）

エリスこと雪枝の病気は、欽哉を殴ると完治してしまう。いろいろあったけど病気が治って良かった良かったというわけで、みんなで万歳をしてお話はおしまいである。

我が読者諸君の万歳を三呼する!!（同書二二〇頁）

ところで国語の教科書に載っていた『舞姫』を読み、豊太郎にムカついた人は多くいることだろう。こういう小説を明治四一年に書いてる人がいるわけだから、豊太郎絶対に許さんぞって思った人は、やっぱり明治にもいたことになる。大げさかもしれないが、近代的自我とやらに目覚めて人に迷惑をかけまくる豊太郎もどきを、バンカラが暴力に物を言わせて、しかも西洋文明からはめちゃめちゃ馬鹿にされていたアフリカ人の助けを借りてボコボコにするというのは、批判的精神に富んでいたのでは？　とこじつけられなくもない。もっというと、「時代精神の反映」とか「理想の社会の提示」とかをスローガンにしていた同時代の文学と、オモシロければいいという明治娯楽物語との関係性を端的に表しているようにも思える。

ちなみに続編の『蛮カラ奇男児』では島村隼人はサポート役として活躍、主に世界統一倶楽部の少年とアルゴの活躍が描かれるが、拳骨や柔道はほぼ活躍しないためここでは紹介しない。

ゲンコツと柔道に話を戻すと、島村隼人は人を殴りはするが、脳骨が破壊されるほどではない。柔道の技も詳しい描写はなく、一度気絶させた人間に活を入れて蘇生させるといったものでしかない。気絶した人間を柔術の極意で蘇生させるというのは、『世界鉄拳旅行』の近藤も使える平凡な技で、講談速記本でも定番の描写だから目新しさはない。現代人が主人公の物語としては単純に面白いが、そこまで強くもないし、明治人が気にする「強さの理由」はあいまいなままだ。

それではこの状況に風穴を開けたのは誰なのか。調べてみると、ある嫌われ者の作家が浮き上がってきた。

第7章 「科学」が生んだ近代キャラ

嫌われ作家の奇妙な冒険

法より正義

『ドラゴンボール』に『ジョジョの奇妙な冒険』『ONE PIECE（ワンピース）』など、現代の娯楽物語に登場するヒーローは強さの理屈を持っている。（順番に、気／サイヤ人、波紋法／スタンド、悪魔の実／覇気）。江戸の物語に登場する主人公を思い浮かべてみると、誰一人として強さの理屈が明確なキャラはいない。せいぜい身体がデカい、修業をした、秘術を修得している程度のもので、そこに科学的な理由は存在しない。物語における強さの科学的解釈を、最初に作り上げたのが三宅青軒《みやけせいけん》★1だ。

　青軒は決して才気煥発な人物ではなかったが、時間をかけて物語を洗練させていくねばり強さがあった。三宅青軒の傑作として名高い作品に『不思議』（明治三六年）がある。今読めばそれほど面白くもない作品だが、青軒はこの作品を作り上げるまでに、まず『奇々怪々』（明治三四年）を書き、次に『小説うらおもて』（明治三五年）で内容をさらにブラッシュアップさせ、ようやく決定版の『不思議』を書き上げている。ここでは一連の作品を「不思議三部作」と呼ぶことにする。

「不思議三部作」の進化について書く前に、基本的な情報を確認をしておこう。

　この時期の三宅青軒は、法律では裁くことができない悪事に対し、異常なまでに怒りを感じていた。例えば貧乏人を苦しめる悪徳高利《こうり》貸《がし》を、将来有望で正義感の強い若者が鉄拳制裁したとする。当然ながら若者は暴行罪で捕まってしまう。本来なら、やがて社会貢献できたはずの若者が、犯罪者となりその将来は閉ざされる。一方、生かしておいたところで社会に対しなんら益のない高利貸は、のうのうと悪事を続けていく。さらなる巨悪である（と青軒が思い込んでいる）政治家や官僚も、法で裁けぬ悪行を好き放題にしている。こんな奴らは一秒早く叩き殺せば、一秒早く日本が良くなるゴミ野郎だ。しかしそれを実行すれば、正義漢はたちまち犯罪者となってしまう。これは法律の不備としか言いようがないではないかッ！　というのが、青軒の思想である。

粗雑な考え方ではあるが、当時はかなり支持されていたようで、同じようなテーマで作品を書く作者も多くいた。もっとも青軒自身は文芸倶楽部《ぶんげいくらぶ》★2主筆として、権力を振りかざしまくり小説家仲間から異常なまでに嫌われている。永井荷風によると、こういう感じであったらしい。

新進気鋭の作家一人として青軒を憎まぬものはなかりけり。（永井荷風『書かでもの記』）

いちいち引用はしないが、青軒の悪口はかなり多く残っている。このあたりは青軒の評価が

★1——三宅青軒…小説家。元治元年（一八六四）五月二三日に生まれ、大正三（一九一四）年一月六日に没。出生地は京都で、本名は三宅彦弥。緑旋風、雨柳子の名でも作品を書いている。
★2——文芸倶楽部…一八九五～一九三三。もとは純文学雑誌で、樋口一葉や泉鏡花、国木田独歩の作品も掲載し、明治文学界で一定の役割を果たした。後に娯楽雑誌となり衰退する。ちなみに当時の雑誌の巻頭口絵は画家たちの発表の場であり、明治の三〇年代には挿絵画家が職業として成り立つようになっている。

低い理由の一端なのだろうが、作品と人格は別物だ。青軒が法で裁けぬ悪事を裁くという思想のもとに何作か書き上げ、一連の作品が後の大衆文化に影響を与えていることは事実だ。

さて、青軒の「不思議三部作」を、青軒がアイデアを磨く過程として見ると興味深い。というわけで、『奇々怪々』から『不思議』に至るまでを観察していこう。

青軒は世間の動向に敏感な人間であったようで、『家庭小説宝の鍵』（明治二九年）の序文ではこんなことを語っている。

古来我邦《わがくに》の習俗《ならわし》、稍《やや》厳格なる家庭に於《おい》ては、其《その》子女に、小説を読むことを禁じ、小説は、子女の心を毒するものとなしぬ。実《げ》に斯《かか》る弊《へい》もあらん〔実際にそういう害もあるだろう〕、将《は》た〔あるいは〕いかに其《その》弊害は之《こ》れあるべけれど、併《しか》し大方の小説を指して、総《すべ》て弊害ありとするは大いなる誤りなるべし。我此頃《このごろ》少しく感ずるところありて、家庭小説と名づけ、親子夫婦打寄《うちよ》りて共に読むべきようのものを作り試みぬ。（三宅青軒『宝の鍵』序）

明治はまだまだ儒教的な価値観が残っていたうえに、西洋の科学的な思想を受け入れるため、フィクションは総じて意味がないといった流れがあった。加えて小説家になろうとする人物は、人間のクズにそっくりなことが多かったため、小説も俗悪でレベルが低いと見なされてしまう傾向があった。そういった流れを変えるため、多様な試みがなされていく。家庭小説[★3]もその一つで、女性や子供も含め家族の全員が安心して読める作品を書こうというものであった。

家庭小説が本格的に流行し始めたのが、一九〇〇（明治三三）年あたり、家庭小説の嚆矢《こうし》とされているのが尾崎紅葉《おざきこうよう》の『金色夜叉《こんじきやしゃ》』（明治三〇年連載開始）と、徳冨蘆花《とくとみろか》の『不如帰』（明治三一年連載開始）。これらをひな型として数々の家庭小説が書かれていく。この二作よりも先に家庭小説を書き上げていたのだから、三宅青軒の先見性が理解できることだろう。もっとも、『宝の鍵』は後に書かれる家庭小説とは似ても似つかぬもので、なんでも願いの叶う宝の箱の鍵を求め少年が不思議な世界を旅するというファンタジーや児童文学に近いものではあるものの、先の引用文を読む限りコンセプトとしては異なるところはない。

★3——家庭小説…明治三〇年代に流行したジャンル。光明小説とも。家庭小説に先立ち、深刻小説というジャンルが流行、暗くて悲惨なのが特徴で、明治文学がやたらに深刻さを重視し、作中人物が慷慨悲憤している潮流とも重なる。このあたりキリスト教なんかも関係してくるのだが、ややこしくなるので話を戻すと、家庭小説や光明小説は、深刻小説に対抗して発生したもので、健全さや道徳を守るというのが主題になっている。家庭で起きた問題に女性が翻弄されるも、愛やキリスト教、驚異的な忍耐力で問題が解決するといったストーリーが多い。家庭小説の人気に乗じ、とにかく女性が悲惨な目にあえば人気でるんだろといった粗雑な思想に基づいた娯楽物語も多く登場した。それらの作品が書かれた理由としては、明治時代は小説の中で性的なものを扱うことが嫌われたという事情がある。その代用としてある種のサディズムを満たすため、女性が利用されたわけだが、かなり意味が分からない状況である。

駆け足で種明かし「奇々怪々」

「不思議三部作」は、多分に先鋭的なものとなっている。先にも書いたように法を超越する道徳が描かれており、封建主義に苦しむ女性がモチーフとなる家庭小説に近いところもある。そこに推理小説や、当時話題となったニュースなどがごちゃ混ぜになっている。

まずは最も早い時期に書かれた『奇々怪々』を見てみよう。主人公数井《かずい》は親の遺産で暮らしている文学士で、結婚相手を探していた。今流行の自由結婚を気取るのではないが、一生をともにする相手なのだから、見合いで決めてしまうのは不安だと考えている。ある日の事である。友達と痛飲した帰りの道で、職人風の酔っ払い男二人が歩いていた。彼らの話題はというと、吉原で当時流行していた自由廃業★4をからめて女郎をくどいたというものである。

> エ、己等《オイラ》は救世軍★5だなんて、女郎に自由廃業を勧めやアがッて、そして妓夫《ぎふ》★6になぐられて、アハハハハハ、夫《そ》れで手前《てめい》の阿魔《あま》ッちょは何て言ッたい。有難う御座います、どうぞ自由廃業の世話をなすッて下さいまし、其代《そのかわ》り前以《まえも》ってお断り申して置きますが、お前さんの家《うち》へは参りませんてねえ、アハハハハハハ、お前さんの家《うち》へは参りません、情郎《いろ》の家《うち》へ参りまするッさ、エ、オイ、救世軍の隊長、確《しっか》り為ねえ、（三宅青軒『奇々怪々』三頁）

明治三〇年代は救世軍への理解が、いいかげんな時代であった。救世軍による廃娼運動は明治三三年（一九〇〇）に活動が開始されている。『奇々怪々』が書かれたのは明治三四年。旬のネタとして会話に盛り込んだのだろう。救世軍の活動は「不思議三部作」に影響を与えているため、頭の片隅にでも入れておいて欲しい。

機嫌良く歩いてた酔っ払いは、美しい女を見つけ、またもやくどきにかかる。これを見た数井は少々は柔道の心得もあるため、助けに出ようとするのだが、激怒した女があっさり二人を打ちのめしてしまう。それを見た数井は恋に落ち、女を妻にしようと尾行する。女の入った玄関を見ると、表札には豊崎吉秋《とよざきよしあき》とある。それ以来、数井はどうしてもあの女と結婚がしたいと思い悩む。

ふとしたことがきっかけで、常日頃から女を手助けしている虎吉《とらきち》という男と知り合いになる。虎吉が語るには、自分が認める男の中の男は三人いる。一人は貧乏人を助ける医者の深見《ふかみ》、もう一人は豊崎吉秋という代議士で貧乏人を助けるための事業をしている。最後の一人は豊崎の

★4―自由廃業…芸娼妓が自分の意思で廃業すること。教育のある人間が、無責任に自由廃業を進め、仕事に困る女性が続出するといったトラブルがあった。あまり深く理解していない元気な若者たちが、義侠心と好奇心から女郎の逃亡を無責任に手助けするといった事件もあった。

★5―救世軍…キリスト教プロテスタントの宗派団体で、社会福祉や教育事業を推進する。日本では、明治二八年（一八九五）に、山室軍平が日本救世軍を創設。廃娼運動や禁酒運動、貧民の救済などの活動が有名だった。

★6―妓夫…遊女屋の男性使用人。今でいうボーイ。客引きや掃除、書記や時には用心棒などを担当した。ちなみに、幕末には「若い者」と呼ばれていたようだ。

［図1］烈子と天使
（『奇々怪々』口絵、明治34年）

娘、すなわち数井が恋している女で、名前は烈子《れっこ》だという［図1］。彼女は明治の女ヒーローの一人で、その活躍は『女海賊』『海賊大王』（第6章）に登場する女性たちに勝るとも劣らない。

烈子は父親の慈善事業を手伝っており、美しく聡明、しかもその気性は男もおよばぬほど、彼女は女の姿をした男の中の男だと虎吉は称賛する。烈子と父親は博愛団という建物を作り、そこに貧者を集め暮らしを助け、病気を治療しているらしい。この活動、救世軍とほとんど変わるところがないのだが、どうも青軒は西洋の真似ではなく、日本独自の慈善活動が出てきてほしいと願っていたようだ。彼の物語の中では、正義の人が貧乏人を助けるため、個人的に活動をしていることが多い。

虎吉は下層社会では義侠と度胸のある人物として有名で、〈一本槍の虎吉〉と呼ばれている。虎吉の人助けを見て感動したことと、烈子に気に入ってもらいたいがため、数井も多少の人助けをしたりするうち、なんだかんだで烈子と仲良くなる。そうこうしていると烈子の父親が逮捕される。理由は悪徳の高利貸を陥れ、一文無しにしてやろうと画策したためだ。父親が犯罪者であれば、烈子を妻とすることはできない。確かに悪徳高利貸は悪人で、烈子の父親に道義上の罪はない。しかし犯罪は犯罪である。数井が思い悩んでいると、怒った虎吉が高利貸を殺すため家を飛び出すも、失敗してしまい同じく逮捕されてしまう。不幸は続く。烈子の父は収監先で心臓を破り自殺をしてしまう。心臓を破るとはなにかと思うが、作中で解説されていないため、私も意味が分からない。刑期を終えて帰ってきた虎吉も、烈子の父親が死んだことを知ると、激怒しすぎて死亡する。

ある日のことである。真夜中に数井は、高利貸とその用心棒に二人の男が斬りかかるところに出くわす。悪人たちは死亡、そのうえ高利貸の家は火事になり全焼する。ボーっとした頭で家に帰って寝ていると、烈子の父親の墓に高利貸がさらし首になっているという報せを受ける。興味半分で見学に行くと、梟首《きょうしゅ》（さらされた首）の下に次のような白い札が下げられていた。

『社会之《しゃかいの》賊熊川伯爵之首《ぞくくまがわはくしゃくのくび》、一本槍虎吉之《いっぽんやりとらきちの》霊誅《れいこれをちゅうす》　之』（同書一九〇頁）

虎吉の幽霊が殺したはずもない。虎吉に世話になった人間、あるいは虎吉の義侠に惚れこんでいた人間の仕業であろうと数井が考えていると、群集の中に虎吉に似た男がいる。死んだはずの虎吉がいるのはおかしい。ここで重要な一節が登場する。

幽霊の研究は心理学上の大問題で、われも颯張解《さっぱりわか》らないから、有るとも無いともここに

断言は出来ないが〔…〕(同書一九九頁)

青軒は登場人物の言葉を借り、幽霊について〈心理学上の大問題〉としている。ここに幽霊は科学的に解明しうるものだという、青軒の姿勢が表れている。実は青軒、本作の数年前より心理学やメスメリズム★7などの研究に着手していた。その研究は徐々に作品へと反映されていくのだが、それについては後述することにして話を戻そう。

烈子の父親や虎吉が死に、高利貸がさらし首になったため、その周辺にいた数井は刑事に睨《にら》まれる。もちろん烈子を含めた博愛団の面々も容疑者だ。相談するため烈子のもとを訪れ、数井はついでに結婚を申しこむ。烈子は数井の告白を受け入れてくれたが、一年間待ってくれと請われる。不思議に思うも、数井はしぶしぶ承諾する。

ある日のこと、街中の高利貸の家に、ビラが配られるという事件が起きる。ビラには、酷い高利を取ると虎吉の霊魂がお前の首を叩き斬ってしまうぞと書いてある。またしても差出人は虎吉の幽霊。なんにしろ奇々怪々な出来事だと話をしていると博愛団の方角で大火事が起きている。心配だとダッシュで向かうもウロウロするうち、数井は火事に巻き込まれる。助けを求める女を一度は蹴り上げるが、良心に責められ戻って女を担いで逃げるうちに気絶。気付くと虎吉そっくりな男に助けられていた。男は虎吉ではなく、勇助だと名乗る。なにがなにやら分からない。帰宅するため外に出ると、数井や博愛団を怪しいと睨んでいた刑事が、勇助に殴り倒され誘拐されるところを目撃する。数日後、刑事は職を辞し、小間物屋《こまものや》になったと聞く。恐らく勇助の拷問による「効果」だろう。

文字通り奇々怪々な出来事の連続で脳が疲れてしまい、数井はしばらく寝込む。医者の深見がやってきて治療、全快の暁《あかつき》には烈子と結婚をしろと言われ承諾。結婚してめでたしめでたしなのだが、最後の最後、青軒から〈鋭敏なる読者は既に察して居られるだろうが、併《しか》し念の為《た》めここに我等が疑ふて居た秘密を暴露すれば〉と前置きして、読者が抱くであろう疑問についていちいち丁寧に種明かしがされる。

・一本槍虎吉が死んだというのは嘘、熊川を油断させるための策略であった。
・熊川を殺したのは虎吉と烈子、放火したのは深見であった。
・虎吉は戸籍上は死亡とされているが、勇助として働いている。
・勇助（虎吉）と深見は世間の悪人を脅しまくっている。
・警察が勇助（虎吉）と深見の活動を黙認しているため好き放題である。

★7――青軒作品には、メスメリズムのほか、催眠術、動物電気など、耳慣れない言葉が出てくる。各用語の正確な意味は置いておき、ここでは三宅青軒がどう理解していたのかを解説する。まずメスメリズムは催眠術とほぼ同義である。動物電気、動物磁気は宇宙に満ちている気体のようなもの。気合で人を倒すというのは、動物電気を通じて倒れろという意思が流れ込み、相手を一種の催眠状態にさせるというのが三宅青軒の理解であり、これがつまりメスメリズムの効果である。

・二人を指揮しているのは烈子である。
・結婚してしまったため数井も強制的に仲間になってしまった。
・これからどうなることか分かったものではない。

続いて、作者の弁明も書かれている。

面白くもなき此《この》一編をご覧下されし読者諸君に
来て見れば 偖《さ》て花は無し 青葉山
（同書二八六頁）

確かにあまり面白い作品ではない。いくつかの矛盾点があり、展開に強引さもある。おまけに結末は箇条書きだ。三部作最初の作品であるから仕方がない。

スーパーボランティアが活躍「うらおもて」

『小説うらおもて』も『奇々怪々』と似たような作品だが、多少の進化が見られる。
面倒くさいことが抜きになっていて、いきなり虎吉に当たる男が死ぬところから物語が始まる。市ヶ谷監獄から満期放免となった獅子《しし》の松川《まつかわ》こと松川正六《まつかわしょうろく》は、世話になった奈良崎慶人《ならざきよしんど》の墓の前で、今夜私は死んでしまいますと告げる。あとは酒を飲み飯をかっくらい時間をつぶし、花田という男を刺し殺して逃亡。とある家の軒下で自殺を図るも腕が動かない。家のなかからこちらへ来いという声がする。不思議に思い立ちあがると、腕が動く。また死のうとすると、腕が動かなくなる。家の主はメスメリズムを研究している医者・三原良一《みはらりょういち》で、他人の身体を自在にコントロールできるのだと語る。驚く松川に、三原はなぜ死のうと思ったのか問う。ここで唐突に、作者の青軒が面白くないが辛抱しろと宣言する。

詰《つま》らない長話《ながばな》しを致しまして、嘸《さぞ》ご迷惑で御座りましょう、けれど併《しか》し人間が罪を犯す本と、社会に泥棒が出来て其《その》泥棒が改心しない訳とを聞て戴《いただ》きたいのでハイ、どうかもう暫《しばら》くお耳を拝借いたしまする（青軒曰く、読者諸君も御退屈だろうが暫く辛抱して下さい。その代り後回になると大波乱があって、奇々怪々実に不思議な話になりますから。）（三宅青軒『うらおもて』三九〜四〇頁）

というわけでさらっと解説すると、松川の父は早くに病死し、母は病気、一五歳で新聞配達を始め、孝行息子として有名になる。母の薬を買うために泥棒をするが、孝行息子だから疑われない。なんだかんだで新聞社の社長奈良崎慶人も松川を知ることとなり、仕事を紹介してもらうようになる。ちなみに奈良崎も慈善事業が好きで、社会主義的な仕組みで動く組織を作ろうとしていた。松川は生活に余裕ができると柔術を習い始め、悪い仲間とつきあうようになる。

やがて仕事が馬鹿馬鹿しくなり、喧嘩と泥棒に明け暮れて逮捕、釈放後は誰も相手にしてくれず、再び犯罪に手を染めようとしたところで、奈良崎が登場、新聞社で雇ってくれる。毎日楽しく暮らしていると、奈良崎が高利貸の花田に騙され新聞社は倒産、病気となり死んでしまう。松川は高利貸を殴り逮捕、釈放されたその足で花田を殺してしまったので、自分も今から死ぬところだと語る。

この話を聞いた三原良一は、とにかく大きなことをするためには、人を殺すくらいの精力が必要だ。法律はともかく、お前は悪いことはしていない。今後は友達になろう。殺人なんかは大きな問題ではないと語り、実は自分は奈良崎とは交流がある。だから今度は自分が〈奈良崎に継いでお前様の身体《からだ》を引受けよう〉と提案する。翌日、松川は姿を消す。警察は全国の警察署に写真まで配布し捜査をする。だが、まったく手掛かりはない。一体彼はどこにいったのだろうか？

ここまでが物語の前半。『奇々怪々』と類似点が実に多い。

・慈善事業をする偉大な男がいる。
・偉大な男はつまらない人間に間接的に殺される。
・強い男が主人のために欲深い悪人を殺す。
・強い男は逮捕されずに消えてしまう。

お話変わって三原の娘・お蓮《れん》は、熱心に本を読む車夫《しゃふ》と出会う。三原も車夫に興味を持ち、なんだかんだで交際が始まる。名前は竹原久雄《たけはらひさお》、家が没落したため車屋となり自学している清廉潔白な男で、詩人になろうとしている。竹原の主張はこうである。

・最近は「でも詩人」（詩人でもするかの意）が世にあふれている。
・文士保護論★8は愚劣千萬。
・詩人は貧乏が当然である。★9

竹原のいうところは面白いと、三原は惚れ込む。もともと文学を愛好していたお蓮も、どうやらまんざらでもないらしい。そうこうするうち三原が病気になるが、竹原が必死で看病し一時的に寛解する。いよいよ竹原に感心した三原は、娘と婚約を結ばせる。さらに竹原に留学費

★8――文士保護論…社会が文学者を優遇しない、むしろ冷遇されているではないか、政府からの保護が必要だという論。これとは別にも、小説の地位を上げようといった運動はそこかしこで起きていた。当時はそれほどまでに小説の地位は低かった。保護の内容は文士が自由に園遊会へ参加できるだとか、文士のために国が金を払うだとかで、今から考えると馬鹿みたいだが、当時から馬鹿にされまくっていた。

★9――これも当時の潮流で、芸術を追い求める人間が芸術家で金を得るなどもってのほかというものである。現在も、多少はこういった考え方は残っている。これに関する有名なエピソードとして、小栗風葉《おぐりふうよう》が小説で多少の金を稼ぎ、ペラペラの板を多用した家をやっとのことで建てた際、小説で家を買うのかという批判が殺到したというものがある。

用の三〇〇〇円を渡し、数年間ドイツで学問を修めさせることとなった。三原はさっそくドイツへ旅立つ。

ところが、またしても三原の病気が重くなり、寝たきりになってしまう。療養に京都へ引っ越すが、徐々に金もなくなってくる。仕方なしにお蓮は、芸は売っても体は売らぬという芸者となり、生活費を稼ぐ日々を送る。『奇々怪々』の烈子は強い女で、自分で父親の仇を討つほどであったが、本作ではヒロインが弱体化しているため、嫌な客に手篭《てご》めにされそうになる。それを助けたのは、露木《つゆき》という男であった。

後日、露木が倒れた老人を救助しているところに出くわしたお蓮は、芸者の格好そのままに手助けをする。これに感心した露木は、お蓮を呼び出し兄弟分になろうという。男は父親が病気で芸者になったことも知っていて、金も援助しようと申し出たが、お蓮は不思議に思い断わってしまう。仕方なしに露木はお蓮を座敷に呼び、料金に色をつけてやりサポートをしていたのだが、逆に悪い噂が立ち、お蓮の仕事は減っていく。困ったことだと考えていた矢先、京都に大地震が起きる。

家は崩れて火事となる。雇い婆のお島《しま》は柱の下敷きになっていて、助けてくれと叫んでいるが、女の力では助けられない。やっとのことで父親を探し出すも、やがて二人は火に巻き込まれてしまう［図2］。

生死の境目にやってきたのは露木で、お島は救助済み、二人も火事から救い出す。露木は歩けない三原を背負うと猛然とダッシュ、お島とお蓮は追い掛けるが、あまりの早さに見失って

［図2］火事に巻き込まれる三原とお蓮（『［小説］うらおもて』より）

しまった。二人は露木の店へと向かうことに決め、被災した町を駆け抜ける。祇園に至ると、青軒による悪口が展開される。

> 汝《なんじ》醜悪なる此町《このまち》よ。敢《あえ》て公々然《こうこうぜん》として淫《いん》を売る罪悪の巷《ちまた》よ、妖言媚《ようげんび》態《たい》巧みに無垢の少年を惑わす地獄の子の巣窟《すみか》よ。色と慾《よく》との外《ほか》には何の考えも無き動物の園よ、敢《あえ》て男子の弱点をつけ込んで其《その》男子を誑《たぶら》かす狐の穴よ。歌舞《かぶ》音曲《おんぎょく》を表面の飾りとする淫魔の集会所よ、焼けよ壊れよ亡《ほろ》びに入れよと、天魔の軍勢空に叫んで、無惨の祇園花街を灰と土とに化し了《おわ》らんとす。（同書一八四頁）

かつて祇園で手酷い扱いでも受けたの

だろうかと邪推してしまうが、そんなことはどうでもいい。お島とお蓮が店に辿り着くと、露木はすでに救護団というのを作っていた。もともと彼は慈善事業で、病院を運営していた。地震が起きるやいなや、病院から物資を運び出し、比較的広い土地に集約、テントを張って即席の避難所に仕立て上げていたのである。二人は救護団で治療を受け、無事だった父親とも再会する。露木は全財産の二〇万円を使って、助けられるだけ人を助けるつもりだと語る。地震で刺激を受けたためだろうか、なぜか三原の病気は快方に向かい、救護団で医者の陣頭指揮をなし、娘のお蓮も看護婦として活躍、お島も飯を炊きまくる。そうこうするうち、徐々に京の街も落ち着きはじめる。地震の後も手伝い続けていた三原親子は、露木の家で半分お客、半分は従業員といった形で生活することとなる。

「法律とは何か」

露木と同居しているお蓮は、縁もゆかりも無い彼がここまでよくしてくれるのか、不思議に思う。もしや妻にでもしようと考えているのではないかと、心配でならない。思い余って父親に相談をすると、逆に「法律とはなにか」と予想外のことを問われる。ここからは『奇々怪々』と同じで、悪人を殺すのは法律上は罪だが、道徳上は問題がないといった主張の後、露木は姿を消していた松川だったと語られる。『奇々怪々』と少し違うのは、松川は変装術を施されていた点だ。顔が違うのだから、警察に捕まるはずもないという理屈である。変装術というのは、今でいう美容外科手術のことだ。作中で父親は、今は危険なうえに痛みがあるため難しいが、もしも安全に術が施せるようになったら、この世の中に美醜なんてものは消滅してしまい、ただ顔の流行に合わせて手術をするような世の中になるだろうと冗談を語っていて、なかなか面白い。

ちなみに美容整形の技術はヨーロッパから日本に伝わり、当初は形成術と呼ばれていた。普及をし始めたのが明治八年（一八七五）あたりだが、それでも人々は抵抗があったらしい。大正一四年（一九二五）刊行の岡田道一『家庭衛生問答』には、あごを削るのは無理、鼻を高くするのは危険と記載されている。明治の時点で美容整形を小説に取り上げるというのは、かなり先鋭的な行為であったことだろう。

小説の結末も書いておく。やがてドイツから竹原が帰国し、『うらおもて』という小説を書き上げる。おもての巻、うらの巻の前後編に分かれており、おもての巻は露木、うらの巻では松川に似た男が活躍する――。なかなかきれいな構成のような気がしないでもないが、以上が『うらおもて』の結末である。

自殺者を柿に例える「不思議」

『不思議』を、前二作と比べながら紹介していく［図3］。主人公は京都に住む小説家の町井《まちい》、特に生活に苦労はしていない男で、『奇々怪々』と同じ設定だ。この作品で憤死するのは、町

［図3］『不思議』書影（明治36年）

井の親友の葉山《はやま》である。葉山の婚約者・末村優子《すえむらゆうこ》の父親が高利貸に騙されて病死、葉山は弁護士であるから高利貸と談判に行くも、あまりの怒りに我を忘れて相手を殴り付けてしまう。葉山は逮捕されて、獄中で心臓を破り自殺する。

ほどなくして、強欲な金貸しが殺害される。手を下したのは、末村優子の父親に世話になった吉平《きちへい》という男である。もともと吉平は法律を学んでいたが、ふとしたことで悪人を殴り殺し、罪人となってしまう。もう仕方がないということで、依頼を受けては悪人を殺害、あるいは強欲な高利貸の家に入り強盗を繰り返していた。不都合な法律と不埒な道徳を補うため、天に代わって悪人を罰するという主張で、これは前二作と同じテーマである。

葉山の婚約者・優子は、吉平に誘われ、仇討ちのために高利貸に麻酔薬を飲ませ、殺人を幇助している。これは『奇々怪々』の烈子が自分自身で仇討ちをしたのと似た設定だ。

話を整理してしまえばこれだけの話なのだが、『不思議』の面白さは不思議なことが次々に起きるという点で、高橋雄吉《たかはしゆうきち》という謎の男の正体は誰なのかというのが大きな焦点となっている。高橋は、死んだ葉山の弔いを出し墓も建て、葉山の母親がインフルエンザになれば見舞いの金を送ってくる。はては葉山の肖像画まで届けてくる。彼が一体誰なのか？　新しく神父となった男や、教会で出会った美女、美女の家の周辺で出会った人相の悪い男など、誰も彼もが疑わしい。正体を知るために、町井は真夜中に葉山の墓場を見張ったり、東京中を駆けずりまわったり、画家に依頼し葉山の肖像画を受け取りに来た男を盗撮してもらったりしている。ひとつひとつの部品は単純なのだが、配置の妙により面白い作品に仕上がっている。

物語自体の紹介はこれくらいにしておいて、青軒の考え方が出ている部分に注目することにしたい。まずは当時の小説社会に対する考え方である。以下は事件に巻き込まれた主人公の町井に、知人がこれを小説にしてみてはどうだとアドバイスする場面だ。

文学士の頭に『三』の字を冠《かぶ》せて、われが『三文学士』と罵《ののし》る所の、まだ卵の殻被《かぶ》ってるような、経験もなければ智識もない、ホヤホヤ出来たての学士が、やれ深刻だ、やれ神聖だなどと誉める、卑猥で下劣で、そして幼稚で、もう誰一人読むもののない愚小説《ぐしょうせつ》よりは、恐らくずっと面白い小説が出来よう。（三宅青軒『不思議』二五頁、傍点原文）

これは当時の文学が、やたらに深刻さを重視していたことへの批判だ。ひよっこ文学者はクダらない純文学作品になんだかんだと理屈はつけているが、実際面白くないじゃないか、誰が読むんだといった至極まっとうな突っ込みだ。少し面白いのが、青軒も金のために働くのは愚劣だという考え方を持っていたことである。

此処《ここ》の看病婦《かんびょうふ》は総《すべ》て愛の為《た》めに働いて居《い》るので、金の為《た》めに働いて居《い》るような卑劣なものは一人もいない。（同書六一頁）

とまあ、青軒というのはある意味時代に乗っかった人で、先に深刻さを馬鹿にしてはいるが、深刻小説が流行していた時期には、やはり深刻小説を書いたりもしている。このほか、面白い青軒の独白はいくつかあるのだが、きりがないので、拳骨ヒーローに関連するものを紹介しよう。まずは幽霊がいるのかどうかという話である。

近来催眠術《メスメリズム》の実験が大分功《こう》を成《な》して、精神界に於《お》ける理論は余程進んだようだが、併《しか》し耶蘇《ヤソ》［キリスト］の奇蹟は、今尚解釈《いまなおかいしゃ》されない。さァ斯《こ》んな幼稚な人智を以《もっ》て、世に不思議なし幽霊なしと言うが如《ごと》き向《むこ》う見ずの馬鹿議論には、幾等《いくら》馬鹿だッても、われは賛成せぬ。（同書一〇五～一〇六頁）

これは青軒が催眠術に興味を持っていたという事実を表している。もうひとつ、自殺志願者を止める方法についての記述を見てみよう。

投身者《みなげ》を助けようと思うものは、驚いて声を揚《あ》げたり何かしては不可《いけ》ない。又《また》下手な小説に『待てと叫んで抱止《だきと》めたり』などと書いて有るが、どうして叫びでもしたら直《す》ぐ飛び込むそうだ。言わば熟《じゅく》し切《きっ》た柿を取るようなもので、粗忽を行《や》ると、落ちて潰れて仕舞《しま》う。読者諸君よ、よく心得てお置《おき》なさい。(同書一七五頁)

こちらは精神世界の研究を実地に捉えた記述であろう。どちらも現在の感覚としては平凡なものであるが、当時としては最新の情報だ。作品を世に問いながらも青軒は、新しい知識を貪欲かつ中途半端に研究し続け、ついに拳骨ヒーローを誕生させることになる。

いつの間にかおそロシア「今様水滸伝」

ここまでくると拳骨ヒーローの誕生まであと一歩なのだが、「不思議三部作」の後、青軒はひとつの失敗作を書いている。『明治豪傑今様水滸伝』(明治三九年)は明治時代の英雄たちが、最新の科学技術を使い巨悪と戦うといった物語である。青軒の冒険活劇現代物の集大成といった作品なのだが、なにをどうしても失敗作にならざるを得なかったという悲劇的な作品であった。

主人公は車屋の何糞《なにくそ》ッの龍介《りゅうすけ》。とにかく腕っ節が強く、その怪力は百貫(約三七五キロ)の石を投げられるほどである。矢車関《やぐるまぜき》を贔屓《ひいき》するのが月村吟平《つきむらぎんぺい》という男で、先祖から受け継いだ財産を若いうちから巧みに増やし続け、銀座で人道新聞、日本橋に月村銀行を建て、人望がありすぎて自然に国会議員となり、今は平民党の党首となっている。なおかつ文学士であると同時に冒険家でもあり、世界を漫遊し見聞を深め地球通ともいうべき人物かつ庶民の味方で、労働者の慰安のため安息倶楽部《あんそくくらぶ》という施設と、貧乏人の病気を治すための仁天病院《にんてんびょういん》というのも運営している。それだけでなく、見込みのある犯罪者を更生させる活動に熱心で、今川慶三《いまがわけいぞう》という柔術の達人の新聞記者をかくまっていたりもする。要するに「不思議三部作」のヒロインの父親および婚約者をすべてまとめたようなキャラクターだ。

本作の悪人は警視総監舟守《ふなもり》と垣内《かきうち》宰相で、国家との対決が描かれる。悪人たちが贔屓するのは横綱四海波《しかいなみ》だ。正義の人々の一員矢車関は、相撲を始めて三年目の男だが、何糞ッの龍介から「何糞ッ」の極意を教えられている。だから四海波に勝利してしまう。これをきっかけに悪人たちの嫌がらせが始まる。

矢車関の親方、登《のぼ》り龍《りゅう》が横綱四海波たちに殴打され重傷を負う。しかし医学士・露野《つゆの》が治療してすぐに完全体に回復する。月村の娘・瑠璃子《るりこ》は、垣内宰相の園遊会に誘われ罠に落ち、舟守総監が率いる巡査二〇人と力士七人に取り囲まれる。瑠璃子は強い女で、医学知識もあれば、剣術も狙撃もできる。ピアノも弾けば爆裂弾も投げる。『不思議三部作』のヒロインの能力すべてを持つ女である。もちろん彼女も、明治の女ヒーローの一人ではあるのだが、巡査二〇人と力士七人では相手が悪すぎる。劣勢となり自害をしようとしたところに、何糞ッの龍介が登場、手近のはしごを手に取ると振り回し撃退する。この事件で怒った垣内一派の舟守総監と四海波たちは、登り龍と矢車関を罠にかけて隅田川へ落とし溺死させようとするが二人は生還。殺害の景気付けのため開かれた宴会の場へと踏み込み数名を殺害する。

これで月村と垣内の対立は決定的なものになる。絶対的な数と権力を誇る垣内と戦うため、月村は少数精鋭で対抗する。何糞ッの龍介、今川慶三、矢車関や登り竜に加え、占いの達人・白眼子《はくがんし》や、忍術（現在の忍法より泥棒の技術に近い形で描かれている）の名人・忠助《ちゅうすけ》などがメンバーだ。月村は暗殺されそうになるが、白眼子がすべての危機を予知、仲間たちが自転車と爆裂弾で対抗し、最終的には電気をも駆使して舟守警視総監を殺害、いよいよ垣内宰相に罰を与えようとしているといったところでこの物語は終わりである。

これまで紹介してきた青軒作品と同じく、本作でも新しい事象、科学的な知識が織り込まれている。まず本作で活用されるのが自転車で、今川慶三は自転車に乗りつつ拳銃を扱う名人として描かれている。

> 今川は罵《ののし》りつつ、どんな自転車か、なんとした上手か、くるりくるり自由自在に駈《か》け廻《まわ》りながら、拳銃《ピストル》の八面撃《はちめんうち》、『パチーン、パチーン』と続け様《ざま》に三、四発放《はな》って、警吏《けいり》が驚き騒いで逃げ廻るを、『ハハハハハハ、弱虫め、さア附《つい》て来い』と言うより早く、「チチン」と鈴を鳴らし棄《す》て、アッ、一瞬《ひとまたた》きに二三町、洋燈《ランプ》の光はさながら電光稲妻《いなづま》の走るが如く、闇を破って北へ北へ。（三宅青軒『今様水滸伝』五一～五二頁、傍点原文）

今川慶三が助けに来て、新たに込めた拳銃《ピストル》の銃丸《たま》風烈《かぜはげ》しく、其雷光《そのいなづま》のように自転車の速さで、くるりくるりと敵を追いつつ撃靡《うちなび》ける。此《この》自転車の名人には敵も叶《かな》わないで、彼方《あち》

ら此方《こち》らへ逃げ走る。（同書二三四頁、傍点原文）

今川に習い、龍介も瑠璃子も矢車関も自転車に乗って活躍する。自転車ごときでなにを騒いでるんだと思われるかもしれないが、新しいテクノロジーが流行すれば題材としたいのはいつの時代も同じである。例えば明治二二年（一八八九）に黒岩涙香が翻案したボアゴベイ作の『海底の重罪』において、アリバイのトリックは自転車で素早く移動したからというものであった。今から考えると単純すぎて噴飯物だが、当時としてはそれなりに面白いアイデアだったのだろう。『今様水滸伝』が書かれた明治三九年（一九〇九）あたりだと、勢いの良い女学生が自転車に乗り始め、自転車と人力車どちらが便利かと真面目に議論されていたような時代だ。最新の話題というわけでもないが、格闘シーンに自転車を出したというのは物珍しい。

この他、スタンガンの原型や遠隔操作の爆弾、そして日光を取り込む地下室など、最新鋭の武器や設備が登場する。こういった設定があるため、少数精鋭で多数に勝つというストーリーに無理がない。現代人のヒーローとして、それなりの説得力を持たせるのに成功している。

科学知識に関して、本作での解説は少ない。しかし占いについては、多少の記述がある。白眼子の占いが百発百中である点について、作者はこんなことを書いている。

読者は定めし二十世紀の文明世界を馬鹿にした話《はな》しだと、一口に笑い擯斥《けな》さるるであろうけれど、しかし『観相《かんそう》』〔人相占い〕ということは決して馬鹿にならぬ。〔…〕僕は例の物好《ものずき》より其《その》研究をやって見た。〔…〕凡そ人間は、吉にもせよ凶にもせよ其《その》身に起こるべき事柄を前知《ぜんち》して居《い》るものであろうが、只之《ただこ》れを意識仕《し》ないから分からないと言うまで。心の鏡の顔は早くも吉凶《きっきょう》を写し出して居《い》るに違い無い。（同書四二一～四二二頁）

解説になってないといえばその通りだが、迷信でも科学的に解説しようとする態度を見い出すことはできるだろう。

「不思議三部作」における法や政治への怒りはどう継承されているのかというと、『今様水滸伝』で頂点に達している。まずは警察に対する怒りだ。

圧制暴虐なる警視総監は、人を強《しい》て売国奴《ばいこくど》となし、人を強て泥棒の類《るい》とし、人の職を奪い、人の家を壊《こわ》しむ。其例現《そのれいげん》にあり、二人の命を取る位《くらい》は何でも無い事、決して不思議とするに足らぬ。（同書一四七頁）

本当にそんなことがあったのかどうかは分からないが、とにかく青軒が怒っていたということは理解できよう。官能的なシーンでは、こんなことを書いている。

此幕《このまく》あまり写実に過ぎると警視庁の認可六《む》づかしければ略すと仕《し》よう。（同書一二八頁）

待ち合い茶屋〔売春宿〕の描写とはいえ、たいしたことは書かれていない。ちなみにこの時代は作中で、お上の認可が下りませんから割愛《かつあい》致しますといった冗談を登場させても大丈夫な時代ではあった。だからこれは怒りではなく、冗談なのかもしれない。

次は社会に対する怒りで、一ページに渡って延々と書かれているため、要点だけを書いておこう。

・今は武力ではなく筆と舌と金の乱世。
・立法行政司法など、あるだけで意味がない。
・国会議員は金と運動で選ばれる。
・政府に憎まれてしまうと、無実の罪に陥ってしまう。
・嘘はつき次第、悪口は言い放題、弱い者いじめは勝手気儘《かってきまま》。
・大悪人が権力を持ち大威張り。

なにがあったのかは知らないが、とにかく青軒は怒っている。ただかつての日本の娯楽分野では、反骨精神というものが珍重され、とにかく権力には逆らっておけといった風潮が存在していた。だから青軒の怒りというのも、どこまで本当なのかは分からない。例えば〈僕は衆議院に向って『衆愚院』の尊称を奉っている〉と語っているが、本気で語っていたのか冗談なのか、判別しにくい。ただ物語は、政府の転覆を窺うというところで終わっている。青軒、案外

［図4］どう見てもロシアではない（『［明治豪傑］今様水滸伝』口絵、明治39年）

大真面目なのかもしれない。

『今様水滸伝』は物語のスケールが大きく、それなりに面白い。それではなにが失敗なのかというと、途中で舞台が変わってしまうのである。銀座や丸の内、そして隅田川など、地名は日本であるが、突如、〈もとよりこれは日本の事でない。露国〔ロシア〕話だからそのつもりでいて下さい〉〈もっともこれは露国の事で、君主主義の圧政政府だから、どんな乱暴をやるか分かったものではない〉というような文章が挟まれ始める［図4］。

あまりに悪口が過ぎ官吏から警告でも来たのだろうか、いきなりロシアの話だと言い張り出す。いくらなんでも滅茶苦茶で、ロシアに車夫や相撲取り、人相見《にんそうみ》がいるわけがない。もちろん同情すべき点もあって、政府を転覆しようという物語であるのだから、発禁になる可能性がなくもない。さらに『今様水滸伝』は新聞連載小説だ。明治三八年（一九〇五）に「二六新聞」で連載されている。もしかすると一度くらいは、連載中止の憂《う》き目にあったのではないかとも考えられる。フィクションなんだから、問題ないような気がするが、全体が幼稚な社会ではこういうことはままあることでなんとも仕方ない。ちなみに物語の最後の一文は、次の通りである。

噫露《ああろ》国《こく》は忌《いや》な国である。（同書二七九頁）

そして主人公はチョンマゲへ…「拳骨勇蔵」

『今様水滸伝』の後、しばらく青軒は時代物を書き続けることになる。真相は分からないが、現代物には発禁処分のリスクがある。江戸以前の物語であれば、政府の悪口をいくら書いても問題ない。そんな事情もあったのかもしれない。

青軒は現代を舞台にした小説で培った技術を、そのまま時代物で応用する。するとどうなるのか、近代的な江戸のヒーローを描くことができてしまうのである。

ここで第6章の拳骨和尚、近藤鉄郎、島村隼人を思い出して欲しい。彼らの物語には、理屈も思想もなにもない。ただ悪人を殴り付けるだけであった。しかし青軒が生み出した拳骨ヒーロー『豪傑小説 拳骨勇蔵《げんこつゆうぞう》』（明治四〇年）には、一定の思想があり、強さに理屈を有している。

［図5］女装して武士を痛めつける勇蔵（『［豪傑小説］拳骨勇蔵』口絵、明治40年）

拳骨勇蔵とは秀吉の参謀として著名な軍師・竹中半兵衛《たけなかはんべえ》の孫で、不思議な武術を使い、拳骨のみで武士を殴り倒し、火で焼かれても大丈夫だという男で、有り体にいうと化け物だ。米搗《こめつ》き（玄米を搗いて白米にする人）として働いていた勇蔵が、武士を殴ると金持ちが感動して道場を作り、旗本奴《はたもとやっこ》（徒党を組んで無頼の生活をしていた、派手な格好の武士）と喧嘩しながら大名と仲良くなり、最終的には旗本奴を皆殺しにして仙台家の家老になるというストーリーである［図5］。なんだかよく分からないかもしれないが、ストーリーに注目すべき点は少ないので、こんなところで納得していただきたい。

拳骨勇蔵がどの程度の強さかというと、刀を持った数十人を相手に素手で戦えるというくらいのものである。講談速記本の世界では一人で二千人程度と戦う男もいるため、それ程強いわけではないが、現実的といえば現実的、作中で柳生流の達人と試合して、素手で子供扱いしているから、とにかく相当の強さだ。

　これだけでは講談速記本のヒーローとさして変わらない。なぜ勇蔵が強いのか、作者はこんな風に語り出す。

　偖《さ》て読者は、勇蔵の此《こ》の元気と妙術とを、何《ど》うして学び得たか、定めし不思議に思われたであろう、僕が人間にはあるまじき化け物を書くと疑われたであろう、依《よっ》て此処《ここ》に勇蔵の求馬《もとめ》〔作中の登場人物〕に教えた順序を委《くわ》しく記《しる》し、決して化け物の魔術でなく、何《ど》んな人間にも出来得る業《わざ》なることを証明仕《し》よう。（三宅青軒『拳骨勇蔵』一〇五頁）

で、結論はなにかというと、呼吸法である。

　読者よ、勇蔵の腹《はら》を練る術というのは、禅宗坊主の行う『数息観《すうそくかん》』である。（同書一〇七頁）

　数息観とは息を数えて心を統一する修行法で、これを究極にまで極めると〈身体各部の気血を廻《めぐ》らし、所謂《いわゆる》頭《ず》寒足熱《かんそくねつ》が、足の冷たい、時などは忽《たちま》ち暖かさを感じ、持続すれば瞼《まぶた》までが冷たくなって、逆上《のぼせあが》るような憂えはな〉く、さらに〈肺を強くし胃腸の働きを盛んにして、留飲などはドンドン下《さが》って仕舞《しま》〉うという。この呼吸法が勇蔵の強さの秘密というわけだ。大正時代には、岡田虎二郎の「岡田式静座法」[★10]が健康法のひとつとして本格的に流行するのだが『拳骨勇蔵』はその意味では呼吸法の先駆者だ。

青軒は作中で勇蔵の強さの理由を幾度も解説している。

白刃《しらは》の林の中に立《たっ》て平気で居《い》られるとはど何《ど》うした訳か。只生《ただうま》れつきの豪傑である、不思議な人間であると丈《だ》けでは、彼《か》の張扇《はりおうぎ》から叩き出される化け物〔桂市兵衛や荒川熊蔵に類する豪傑たちの意〕になッて、読者は素《もと》よりの事、僕も満足が出来ない。（同書一一九頁）

納得できなければ近代人の読者はもちろん、自分だって楽しめない。だから青軒は幾度も幾度もしつこく粘り強く解説を試みる。例えば刀で戦う時の心得は次のようなものだ。

僕は七八歳の頃に、士《さむらい》の切合《きりあ》いを見た、よくは覚えぬけれど、何でも二間《けん》ばかりの間を

★10—岡田式静座法…明治に座禅がブームとなるが、日常的に行なうのが難しいため開発された。姿勢を正して気合を入れて正座をしながら落ち着いた気分で逆複式呼吸をすることによって、健康になれるという健康法。重要なのは呼吸の部分で、椅子に座って、歩行しながらなど、いつでもどこでも実行できる。瞑想の一種でもあり、天からの啓示が得られるといったオカルティズム的な要素もあった。考案者の岡田虎二郎が四八歳で死亡にしたため批判もあったが、現在でも実行する人がいるくらいに息の長い健康法である。

隔て、睨み合《あっ》て、飛掛《とびかか》って二つ三つ撃ち合わすかと見ると飛逡《とびしさ》る。なんだかカラ活地《いくぢ》のないものであったと思う。詰《つま》り双方共に逆上《のぼせあが》って丹田に力なく、怖《おっ》かな恂《ぴっ》くりで、ふらふらの夢中だから、側には能《よ》う寄らず鉾先《ほこさき》ばかりのせり合《あい》をやるのだ。小鉄《こてつ》〔有名な博徒〕は幾度かの経験でそれを知って居《い》る。其処《そこ》で思い切って飛込《とびこ》み、無造作に結果《やっつけ》るのである。
（同書一二〇頁）

これは理由というより気構えだが、次は力を出す方法を紹介しよう。

読者よ、此戯《このたわむ》れは、柔術家などが素人《しろうと》を嚇《おど》かす手品である。立《たっ》て右の足を前へ少しく踏《ふみ》出《だ》し、ちゃんと姿勢を整え、勇蔵の教えた如《ごと》く腹の力を張《はっ》て試して見給《みたま》え、普通人《ふつうじん》の力でも十二三貫目《かんめ》〔四五、四九キロ〕の目方のものなら、確かに小指で堪《こら》え得《え》られる。左の手が空《あい》ている時は、親指折《おっ》て握り固めると、又一層の力を増すものだ。（同書一五六頁）

正しい姿勢をとれば力が出るというわけだ。試しに、私もこの姿勢をとって、買い物袋に本を何冊か入れて小指で持ち上げてみたが、よく分からなかった。ただ、なんとなく軽く感じるような気はしないでもない。

拳骨で数十人を向こうに回し、倒してしまう不思議な武術はどういうものか、これもしっかり解説されている。勇蔵が道場で平民たちに教える武術はこのようなものである。

袴を穿《はい》て鹿爪《しかつめ》らしくお辞儀をしあって『参る』だの『参った』だの小面倒な挨拶をするのでもなく、襦袢《じゅばん》一挺《いっちょう》だろうが犢鼻褌《ふんどし》一つだろうが一向構わぬ。お辞儀も挨拶も入《いっ》たものならず、唐突《いきなり》一尺五寸の棒を揮《ふる》うて叩き合って、隙あらば飛込《とびこ》んで拳骨を喰らわして、それで勝負のつく埒《らち》の早い術だから、〔…〕（同書五八～五九頁）

つまり作法や儀礼を排した、武器があれば迷わず使う実用一方の武術ということになる。この頃発生した考え方に簡易生活という、生活から虚飾を排するといったものがあった。こんなところにも明治のブームや考え方が反映されているのだから、油断できない。

勇蔵の思想は、「不思議三部作」や『今様水滸伝』で語られていたものとほぼ同じだ。

第9章で詳しく触れるが、明治二〇年代には、三宅青軒は催眠術や呼吸法の研究を開始していた。長い年月をかけ、理屈の通った強さを持つ現代人ヒーローを確立させるために粘り強く調べ続けた。どの理屈も眉つばものに思えるかもしれないが、当時としてはある程度科学的だったし、説明しようという姿勢自体が新しかった。『今様水滸伝』で完成しつつあった現代人のヒーロー像は、時代劇に活躍の場を移して、さらに洗練の度合いを高め、ついに『拳骨勇蔵』に結実した。

もちろん江戸の物語にも制約はある。しかし明治を舞台に権力に立ち向かった『今様水滸伝』のヒーローたちが物語の舞台をロシアに移さねばならなかったことを考えると、勇蔵はずっと自由に活躍できた。こうして江戸生まれながらも、強さに一応の理屈がついている近代的なヒーローが誕生する。

じゃあ、結局のところ、明治生まれの明治人ヒーローは登場しなかったのかというと、そういうわけではない。強さが説明できる近代的なヒーローたちは、後の子供向けヒーローのひな型になる。詳しくは第9章と第10章で触れるが、要は拳骨勇蔵とその子孫は、さまざまなジャンルにおいて、長く愛され、多くの人に影響を与え続けた。彼らが、本章の冒頭にあげたような現代エンタメの主人公たちが存分に暴れまわるために必要な存在であったことを確認して、いよいよ〈明治娯楽物語〉最後のジャンルである〈犯罪実録〉の紹介に入っていくこととしよう。

第8章

〈犯罪実録《はんざいじつろく》〉という仇花《あだばな》

強くない、謝らない、いいことしない犯罪者たち

「紹介するのは気が重い」

〈犯罪実録〉とは、犯罪者の履歴や行動を記録した娯楽物語だ。これまで紹介してきた講談速記本や最初期娯楽小説と同じく、犯罪実録も評価に値しないとされている物語の一員である。まずはその価値の低さを思い出すため、犯罪実録の諸作品に対する最近の感想を引用してみよう。

紹介するのは気が重い。〔…〕話はまだ続くが私の根気がもう続かない。（綿谷雪『近世悪女奇聞』二九二～二九四頁）

筋の運びは不合理に枝葉を広げ、まるで原型とは違うものになっている（同書二九五頁）この期の作品は、芸術的水準が低いと見られるせいか、ほとんど文学史家の考察が及んでいない。（同書三一三頁）

一般にはほとんど問題にされていない。（伊藤秀雄『明治の探偵小説』二五八頁）

知識人は読むのも恥とされていた。（同書四三頁）

価値がないだけに、ジャンル名すら統一されていない。犯罪小説や活劇講談、探偵実話、実話講談、犯罪実話など数々の呼び名があるのだが、ここでは便宜的に「犯罪実録」に統一する。犯罪実録に魅力がないかとはいえば、そうではない。むしろ明治娯楽物語の中では、原型の姿を留《とど》めながら昭和になっても愛されたタフなジャンルだといえる。

犯罪実録に類似したジャンルとして推理小説（探偵小説）がある。犯罪実録の発展形と捉えることもできるので、その歴史についてさらっと確認しておこう。明治に発生した最初期の推理小説は「海外の推理小説を翻訳・翻案したもの」だった。明治二〇年前後には、推理小説ブームが起きている。特に明治二二年（一八八九）は豊作で、黒岩涙香『真ッ暗』『無残』など、謎解きの要素を持つ翻案小説も登場し、意外なところでは幸田露伴が薬品によるトリックを使った『あやしなや』を書いている。これらの作品は一時的にはかなりの人気が出たものの、明治二〇年代の半ばで流行は落ちついてしまう。その後にやってくるのが、犯罪実録の時代だ。

推理小説が低迷した理由のひとつに、当時の読者にとってはレベルが高すぎたというものがある。謎解きだのトリックだのは七面倒臭い、とにかく痛快で面白いものを読ませろという一般層には、あまりウケなかったのである。書き手にとっても、精緻な筋書きを考えるより、犯罪実録を書くほうがずっと簡単だった。こういった事情から、読みやすく面白いうえに、簡単に生産できる犯罪実録がしばらく流行する。そして、明治の第一次推理小説ブームから約三〇年経った大正一二年（一九二三）、「新青年」に江戸川乱歩の短編「二銭銅貨」が掲載される。

乱歩は本作で暗号解読をトリックにした近代的な推理小説を確立したといわれる。純文学の世界でも、大正一一年（一九二二）に芥川龍之介『藪の中』が登場、こちらも推理小説色が強い作品だった。そろそろ読者たちは犯罪実録のレベルの低さに気づき出し、再び推理小説に魅了され始める。

面白いのは、大正時代に犯罪実録が、推理小説に完全に取って代わられたわけではなかった点だ。犯罪実録の復刻本は出版され続け、昭和一四年（一九三九）には、犯罪実録のヒーロー・官員小僧《かんいんこぞう》を主人公にした舞台脚本が書かれている。明治時代の犯罪実録と、大正時代後半以降の推理小説を比べると、品質には雲泥の差がある。それでも犯罪者の物語は読まれていた。なぜ、クオリティの高い発展ジャンルが現れた後も、犯罪実録は人々の心をつかみ続けたのか、犯罪実録の魅力に迫るうちに、その理由が分かってくるかもしれない。

きっかけは毒婦報道

あらためて犯罪実録を一言で説明するならば、「新聞記事を詳しく長く面白くしたもの」である。明治時代、新聞は今よりずっと人気があり、記事が熱心に読まれていた。かつての朝ドラや、今のＳＮＳくらいの人気である。

明治二五年（一八九二）創刊の新聞「萬朝報《よろずちょうほう》」が人気となった理由として、黒岩涙香による小説を挙げることができる。当時としては圧倒的に面白い作品群が掲載されていたため、読者は萬朝報に魅了されてしまう。それと同等の影響力を持っていたのが、事件の記事だ。新聞記事をさらに詳しく大量に読みたいといった需要が発生するのは、自然の成り行きであった。こうして、実際に起きた事件を小説化した犯罪実録が登場する。

実際の事件を物語にする技法は、江戸時代に存在していた。有名な作品に『八百屋《やおや》お七《しち》』がある。八百屋太郎兵衛《やおやたろうべえ》の娘・お七《しち》が恋ゆえに放火をし、鈴ヶ森で火刑に処せられてしまうという物語だ。この放火事件を井原西鶴は『好色五人女《こうしょくごにんおんな》』で物語に仕立て上げ、続いて歌祭文《うたざいもん》（事件や風俗をネタに三味線などの伴奏つきで歌う近世の俗曲）で歌われるようになり、ついには浄瑠璃や歌舞伎にも脚色されている。

さらに江戸の物語には、「毒婦《どくふ》」「悪婆《あくば》」という属性が存在した。彼女たちは芝居や戯作で暗躍する悪い女たちのことで、お家転覆を狙ってみたり、仇討ち、あるいは恋する男のために人を切り殺したりもする。ここでは犯罪にすぐ手を染め、人殺しも厭《いと》わぬ悪い女、くらいに考えていただきたい。

江戸の毒婦として有名なキャラクターに、海坊主がとり憑《つ》いた『妲妃《だっき》のお百《ひゃく》』がいる。お百は子供の頃から聡明で、天文などにも詳しい。やがては京都の遊女となり、主人や旦那を次々に変えながら、毒殺もすれば刺殺もするといった女となる。歌舞伎役者などと密通、吉原の花魁《おいらん》となり、ついには揚屋《あげや》（太夫《たゆう》など高級の遊女を呼んで遊ぶための店）の妻に納まる。その後、秋田藩の家老の囲い者となり、秋田藩佐竹家のお家騒動で毒婦として見事な活躍を見せる。

ただし、あくまでこれはフィクションだ。実際にどうだったのかといえば、頭が良くとても

［図1］吉蔵殺しの瞬間（『高橋阿伝夜叉譚』口絵、明治18年）

モテる女が、男を次々と変えながら出世するうちに、お家騒動に巻き込まれただけの話である。ショボい事実に作者が虚構を加えまくり、楽しめる物語に加工する。こんな江戸生まれの技法が、明治時代にはまだ生きていて、魅力的な女性の犯罪者が登場すれば、すぐにでも転用できる状況だった。

犯罪スター高橋《たかはし》お伝《でん》

明治初の犯罪スターが「高橋《たかはし》お伝《でん》」で、妲己のお百が属する悪婆や毒婦といった伝統的なキャラクターを継承している。彼女の物語は、芝居や映画になっている。現代でも名前くらいは知っているという人もいるだろう。

高橋お伝は上州（現在の群馬県）生まれ、

郷里で結婚するも明治五年（一八七二）に夫と上京する。東京では御家人くずれの男を情夫としながら、身を売って生活していたが、借金がかさんでしまい浅草の宿屋で古着商人を殺害してしまう［図1］。裁判は二年余りにわたり、殺人強盗として、明治一二年に、市ヶ谷刑場で斬首刑に処された。これは日本で実施された最後の斬首刑だ。

これがお伝の犯罪のすべてで、ドラマにもなんにもならないような話である。しかしながら死の数ヶ月後には、仮名《かな》垣《がき》魯《ろ》文《ぶん》による『高橋《たかはし》阿《お》伝《でん》夜《や》叉《しゃ》譚《ものがたり》』、河竹黙阿弥《かわたけもくあみ》による『綴合《とじあわせ》於《お》伝《でんの》仮名《かな》書《ふみ》』といった作品が続々と出版され、舞台化されている。運が良いのか悪いのか、お伝は書き手の想像力を刺激する要素を持っていた。たとえばお伝は美人だとされており、その美人が剃刀《かみそり》で人を殺すという事件自体に衝撃があった。なにより大きかったのは、お伝が商人を殺害した後に現場に書き残した手紙である。これを現代文に訳すと、次のような内容だ。

> 五年前、この男に姉を殺害され、私まで身を汚されてしまいました。無念の日々を送っておりましたが、本日ついに姉の仇討ちをすることができました。姉の墓前でこのことを伝えた後、自首をいたします。決して逃げ隠れするようなことはいたしません。このことを警察署にまでお届けください。（仮名垣魯文『高橋阿伝夜叉譚』一四五頁、著者による現代文訳）

逮捕された後も、お伝はさまざまな物語を語った。当時の捜査は、自白を主としていたため、裁判は長く続き、新聞はお伝の告白を報じ続けた。記事を見た書き手が、さらなるエピソードを付け加える。やがて実父も夫も恋人も、お伝に殺されたということになるのだが、すべては虚構だ。そんなこんなで、お伝は稀代の悪女となってしまった。

高橋お伝は、犯罪実録における最初の大きなムーブメントだった。お伝の流行に乗って、毒婦ものの犯罪実録が次々に登場し、人気を博す。やがて毒婦にかぎらず、犯罪者を主人公とする読み物の時代が到来する。

そもそも、なぜ犯罪者が物語の主人公になれたのか？

思うに、明治は秩序のない時代だったからである。

秩序というものは、滅茶苦茶な行動から起きるトラブルを、解決する過程で作られていく。こういう風にすれば、トラブルは起きないだろうという約束ごとが秩序というものだ。最初期とは秩序を得るために、次々に起こるトラブルを解決していく時代でもある。

基本的に正義の味方は、秩序を守るために存在する。しかし明治期の人々や社会は、ヒーローに守ってもらうほどの秩序を持ってはいない。そんな秩序なき時代には、魅力ある型破りな人間たち、つまり犯罪者が主人公になりえた。このあたりの感覚はおいおい分かっていただけると思う。

それに加えて明治の人々は、犯罪者たちの行動や心理を垣間見たいという欲望を持っていた。そこで「新聞の事件記事を詳しく長く面白くしたもの」を、物語にしてしまうという技法が発生する。江戸時代には事実にフィクションをくっつけて、物語を長く面白くする技術はすでに確立されていた。そのうえで、新聞記事や講談速記本が作り上げた文体を活用する。こうして書かれたのが犯罪実録だ。新聞記事をもとに書かれた比較的正確なものもあれば、女海賊が大暴れする完全なフィクションまで存在している。

犯罪実録のイデア「稲妻強盗」

犯罪実録はさまざまな技術が使われているだけに、その内容はかなり幅が広い。その実態を理解するために、最初に『報知新聞探偵実話稲妻強盗《いなづまごうとう》』（前後編、明治三二年）を紹介してみたい。

本作の前半では稲妻強盗こと坂本慶二郎《さかもとけいじろう》の少年時代の悪行や、青年期の強盗修業時代、親類縁者のエピソードなどが描かれる。後半では、慶二郎の犯罪の履歴が延々と紹介される。製作したのは報知新聞（現在の「スポーツ報知」）の探偵部（明治三一年創設）。一応取材のプロが組織プレーで取材しただけあり、当時としては丹念に犯罪を追っている。雑で荒っぽい奴が暴れて人に迷惑をかけ続ける様子が、精度の高い取材によりどうでもいい情報も含めて次々に出てくる奇妙な書物になっている。ただし、実際に読んでみると実に面白い。詳しく長い新聞記事を読みたいという読者の欲求に応える理想の犯罪実録でありながら、明治の一般的な犯罪実録とも異なる、近代化されつつも、まだ未成熟で荒っぽい明治という時代にしか存在しない書物だろう。

それでは詳しく内容を見ていこう。通称稲妻強盗、本名坂本慶二郎は、明治時代の強盗だ。

一日に四八里（一八七キロメートル）走るといわれた健脚を持ち、比較的広い範囲で強盗をしていたことから、稲妻強盗と呼ばれるようになった。生まれは茨城県の新治郡中谷村大字大岩田六七番地、なんでそんなことまで分かるのかというと、『稲妻強盗』に書かれているからだ。住所はもちろん、家族の実名や年齢も記述されている。〈長男芳松（三十四）二男松次郎（三十）三男福松（二十六）〉といった具合だ。現在の感覚からすると、明治の人権意識は荒っぽい。

雑なのは人権意識だけではない。報知新聞探偵部は強盗の親も強盗、兄弟も泥棒、親類縁者の女も売春婦あたりだろうと勝手に見当をつけ、〈此父《このちち》にして此子《このこ》あり〉といった調子だ。もちろんそんなわけがないのだが、明治の人々はなんでもすぐに決めつけてしまうという習性を持っているのだから仕方ない。

少年慶二郎はというと、成績は優秀だが人格は破綻していた。一二歳で小学校を退学、その後他人の家から無断で金を持ってきて、匕首《あいくち》を購入する。後に報知新聞探偵部の調査によって、匕首というのは誤りで刃渡り一二センチの西洋ナイフだったという事実が判明するも、実にどうでもいい情報だ。とにかく慶二郎は、刃物で友達を脅し金を奪うことによって、小遣いに不自由しなくなる。

慶二郎はあまりに暴れすぎたため、他の家へと奉公に出される。他人の家で働かせれば、少しは大人しくなるだろうという父の目論見であった。しかし悪童は、腹を立てると金を盗んだり放火する性質を持っていた。燃えてる家を見て〈ヤア奇麗だ奇麗と言手《いいて》を拍《う》て悦《よろこ》び居《い》る〉ような感性の持ち主だ。強盗としては優れた人材だが、奉公には向いていない。

怒ると金を盗んだり、放火をする人間と同居するのはリスクが高すぎる。どんな人格者でも雇ってはいられない。というわけで慶二郎は村に戻り、一応は百姓として働き始めるのだが、趣味は歩いている人の脛《すね》を棒で打《ぶ》ん殴り、〈苦《くるし》み悩むさまを見て笑い興ずる〉ことである。当然ながら村じゅうの嫌われ者だ。しかし気に喰わないことがあれば刃物を振り回し殺しにやってくるため、誰も文句が言えない。こんな奴が近所に住んでいたら最悪だろう。

慶二郎が一七歳になると、三味線や法螺貝にあわせ、歌祭文を歌い銭を乞う芸人となり、半年あまり今の千葉県、群馬県あたりを歩きまわっていた。これで地域の事情に詳しくなる。村に帰ると博徒と行動するようになる。丁よ半よと博打をし、負けたら村内の家に無断で入り金を奪う。その金でまた博打をする。いろいろあって逮捕され、刑期を終えて出てくると、また博打、負けると盗むといったことを繰り返す。盗めば金が手に入るのだから、博打なんてしなくてもいいような気がしないでもない。

慶二郎が子供時代からあまりに気軽に泥棒をしたり、人を殴ったり刺したりすることについて、疑問を持つ人がいるかもしれない。実は彼にはある目論見《もくろみ》があった。三年後の明治二二年（一八八九）には国会が開かれる。そうすると恩赦〈刑罰権の全部または一部を消滅、もしくは軽減させる制度〉で無罪になるだろう……と考えていたのである。

どうせ恩赦で無罪だからと、正々堂々盗んでいく人物が近所で生活していればかなり迷惑である。慶二郎の嫌われっぷりも相当なもので、彼の故郷では次のような子守唄が流行していた。

畑に地しばり〔草の名〕、田に蛭藻《ひるも》〔草の名〕、岩田〔慶二郎の住んでいる地域〕に慶二〔郎〕が無けりゃ好い（『稲妻強盗』前編、四五頁）

子守唄を聴いた慶二郎は、俺も悪い方面ではずいぶんと偉くなったものだと喜んでいる。物は盗む、刃物を振り回す、人を火や水で苦しめるといった悪行に、流石の村人たちも我慢の限界だ。手に負えない糞馬鹿野郎を逮捕してもらおうという気運が盛り上がり、犯行の証拠集めをする人間も現われる。怒った慶二郎は証拠集めの首謀者と、ついでに前々からムカついてた知人二名を刺して村から逃亡する。

その後なんだかんだで逮捕され、とうとう北海道送りとなる。村の人々が良かった良かったと安心してると、慶二郎は余計なバイタリティとコミュニケーション能力を発揮、当時のスター犯罪者、現代でも脱獄の達人として有名な五寸釘《ごすんくぎ》の寅吉《とらきち》と友達になり脱獄に挑む。一度は失敗するもまたも余計な学習能力を働かせ、寅吉から脱獄ノウハウを学び再び脱獄にチャレンジ、無事成功し故郷へと舞い戻ってくる。

稲妻強盗は、少年時代から躊躇《ちゅうちょ》なく刃物で人を刺すことができた。祭文読みとしての活動で、故郷周辺の地理や人間関係にも詳しい。さらに脱走の過程でサバイバル術まで身に付けてしまい、ここに完全体の稲妻強盗が誕生してしまう。

犯罪、犯罪、また犯罪

　ここから本格的に稲妻強盗の犯罪が始まり、新聞記事が長くなったような内容が続く。まずは稲妻強盗による〈田中村の殺人〉を紹介しよう。明治三一年（一八九八）の七月一九日の午前一時頃、千葉県の醤油屋に稲妻強盗が侵入した。まずは手近にあった一升枡で、龕灯《がんどう》（今の懐中電灯のようなもの）を作る。

　侵入した家にあるもので手早く龕灯《がんどう》を作るというのは、稲妻強盗の特技のひとつだ。今と比べると明治の夜はとても暗い。光の確保は、強盗を有利に進めるため必須であった。

　主人の寝所へ行くと、蚊帳の四隅を切って落とす。金を出せと主人を脅すと、逃げる素振りを見せたため、左の肋骨のあたりを刃物で刺して殺害してしまう。女房を脅して金を回収、握り飯を六個作らせると風呂敷に包む。主人の死骸を指差し〈この病人は突き傷で重いから、今夜中に手当をしてやれ。俺も都合が良くなったらどうでもしてやるから〉と言い捨て立ち去ったという。

　やってることは完璧に強盗であり、金を盗み人を殺す最低最悪の人間ではあるものの、死骸を指差し〈この病人は突き傷で重いから、今夜中に手当をしてやれ〉という発言はなんとなく面白い。

　ちなみに稲妻強盗は、強盗をした家でかなりの量の飯を食う［図2］。

　基本的に仕事を終えてからゆっくり飯を食うのだが、場合によっては犯行前にも飯を食う。

［図2］飯を食う稲妻強盗（『稲妻強盗　前編』口絵、明治32年）

これは北海道で脱獄した際に、なにも食わずに三三日逃亡した経験から来ている習慣で、稲妻強盗は空腹の恐ろしさを知っていた。

この犯罪者の特徴として、もうひとつ、事前調査を徹底してやるということがある。家族構成や住人の特徴を調査した後に、仕事にかかる。例えば剣術が得意な主人がいる家で仕事をした時には、まず主人を縛り上げ手首を切り落としている。家の間取りもだいたい把握しており、犯行前には逃げ場所を確保する。今となってはなんでもないようなことではあるが、明治の犯罪者としては慎重であった。

読み物としての魅力の一つに、〈この病人は突き傷で重いから、今夜中に手当をしてやれ〉に類する犯行先での会話がある。明治三一年八月一〇日午前二時頃に、とある荒物屋に押し入る。いつものように龕灯《がんどう》を作り、二名の小僧さんを叩き起こす。金のある場所に案内しろと脅してはみたが、残念ながら主人は留守である。小僧には金がどこにあるのか分からない。仕方なく当日の売上金だけ懐に入れ立ち去ろうとしたところ、もう一人の小僧が寝ながら稲妻小僧の刃物をじっと見ている。稲妻強盗は〈この小僧は度胸のいいやつだ。俺の弟子になるかハハハ〉と打ち笑い、〈俺が身上〔財産〕を持ったら礼に来るよ〉とふざけながら立ち去ったという。またある時には、身体が大きく度胸のいい主人が素直に金を出すと上機嫌となり、〈お前は博徒みたいだ。博打は打つのか？　人を殺したことはあるのか？強盗くらいはしそうだな〉などと会話をしている。

　もちろん彼は強盗で、人も殺せば女に乱暴もする。それでもまだまだ物語の技法が乏しく、善悪があいまいだった明治においては、魅力的に映っていた。素早く龕灯《がんどう》を作るという特殊能力と一日に四八里走る健脚、そして愉快な会話、明治の娯楽物語の主人公としてはなかなか出来が良い。主人公もなにも実在する犯罪者じゃないかと思うかもしれない。しかし当時は娯楽の少ない時代だ。特徴のある犯罪者は、ヒーロー扱いを受けていた。稲妻強盗も、そんなヒーローの一人であった。

三回の善行

　悪逆非道の稲妻強盗だが、三回だけ良いことをしている。

初めて逮捕された時のことである。釈放され家に帰る途中、囚人服を着た父親が道路工事している姿を目にする。近所の世話役に話を聞くと、父親は博打で捕まったという。これを聞き、懐に入っていた一円で菓子を買うと、そっと父親に渡す。これで善行は終わり、その足で小松山という土地に潜伏、五日後には金一〇円を強奪している。

ふたつめは、千葉の旅館に宿泊していた時のことである。酌婦《しゃくふ》（お酌のほか、状況によっては売春もする職業）を相手に酒を飲みながら、身の上話を聞いていると、どうやら昔世話になった博徒の姪っ子であるらしい。稲妻強盗は、五円で身請《みう》けをしてあげるとともに、六円の小遣いを渡し、博徒のもとへと送り届けてやった。善行が終わったその翌日には強盗に入り、子供の腿《もも》にナイフを突き立て、髪を捕み引きずり回している。

最後の善行。荒物屋で仕事をしたついでに、米屋さんに押し入った時のことである。米屋で金を奪おうとすると、主人が男泣きに泣く。この金を奪われてしまっては、明日から仕事ができない。せめて子供の小遣いだけでも置いていってくれ。涙ながらに語る主人に同情し、それならと荒物屋で奪った金を米屋に施す。稲妻強盗は侵入時に戸を外していたのだが、米屋の主人が寒いので戸を閉めてくださいと頼むと、戸を修理して逃亡する。会話も面白いし、戸を律儀に修理していくのも味がある。

以上が善行のすべてだ。よくよく考えてみると、善行ではないような気がしないでもないが、たまには良いことをするという事例である。こういったわずかなエピソードを頼りに読者は稲妻強盗をヒーローとして記憶していた。

ただし、いくら人気があり、たまには良い事をするとはいえ、実際に家に来られたらたまったものではない。結局のところ稲妻強盗は逮捕され明治三三年二月に絞首刑に処されている。めでたしめでたしといったところであろう。

以上、『稲妻強盗』を詳細に紹介してきた。その無茶苦茶な行動が単純に笑えてくるが、考えてみれば、死人が出ているのに笑えるというのも変な話だ。しかし行動やセリフに突っ込みを入れながら読むと、面白くて仕方がない。

力作であり傑作といってもいい本作だが、犯罪実録がしきりに復刻された大正から昭和初期にかけて、再出版されることはなかった。当時の新聞文体で書かれていたため後年の人には読みづらいものだったこと、取材のアウトプットを吐き出そうとするあまりに起伏に乏しかったことなどが挙げられる。そのためか品質は高いにもかかわらず、復刻はされず歌舞伎や流行歌になることもなかった。

とはいえ『稲妻強盗』は、当時の読者が持っていた欲望を満たしたのは事実で、犯罪実録の傑作として恥ずかしくない作品だ。このような作品がさらに洗練されていけば、日本の犯罪ノンフィクションが、現在よりもさらに充実していた可能性もあっただろう。

ショボい、ゆえに身近

稲妻強盗は豪傑ではない。一般人に限りなく近い存在だ。彼がどのようなスキルを持っていたのか、おさらいしてみよう。

・健脚である。
・地理に詳しい。
・事前調査をする。
・高速で龕灯《がんどう》を作れる。
・空腹の恐しさを知っている。

どれも、江戸時代までの主人公たちが持っていた格闘や武道、驚異的な腕力や戦術といった一騎当千レベルの能力とは異なり、せいぜい個性や特技といったところだ。ショボいといえばショボいが、身近な感じもする。この身近さこそが、稲妻強盗の魅力であると同時に、犯罪実録の特徴でもある。

講談速記本の世界の主人公は、超人的な力を持つヒーローであり、江戸以前のキャラクターの延長線上にいた。一方の犯罪実録では、稲妻強盗以外にも江戸以前ではありえない特殊技能を持つ犯罪ヒーローたちが活躍をしている。伊原青々園『小説火の玉小僧』（大正四年）の主人公・

［図3］放火をした後に火消しに変装する火の玉小僧（『［小説］火の玉小僧』口絵、大正4年）

西條浅次郎《さいじょうあさじろう》は、不動明王の申し子であるとされている（「小説」とされているが現実の事件であるため犯罪実録として扱う）。不動明王が犯罪者というのも変な話だが、火の玉小僧の特殊技能は火を自在に操ることができるというものだ。ただし、指先から火を出すような大仰なものではない。マッチが一本あれば、湿った薪《まき》でも燃やすことができるという、火の扱いに慣れている程度の地味なもので、鉄や水に火を付けたりはできない［図3］。

　犯罪実録のヒーローたちの能力は、縄抜けや水泳、変装など現実的なものばかりだ。ところが平凡な技能を持ち込んだことによって、かえってキャラクターにリアリティや親しみ、ストーリー上の工夫が生まれた。これが犯罪実録による娯楽文化へ与えた大きな貢献と言ってもよいだろう。

それでは平凡な能力しか持たない犯罪者たちは、物語の中でどのような活躍をしたのか。次は傑作ではなく、平均的な労力で書かれた凡作『閻魔《えんま》の彦《ひこ》』を紹介していく。

史上最低の主人公「閻魔《えんま》の彦《ひこ》」

犯罪実録の主人公は犯罪者である。魅力的な犯罪者を作り出すためには、作者によるさまざまな加工が必須であった。

ところが作者が実直な人物であったり、技術的に未熟であったりすると、あまり加工されていない犯罪者が動き出してしまう。偶然に偶然が重なると、主人公が一度も良いことをしないうえに、卑怯者で人間のクズ、死ぬ時までも見苦しいといった怪作が完成してしまう。

魅力のない主人公として完璧な男がいて、それが埋木庵『探偵実話《たんていじつわ》閻魔の彦』(上中下、明治三四年)の主人公・閻魔《えんま》の彦《ひこ》だ。本当になんの魅力もない男で、特殊能力もほぼない。一般人より多少は度胸がある程度のキャラクターだ。

稲妻強盗もそうであったように、犯罪実録に登場する犯罪者たちは、凶悪犯であったとしても一つくらいは良いことをする。娯楽物語なのだから、多少なりとも主人公は愛されなくてはならない。犯罪者だけど少し良い人にしておこう、そんな脚色が施されるのが普通である。ところが閻魔の彦は、一回たりとも良いことをしない。

『閻魔の彦』は、上・中・下に分かれる大長編である。初読の際には、一度くらいは格好の良いところを見せてくれるのだろうと期待しながら読み進めていたのだが、驚いたことに最初から最後まで、閻魔の彦、作中で彦兄《ひこあに》ィと呼ばれているので敬意を称し彦兄《ひこあに》ィとしておくが、彦《ひこ》兄《あに》ィは本物の人間のクズであった。あまりに魅力がなさすぎて、逆に面白くなってくるくらいである。主人公の魅力のなさは珍しいものの、犯罪実録としては実に普通の水準だ。良くも悪くもない。標準的な犯罪実録のサンプルとしても適当だろう。

ちなみにこの作品〈序文〉で、そのあらすじが結末まですべて書かれている。今だと冒頭でネタバレなんてことは考えられないが、当時はあらかじめストーリーを知っていたほうが、読み進めるのに便利だろうといった感覚が存在していたため特段珍しい話ではない。原文は文語体なので読みなれない人もいるだろうから、とりあえず序文の現代文訳を書いておく。

閻魔の彦は、神田橋本町の炒り豆屋の重助の孫で苦味走った美男子だが、性質は凶悪である。関東や信濃、名古屋大阪でスリや窃盗、強盗などを繰り返し、東京に帰ると薩摩原《さつまっぱら》の警官を惨殺し、囚われて死刑となる。芸妓《げいぎ》の小春は閻魔の彦の妾《めかけ》になったことで、波瀾万丈の人生を送ることとなり、最後には北海道の函館で恋愛関係のもつれから人を殺し、逃亡しようとしていたところを警察に取り囲まれたため、護身用の拳銃で喉を撃って自殺してしまった。その他、貧困に苦しむ親孝行な子供や、貧乏に泣く老人、時には義侠の人も登場するという実話である。（埋木庵『閻魔の彦　上巻』序文、著者による現代語訳）

ここで注目すべき点は、閻魔の彦が苦味走った美男子であるという点である。作中にもこの記述があり、閻魔の彦は格好が良くてモテるという設定だ。あとは閻魔の彦がなにをしようが、苦味走った美男子なのだからということで読者はなんとなく納得してしまう。そんな馬鹿なと思われるかもしれないが、明治の読者はその程度の感覚で読んでいたのだから仕方がない。

彦兄《ひこあに》ィの本名は鴨下彦太郎《かもしたひこたろう》、一七歳でスリとなる。しばらくは博打をしていたが、二〇歳を過ぎた頃に公娼取締規則（公の営業許可を得ていない娼婦業を取り締まる規則）が施行される。これを知った彦兄《ひこあに》ィは、ある商売を思いつく。私娼のいる無許可営業の売春宿を歩きまわり、警察に言い付けるぞと脅して金を集めるというものである。彦太郎を無視すると、本当に警察を連れて店までやってくる。これでは商売あがったりだから、仕方なく売春宿の主人たちは彦太郎に金を払うようになる。当時、私娼窟は地獄と呼ばれていた。彦兄《ひこあに》ィは地獄の取締役だというわけで、「閻魔の彦」というニックネームになった。以上のように我らが主人公彦兄《ひこあに》ィは、弱い者には強いという特徴を持つ。

さらに彦兄《ひこあに》ィは、すぐに仲間を裏切る。先に書いたように、閻魔の彦はスリであった。しかし売春宿に警察を連れていくためには、警察と仲良くしておく必要がある。というわけで警察の手下となり、スリ仲間を売りまくる。

これにとどまらず、売春宿に身分のある客が遊びにくると、ノコノコ出て行って、金をよこさなければ警察に言い付けるぞと脅すといった行為にもいそしんでいる。正しく完全体のクズ

［図4］男らしい強盗巡査（『閻魔の彦　上巻』口絵、明治34年）

野郎、史上最低の主人公である。

彦兄ィ《ひこあに》に良いところはあるのか？

警察に言いつけるという卑怯な手段で金を稼いでいた彦兄ィ《ひこあに》は、夫が監獄送りとなったため売春宿で働き始めた女を妾《めかけ》にする。監獄送りになった夫の職業は巡査で、彼は見回りのついでに制服を着たまま強盗を繰り返していた。強盗後も押し入った家の周辺を、制服を着たまま歩いていたため、悪事が露見して逮捕される。短絡的な馬鹿ではあるが、堂々とした態度で彦兄ィ《ひこあに》より好感が持てる［図４］。

閻魔の彦が妾とした強盗巡査の妻と酒を飲んでいると、高利貸の婆さんがやってきて、散々悪口を浴びせかけ帰っていった。これに腹を立てた閻魔の彦兄ィ《ひこあに》は、婆さんが眠っている隙を狙って殺害、ついでに金を奪って東京から逃げ出してしまう。もちろん妾にした女は放置である。

彦兄《ひこあに》ィは、逃走中に偶然にも、今まさに泥棒を働いた男と出会う。男とはまったく無関係の彦兄《ひこあに》ィだったが、なぜか分け前を払えと殴りかかる。しかし男をよくよく見ると、体格が良く実に強そうだ。怯えてしまった閻魔の彦兄《ひこあに》ィが刃物を振り回すと男は降参、その後しばらくは兄弟分としてともに仕事を続けることになる。しかし彦兄《ひこあに》ィは兄貴分らしいことをまったくしない。男やその知人がお膳立てした犯罪を手伝い、分け前をもらうだけである。

閻魔の彦はその後も犯罪を繰り返す。ただし基本的に一人でできることはスリのみだ。強盗などの大掛かりな犯罪は、首謀者の手伝いをするのみ。このあたりのスケールの小ささも、閻魔の彦の魅力のなさに寄与している。

旅の途中で弱そうな男が女と逃げているのを発見、男から金を奪い女を強姦する。その後もさまざまな犯罪を繰り返しているうち、とうとう閻魔の彦は逮捕されてしまう。監獄で出会った囚人の話から、かつて強姦した女は義理の妹だったことを知る。その事実に驚いた閻魔の彦は、なぜか母親に会いたくなり脱獄をする。どういう理屈で母親に会いたくなったのか、感情の流れが荒っぽすぎてまったく理解することができない。ともあれ脱獄に無事成功、逃亡先でスリなどしているうちに母親のことは忘れてしまう。

そんなある日のことである。偶然にも彦兄《ひこあに》ィが売春宿で活躍していた頃に、街で評判だった元芸者の小春が役人の妾になっていることを知る。小春は美しい女である。そんなわけで旧悪

［図5］小春に土下座させ、自分は土下座してるんだかしてないんだか分からない彦兄ィ
（『閻魔の彦　中巻』口絵、明治34年）

をバラすぞと小春を脅しつける。小春も閻魔の彦の人格の最低さは知っていて、このクズなら本当にバラすんだろうなと諦め、肉体関係を持つこととなる。

その後、小春の策略で男を騙し金を奪おうとするも、逃亡中にヤクザに捕まり失敗、彦兄ィ《ひこあに》は土下座で謝罪、とにかく男としての魅力が皆無である［図5］。

ヤクザに許してもらい、実家に帰るために東京へ。そこで親孝行の妹が高利貸から責められていると知る。義侠心のある小春がその危機を救うのだが、彦兄ィ《ひこあに》は隠れているというていたらくである。とにかく閻魔の彦は、良いことをしない。知り合いの世話になってばかりで、読んでいてもイライラしてくる。

その後も各地を転々としながら、ショボい犯罪を続けていたが、金を貢いだ悪女に捨てられた彦兄《ひこあに》ィは激怒した。女が北海道にいると知り、女を殺すために旅費を作ることを決意する。手段は強盗、見事に金を奪うもその帰り道に巡査荒木《あらき》三郎《さぶろう》に尋問される。焦った彦兄《ひこあに》ィはダッシュで逃亡、それを追う巡査、彦兄《ひこあに》ィは卑怯にも塀の後ろに隠れ、隙間から刃物を出して巡査を刺し殺す。

奪った金で北海道へ向かい、女を殺せると喜んでいた彦兄《ひこあに》ィであったが、ひょんなことから妾としていた強盗巡査の妻と再開したことで猛省し、警察に自首をする。余罪を誤魔化すため偽名を使い死刑を免れる。監獄に入った彦兄《ひこあに》ィは、なぜか毎晩恐い夢ばかり見る。恐い夢を見るのが嫌すぎるため彦兄《ひこあに》ィは脱獄に挑戦、看守の刀を奪い取り暴れ出す。調子に乗った彦兄《ひこあに》ィが看守を切り殺そうとするが、看守の中に剣の達人の上田《うえだ》馬之助《うまのすけ》がいた。馬之助は駆けつけると、彦兄《ひこあに》ィを一刀のもとに斬って落とす。これで彦兄《ひこあに》ィは死亡。最後の最後まで弱い者には強く、強い者には弱い男であった。

セレブ出演が人気の秘密

閻魔の彦兄《ひこあに》ィには人間的な深みもなく、やっていることは密告やスリ、あるいはこそ泥であり、犯罪者としてのスケールも小さい。物語のストーリーも特に面白いものではない。現代人の読み方では価値のない作品だということになってしまう。しかし明治の人々は、こんな物語を面白がって読んでいた。

［図6］巡査に惚れた小春（『閻魔の彦　上巻』口絵、明治34年）

　この作品の魅力がどこにあるのかといえば、脇役たちである。物語前半では、板垣退助の息子が買春をして逮捕されそうになったり、沖縄県知事として近代化を専制的に推し進めた奈良《なら》原繁《はらしげる》が登場したりする。本筋には関係ないが、事実ではあり新聞記事より詳細に書かれている。一つの物語になるほどでもない新聞ネタを、サイドストーリーとして組み入れているというわけだ。

　文化的な出来事にも記述はおよぶ。ある時期、小春はとある巡査に惚れていた［図6］。それを仮名垣魯文が「東京絵入新聞」の「寝娘じゃらし」欄で記事にしたという記述がある。

　さらには摺鉢山で途方に暮れている小春の姿を、月岡芳年《つきおかほうねん》★1が絵に描き、三遊亭円朝が歌をつけ、軽妙洒脱な文章で知ら

［図7］小春を描く月岡芳年たち（『閻魔の彦　中編』口絵、明治34年）

れた南新二《みなみしんじ》が讃《さん》を添えたといったエピソードも紹介されている。本当にそんな絵があるのかどうかは知らないが、単純に面白い話ではある［図7］。

いくども書いてきたように、閻魔の彦は人間のクズである。超人的な能力も持っていない。しかし作中にはなかなか魅力的な人々が登場する。閻魔の彦の妹がチンピラたちに因縁をつけられている際に、颯爽と登場するのは浅草並木通りにあった料理店・河枡《かわます》の主人である。なぜ河枡の主人が突然登場するのか謎だが、当時は強きをくじき弱きを助ける男の中の男として知られていたのかもしれない。知り合いがテレビに出ているような感覚で、読んだ人もいたことであろう。

小春という芸者も一種のヒーロー扱いされている。男と心中しようとしている閻魔の彦の妹に救いの手を差し延べ、好いた男と結婚させるため奔走する。

閻魔の彦に卑怯な手段で刺し殺された巡査荒木三郎も、当時は有名な人物だった。彼は刺されながらも凶漢を追い続け、一三ヶ所の傷を負うまで戦い続けた。荒木は英雄視され、その死後に石碑まで建っている（佐藤平次郎『明治碑文集』明治二七年）。

彦兄ィ《ひこあに》を斬って捨てた上田馬之助も実在の人物、撃剣家として有名だった。

肝心の彦兄ィ《ひこあに》に関しては実在したのかどうかは不明で、恐らく何人かの犯罪者と、定番のエピソードや芝居がかった台詞《せりふ》を組み合わせて作り上げた架空の人物だと思われる。主人公の正体は不明、脇役が実在の人物というのも不思議ではあるが、かつてそういう時代があった。そしてこの時代には、主人公の魅力に頼らずとも、読ませることができる技術が確立されていたということでもある。

『閻魔の彦』を、閻魔の彦が活躍する物語として読んでしまうと、いかにもつまらなく、価値もなにもない作品である。しかし当時に生きていた話題の人々が登場するエピソード集として認識し、文章に目を走らせていると、それなりに夢中にさせられ、気付いたら時間が過ぎている。『稲妻強盗』とよく似た読書体験だ。異なるのはメディアミックスしている点で、『閻魔の彦』は講談や映画になっており、特に書生芝居★2でしきりに演じられていた。そこそこ人気が

★1——月岡芳年…一八三九〜一八九二。幕末から明治前期の浮世絵師。江戸の人。本名吉岡米次郎。一二歳で歌川国芳から浮世絵を学び、洋画も学び、美人画や歴史画、明治に入ると新聞挿画なども描いた。

［図8］情報量が多すぎるためなにしてるんだか分からない（『紫美人　後編』口絵、明治34年）

あったということなのだろう。

作品の価値を計るというのは実に難しい。『閻魔の彦』と同じ年、松居《まつい》松葉《しょうよう》によって『紫美人』（上下、明治三四年）が書かれている。松葉は劇作家で、大きな人名辞典には掲載されているような人物だ。『紫美人』は修業時代に書かれた作品でありながら、素晴らしく出来が良い。紫色に変色してしまった不気味な美人の死体をめぐる推理小説で、優秀な探偵が主人公だが犯人による隠蔽工作や、権力志向の同僚から妨害を受け捜査は難航する。探偵をサポートする藪睨《やぶにら》みで口が割けている前科五犯の不良少年と被害者の双子の妹など、登場人物も魅力的だ。文語体で古めかしい作品ではあるが、今でも普通に楽しめる［図8］。一方の『閻魔の彦』は、卑怯者の閻魔の彦兄《ひこあに》ィがヤクザに怒られて土下座をしているだけで、比べてみると物語の水準がまるで違う。

しかし明治の娯楽物語としては『紫美人』はまだるっこしい。なぜまだるっこしいのか、当時の読者たちの多くは「あの場面を読みたいから読む」からである。彼らは練りあげられたストーリーよりも、エモいシーンを望んでいた。『紫美人』は推理小説的な作品であり、複雑な物語や断片を頭の中で整理し犯人を推測しなくてはならない。それよりその場で完結する煌《きら》めく断片を読みたい人々が、まだまだ明治には生きていた。

明治に一度本格的な推理小説が登場するも、その流行は長続きしなかったことはすでに書いた。当時の出版状況を見てみると、この事実がよりよく分かる。

明治二六年（一八九三）に出版された書籍のうち、国会図書館に収蔵されている犯罪実録は二件、探偵小説は四一件と推理小説が強かった。ところが明治三三年から明治三五年にかけては、犯罪実録は三三件、推理小説はというと、わずかに七件である。推理小説は一時的にブー

★2―書生芝居…明治二〇年（一八八七）に保安条令発布が発布され、政治演説への風当たりが厳しくなり、演説がダメなら演劇だというわけで書生芝居が発生した。歌舞伎に対して一定の知識を持つ書生がする芝居、剣術が出来る書生がいたり、素人なりに大声を出したり、素早く動いたりするため、庶民に大ウケだった。書生芝居と同じ時期に、文士劇も登場している。こちらは文士が芝居をするというもので、初の文士劇の脚本は江見水蔭が書いている。演劇を改善するついでに、小説の地位を向上させようという目的があった。書生芝居、文士芝居ともに、歌舞伎よりも現実に近いとされていた。このあたりも明治人にウケた理由のひとつだろう。

ムになるも、急速に人々に飽きられてしまったことが分かるだろう。

事実、『紫美人』の角書《つのが》き（ジャンル名や副題に当たる。本書では二列にして表記している）は、上巻では「探偵小説」（＝推理小説）だったが、下巻は「探偵実話」（＝犯罪実録）と変更されている。『紫美人』という優れたフィクションですら、犯罪実録に擬装しなくてはならなかった。こういう時代が、かつて確かに存在していた。そしてそんな時代にあっては、『紫美人』より『閻魔の彦』のほうが好まれた。

川で暴れる「海賊房次郎」

ジャンルの最初期は、レベルの高い作品より、凡作や出来の悪い作品のほうが愛されることがままある。犯罪実録では、読み手に負荷の大きい本格推理小説よりも、単純でノッペリした作品、それも事実を描いた犯罪実録のほうがウケが良かった。

そして出来の悪い作品たちは、意外にも長く愛された。火の玉小僧に隼《はやぶさ》小僧、夜嵐《よあらし》おきぬやピストル強盗、海賊房次郎《ふさじろう》と官員小僧に強盗士官……。いうまでもなく犯罪実録の主人公は犯罪者だが、作品が面白すぎたため、今でいう芸能人のような扱いになってしまった者もいる。恩赦などで社会復帰した犯罪者の中には、寄席で己《おのれ》の体験を語る者もいた。彼ら犯罪ヒーローたちの中から、超一流のスターであった「海賊房次郎」と「ピストル強盗」を紹介しておこう。

犯罪実録中、最も有名な作品は鏗爾《こうじ》生《せい》・編『探偵実話 海賊房次郎』（明治三一年）である。〈重な

左［図9］着崩した房次郎
右［図10］芝居っぽい化粧をしている房次郎、当時の有名な役者の似顔絵であろう
（『［活劇講談］海賊房次郎』口絵、大正9年）

る悪事の数々は高瀬伝馬につみきれぬその名は荒波房次郎《あらなみふさじろう》〉という歌の一節は、かなり有名であった［図9・10］。

『海賊房次郎』の物語は、恋から始まる。二之江《にのえ》村の船乗りの息子房次郎は、地主のお嬢さんと淡い恋に落ち、順風満帆の人生を送っていた。しかしある夜のこと、問屋から預かった二七〇両を賊に奪われてしまう。この危機を助けてくれたのがお嬢さんの父親であった。恩を返すため、房次郎はお嬢さんとの別れを余儀なくされる。房次郎はこの事件を境に、世の中腕ずく力ずくだと考えるようになり、金に復讐するためあちこちの川に出没しては海賊行為を働く。水上警察が房次郎を捕らえようとやっきになるが、得意の潜水で逃げ切る日々を送る。再会したお嬢さんは、結核を患っており、やがて亡くなってしまう。さらに二代目高橋お伝と呼ばれた女、貞女《ていじょ》お福《ふく》との三角関係など、悲愛や恋愛のもつれが描かれる。

『海賊房次郎』は、講談や浪花節、芝居や映画になっている。出版されたのは明治三一年（一八九八）あたりで丘虹二監督により映画化されたのは昭和五年（一九三〇）のこと。実に三〇年以上愛され続けた。

房次郎の人気は相当なもので、別作品にゲスト出演までしている。先に紹介した『稲妻強盗』にも顔を出していたし、『活劇講談五寸釘寅吉』（大正七年）では、五寸釘の寅吉が北海道の監獄で、房次郎に脱走の相談を持ち掛けている。すでに房次郎は改心しており、申し出を断わる、という展開だがこれは実話ではない。ストーリーに房次郎を出す必然性は薄く、ただの読者サービスだろう。

ここで『海賊房次郎』が、どの程度まで実話なのか検証しておこう。清の政治家李《り》鴻章《こうしょう》襲撃事件で有名な小山《こやま》六之助《ろくのすけ》（豊太郎《とよたろう》）は、獄中記『活地獄《いきじごく》』（明治四三年）に房次郎との会話を記録している。『活地獄』で房次郎は、〈海などでは、白銅一ツ取ッた事は無い〉と憤っている。さらに、悲哀も純愛もなかったと語っている。つまり『海賊房次郎』は、ほとんど嘘で物語が構成されているといった結論になってしまう。

ただし房次郎は、確かに実在する人物であり、潜水が得意というのも事実である。講談速記本と同じく、実話ではないが、まんざら嘘でもない……という物語だ。

海賊房次郎の盗みというのは、川につながれた舟に忍び込み、金品を奪うというもので、警察に見つかれば川へと飛び込み逃げてしまう。これが海賊なのかと首をひねってしまうが、実のところ明治の海賊像は、現在のイメージとはかけ離れている。当時の新聞記事から、海賊に関する事件を拾い上げてみよう。

・木津川で金生丸が海賊の被害を受ける。（「東京朝日新聞」明治二〇年七月一日付）
・京橋で所有する末吉丸で、海賊が荷抜きを働く。（「東京朝日新聞」明治二八年七月四日付）
・畑清次郎が大浜の沖合でタコ釣りをしていると、海賊にスイカ包丁で脅され財布を奪われる。（「東京朝日新聞」明治二〇年八月一九日付）

明治時代には、川の貨物船に忍び込み盗みを働くのも海賊なら、荷抜きも海賊、タコ釣りのおじさんを脅しつけ財布を奪うのも海賊とされていた。『海賊房次郎』も、主な犯行現場は川であり、房次郎自身が作中で〈海賊と言ったって入海より内で海賊よりも河泥棒と言ったほうがよいくらいなケチな仕事だ〉とまで言っている。

その一方で同じ犯罪をするのであれば、日本人から財産を奪うより、海の上で外貨を奪って富国強兵に貢献するほうが男らしい、といったなんとも妙な価値観も明治には存在していた。ただしこちらはあくまで理想であり、明治の海賊たちは、七つの海を股にかけて……といったイメージとはかなり乖離がある。今でいえばコンビニ強盗くらいのものであろう。かつて日本は水運が栄えており、今より船はずっと身近であった。コンビニがいなくなれば、コンビニ強盗もいなくなってしまう。日本のショボい海賊たちも、水運の衰退でほぼ絶滅してしまった。

日本初の映画の主人公「清水定吉」

無名氏『探偵実話《しみずさだきち》清水定吉』（明治二六年）では、タイトルロールであるピストル強盗・清水定吉にスポットライトは当てられない。むしろ警察官の苦悩が描かれている。

明治一五年（一八八二）、ピストルを使った強盗が、都民を恐怖のどん底に陥れていた。若き警察官の小川他吉郎《おがわたきちろう》は情熱のあまり、ピストル強盗を捕縛すると宣言したところ、生意気な野郎だと同僚から憎まれてしまう。張り込みの場所がないと、真冬の夜、川に潜んでいると、居眠りで川に落ちたのだとチクられてしまい、退職に追い込まれそうになる。それを助けたのが、維新前から岡っ引きをしていた岸岡十松《きしおかじゅうまつ》というベテラン探偵であった。十松に励まされて小川は、ピストル強盗逮捕にますます打ち込む［図11］。

しかしピストル強盗定吉は一筋縄ではいかない男で、盲人の按摩《あんま》に化け日々を送るという用心深さである。

自宅には龕灯返《がんどうがえ》しの壁（壁と床が九〇後ろに倒れる仕組み）があり、ちょっと真ん中のしきりを押せば、隣の部屋に逃げられるようになっていた。庭の板塀にも細工が施され、押せば抜け穴が出てくる。警察に踏み込まれた時の用心として、鎖を引けばすべての部屋の戸が閉まる仕組が用意されている。自宅に設置した回転する壁や鍵などの仕掛けは、警察に踏み込まれてしまった時点であまり役に立ちそうにないが、自宅の改造を楽しんでいるような節もあり、一種のマニアであったのだろう。

とにかく定吉はなんともいえない魅力の持ち主で、かなり面白いキャラだが、その行動や心情は明治の人々にとっては複雑すぎだ。当時の人が感情移入したのは、熱血の小川巡査であった。定吉は夜道で偶然小川巡査に遭遇、格闘となる。小川巡査は刺されながらも定吉を捕え、後日死亡してしまう。現実の世界でも小川巡査は殉職、彼を讃《たた》える声は高く、浜町堀に名を冠した小川橋がかけられることとなり、現在も碑が建っている。

［図11］変装して調査にあたる小川巡査（『［明治・大正］犯罪実話集　清水定吉・稲妻お玉』挿絵、昭和4年）

ちなみに、日本で最初に撮影された劇映画は定吉がモデルの『ピストル強盗清水定吉』（明治三二年）で、キャッチコピーは、〈日本初のピストル強盗清水定吉〉となっているが、定吉以前にも銃を使った犯罪者は多く存在していた。宣伝のための煽り文句だと思われる。ちなみに定吉の映画は、映画関係者の家の庭で撮影されている。もっと適切な場所がありそうなものだが、面倒くささが先行してしまったのだろう。

「世に盗人の種は尽きまじ」

講談速記本における正義の味方は、ほぼ全員がチョンマゲを結《ゆ》っていた。チョンマゲというのは、秩序のあった時代の風習だ。秩序のある時代なら、正義寄りのヒーローが成立する。正義の味方を描くために、一から創作しようと思う人もいたが、混沌の明治から現代人のヒーローを創造するのは難しい。このあたりの奮闘は第6章と第7章で書いた通りだ。

そことは別の場所で、正義の味方の代用として悪人を活躍させるという方法を選択した人々もいた。秩序のあった江戸を懐かしむ一方で、明治という無秩序の時代に立ち向かわなくてはならない……。創作者たちはそんな苦悩の果てに、犯罪者をヒーローに仕立て上げる。

時代が進むにつれ、徐々に悪党ではなく、彼らを捕まえようとする探偵や警察に光を当てた作品が増えていく。清水定吉に殺された小川巡査もその一人だ。犯罪実録は、現実にありそうな特殊能力を持つキャラクターや犯罪に関するルポルタージュ、または悪人伝説として、その影響を現代に残している。有名な怪盗石川五右衛門は〈石川や／浜の真砂《まさご》は／尽きるとも／世に盗人の種は尽きまじ〉と詠《よ》んだ。明治の犯罪者たちもまた現代に息をひそめて潜伏している。

本章まで、「明治娯楽物語」を構成する三つのジャンルを解説してきた。三ジャンルの成果が、なんとなく現代ヒーローにつながっていることを感じてもらえたことだろう。次章から現代のエンタメ作品には欠かせない忍者、そして子供ヒーローが確立していく経緯を追っていく。

第9章

忍者がやりたい放題するまで

忍者復活の影にアメリカの怪力女あり

ヒュードロドロは古臭い

明治娯楽物語が生み出したキャラクターの中で、のちの世で最も有名になったのが忍者である。現代でも忍者の人気は絶大で、主人公として活躍する漫画作品だけでも『カムイ伝』『あずみ』『NARUTO－ナルト－』『忍たま乱太郎』と豊作で、人によってはあれがない、これがない、と一言いいたい気持ちになることだろう。

現代のフィクションで流通している忍者像が、どのように確立したのか、それを説明しようというのが本章の目的だ。

犯罪実録のスタイルをまねて最初にネタバレしておくと、古臭かった江戸の忍術と忍者は、リアルや理屈を好む明治人向けに現実的な存在に変じる。だが、ある概念を導入することで再び不思議な力を取り戻したうえ、映画を経由することで、ついに忍術使いは説明なしに空を飛ぶようになる。かくして忍者がやりたい放題になる、という内容だ。かえってわけがわからないかもしれないが、ともかくそういう流れである。

まずは、江戸の忍者がどんな存在だったかを確認しておこう。

ものすごく大まかな書き方をすると、大きなカエルを出してヒュードロドロというような人物が江戸の忍者だ。荒唐無稽でふしぎな技を出す邪悪な存在で、妖術使いと呼ぶほうが適切だろう。第4章の『緒方力丸物語』でも触れたように、有名忍者の児雷也ですら明治の時点で、古臭くて面白くもないキャラクターになっていた。事実、明治以降の忍術と江戸のヒュードロドロとは違うということが、多くの作品で主張されている。次に引用するのは大正一二年(一九二三)の講談速記本だ。

権「オヤオヤこれは驚いた。お前さんは察するところドロドロをやりますね」雪「ドロドロと云へば……」権「ヘッヘヘヘ、不識顔《しらばく》れる所ではございますまい。先刻《さっき》私がお前さんの胴巻《どうまき》〔財布〕を引き抜いて帰ろうとする所を捉《つか》まったが、その時に盗った胴巻きがいつの間にかお前さんの手許へ戻っている。その上、今度は私の胴巻きも巻き上げられた。どう考えてみても、普通の人のする事じゃない。お前さんは女でも魔法を使いますね。ドロドロをやりますね」これを聞くとお道は目に角を立てて、道「コレなんでお前はそんな失礼なことを云うのじゃ。このお嬢様はな、武芸十八般に渡っておられて、今巴《いまともえ》という異名を取っておられるのじゃ。魔法なぞとは汚らわしい。サア早くお帰り馬鹿者めッ……」

(春江堂編輯部・編『〔忍術漫遊〕戸澤雪姫』七八頁)

男が雪〔戸澤雪姫〕に、財布を盗んだと難癖をつけている。そのときに二度も持ち出すのが〈ドロドロ〉という擬音である。お道という登場人物が、魔法なぞとは汚らわしいと怒っているのにも注目したい。怪しげな忍術はもはや魔法同然だった。

江戸の物語の世界で蝦蟇《がま》の幻術を使う人物は、たいてい邪悪な悪者だった。児雷也の他にも天草四郎や石川五右衛門、天竺徳兵衛《てんじくとくべえ》も蝦蟇や妖術を使う悪人であった。江戸の物語では悪人がヒーローとしても活躍すること、そもそも蝦蟇の妖術の発祥が中国であることなど検討すべき点も多いが、ここでは深入りはしない。とにかく江戸の物語の流れを汲む講談速記本でも、やはり忍術は邪法扱いだった。明治の人々は理屈に合わないことを嫌う。邪悪なうえに、理屈でも説明できないのだから、児雷也のような古いタイプの忍者たちが、明治の世で正義のヒーローになれるはずもなかった。

変身をあと二回残している

明治に描かれた正統派忍者を見てみよう。まずは、明治三六年(一九〇三)に書かれた玉田玉秀斎・講演『真田幸村諸国漫遊記』から。

真田家の家来、例の猿飛佐助《さるとびさすけ》は、何時《いつ》の間にか花房志摩《はなふさしま》の後《あと》に廻《まわ》り、物をもいわず鼻をグッと摘《つま》む(玉田玉秀斎・講演『真田幸村諸国漫遊記』四八頁)

〔真田〕幸村「これなる忍術つかいの猿飛佐助に命じ、あらかじめ其許等《そこもとら》〔あなたたち〕の挙動を探らせたのである」三〔花房志摩の弟三左衛門〕「道理でわれわれ三名が話して居《い》るところへ、姿は見えねど鼻を摘《つま》む者あり、または耳を引張《ひっぱ》る、髷《まげ》を掴む、合点行《ゆ》かじとぞん

ぜしが、偖《さ》ては忍術の大名人猿飛氏でござったか」（同書五四頁）

ガマガエルも出さなければ、雲にも乗らない。猿飛佐助はその姿すら消してもいない。闇に紛れて相手を混乱に陥れている。これより古い『真田幸村』（明治三四年）には、猿飛佐助ではなく知名度ナンバー2の霧隠才蔵《きりがくれさいぞう》が登場し、より現実味のある活躍をしている。

真田幸村が腹心の郎党にて忍術《しのび》の名人駒ヶ嶽《めいじんこまがだけ》の大仁坊《だいにぼう》、霧隠才蔵をもつて石城の三里先《さ》きは日《ひ》の目峠《めとうげ》というのがある。是れへ上方の軍勢が押し寄せるといふ噂《うわ》さを、此《こ》の界隈の農民《ひやくしょう》どもへ流言をいたしたものでございます。（田辺南鶴『真田幸村』三五頁）

幻術を使って敵を追い返すわけでもなく、木の葉隠れで身を隠すわけでもない。敵地周辺に潜入させ、噂によって相手陣営をかく乱させている。実際、現実の忍者は、ヒュードロドロと音が鳴るような奇術は使わなかった。情報収集・工作活動に従事する間諜（スパイ）のような存在だ。だからこの描写は、かなり史実に近い。児雷也的なキャラクターは息をひそめ、理屈に合う、現実的な仕事をするのが明治の忍者だった。

ただしこの現実路線の忍者はまだ第一段階だ。忍者はあと変身を二回残している。

オカルトブーム到来

講談速記本に派手な忍術が登場するためには、ある知識が必要だった。玉田玉秀斎・講演『豪勇無双鬼丸花太郎《おにまるはなたろう》』（明治四二年）では、忍者の花太郎に忍術について解説させる場面がある。質問しているのは、家康を幾度も救った男・大久保彦左衛門《おおくぼひこざえもん》だ。

彦〔大久保彦左衛門〕「花太郎、其方《そのほう》は忍術とかを習《なろ》うて奥儀《おくぎ》を会得したと申して参ったが、其《その》忍術と申すは如何《いか》なる事ぞ」花〔鬼丸花太郎〕「恐れ入りまするお尋ね、此《この》法は事秘密《ことひみつ》でございまして、素《もと》より他人に語る事は出来ませんが、以前《もと》異国より渡りましたる神変不思議《しんぺんふしぎ》の秘法にて、全く御法度《ごはっと》の切支丹《きりしたん》なぞとは違いまする〔…〕」（玉田玉秀斎・講演『鬼丸花太郎』六八頁）

忍術は〈異国〉から渡った〈神変不思議の秘法〉という記述がある。この秘法とは何か。種明かしする前に、明治時代に起きたちょっとしたオカルトブームについて触れておきたい。オカルトと忍術になんの関係があるのか、不思議に思うかもしれないが、これも明治の混沌ゆえだ。次に紹介するのは明治末期の新聞記事だ。

●透覚と光線の関係

▽注目す可《べ》き新実験　▽物理学上の大問題

京都大学文科にては過日《かじつ》同大学哲学科三年生三浦恒助《みうらこうすけ》氏を丸亀市に派遣し千里眼《せんりがん》長尾《ながお》いく子の能力を実験せしが其《その》成績実におどろべきものあるより今回《こんかいの》同大学にては愈《いよいよ》千里眼に対する根本的解決を与えんと松本文科大学長及び心理専門の松本（亦《また》）博士中心となり医科理工科両大学の諸博士よりも各意見を徴《あらわ》し心理生理物理の各方面より参酌《さんしゃく》したる実験物を作成し三浦氏をして再び実験せしめたるが三浦氏は二十二日之《これ》を以《もっ》て実験し実に驚く可《べ》き新事実を得たり。（「東京朝日新聞」明治四三年一二月二四日付）

明治時代、千里眼や透視、そして念写能力を持つ長尾いく子さんという女性が世を賑わした。そのいく子さんの不思議な能力に京大の科学者が挑んだという記事である。現代では大学が超能力に関する実験を行い新聞が記事にするという状況はあまり考えられないが、明治は不思議を不思議のまま放置せず、理屈と科学で解釈しようという気運が強かった。

明治期に嫌われたものの一つに迷信がある。西洋に追いつくため、当時の人々は合理的になろうとしていた。もちろんその萌芽は、維新前にすでにあった。本草学《ほんぞうがく》経由で博物学に触れている人々もいれば、江戸の思想家たちは限られた知識でなんとか世界を合理的に解釈しようと奮闘した。もう少し明治寄りならば、福沢諭吉が合理性を好み、迷信や過去の因習を嫌ったことも有名である。福沢は子供の頃からお札を尻拭きに使ったり、神様として信仰の対象になっている石に向かって立ち小便をし、崇りがないことを確認しては喜んでいた。そのような合理性や理屈が、庶民に広がっていったのが明治という時代である。

そんな時代にオカルトに光が当たり、不思議な現象であっても解説できるのであれば納得しようという流れが生まれる。江戸由来の妖しげな忍術もまた合理的に理解したいという人間が現れ始める。

明治三六年（一九〇三）、佐々木九平という人物が『催眠術実験の成績』という本を書いている。佐々木は序文で、催眠術が〈最近本術〔催眠術〕の治療上、教育上、悪癖矯正上其他《そのた》各種の方面に非情の効果あることの認められし〉と書いている。本書の眼目は書いてある通り催眠術を使った治療だが、〈治療以外の面白き精神作用〉として〈幽霊〉〈狐狸《こり》の憑依〉と一緒に〈幻術と忍術〉があがっている。その項を少し読んでみよう。


幻術とは一つの術者が各種の方法に由《よっ》て、人を催眠状態の如くならしめ、其者《そのもの》に幻覚と錯覚とを起《おこ》さしむるなり。〔…〕忍術一に隠身術とも云う、之《こ》れ亦《また》術者の魔力と思えども、然らずして対者〔術をかけられたとされる相手〕の主観的作用に他ならず。即《すなわち》対者の彼《か》の人は忍びの術に巧《たくみ》なりと思う一念より、彼の身体は見えぬと確信したる為《た》め、自己の覚官に錯誤を起せしに外ならず。（佐々木九平『催眠術実験の成蹟』一五九〜一六〇頁）

忍術は魔力によるものではなく、〈主観的作用〉によって感覚を狂わせるものに過ぎないと書かれている。つまり、「忍術とは催眠術である」ということだ。

こうして圧倒的な能力を持つ忍術を、物語のなかに登場させるお膳立てがようやく整う。再度『鬼丸花太郎』から引用をしてみよう。

尤《もっと》も此《この》忍術なぞと申しまするのも、ただ今の時世から申しまするとゝ別に不思議なことではムい《ござ》ません。唯今《ただいま》西洋諸国で頻《しき》りに研究をいたして現に行《おこの》うて居《お》りまするメスメリズムと申しまして、日本では之《こ》れを催眠術と云《い》い、この法で以《もっ》て眠らして置いて自分の死んだ親に遭《あ》わして遣《や》るとか、此《この》大阪に居《い》ながら旅順口《りょじゅんこう》に軍艦が何艘碇泊《なんそうていはく》して居《お》るということを聞きますと、本人が眠りながらに其《そ》れに答えまするという、実に一寸《ちょっと》考えまするとは甚《はなは》だ不思議千万なことでございまするが、道理上別に不思議なことはないのじゃそうでございまする。（玉田玉秀斎・講演『鬼丸花太郎』七〇～七一頁）

花太郎が〈神変不思議の秘法にて〉とボカしていた忍術の仕組みについて、作者自身がこれは催眠術だとはっきり言い切ってしまっている。

催眠術という新知識が輸入されることによって、忍術は現実に起こり得るリアルな存在へ生まれ変わる。究極にまで催眠術を洗練させれば、姿を消して火の幻覚を見せ、敵を混乱に陥れることも可能だと、当時の創作者も読者たちも考えることができるようになった。こうして忍術使いという新しいタイプのヒーローが登場した。

忍術は催眠術であるなんて理屈は、現代人の感覚では、どうでもいいようなこじつけでしかないだろう。しかし明治人たちにとっては、重要なことだった。すでに何度も明治人の真面目さについて触れてきた。現実にありえることでなければ、製作者も読者も安心をして物語の世界で楽しむことができないという事情が明治にはあった。

嘉納治五郎vsアボット嬢

いくら知識が普及したところで、それを作品に反映させるためには長い時間がかかる。催眠術が普及し始めたのは明治三五年あたり、講談速記本で忍術使いが主人公になるのは明治四〇年に入ってからだから、約五年のタイムラグがある。加えてあくまで仮定の話になるが、生活に追われ熟考する暇がない講談速記本の創作者たちが、忍術＝催眠術という理論を物語に導入する余裕はなかったと私は考えている。では誰がそれをしたのか。第7章で近代的ヒーローを作り出すことに成功した三宅青軒である。その三宅青軒に忍者研究のきっかけを与えたのは意外な人物だった。

その人物はアニー・メイ・アボット、通称アボット嬢という、怪力で名をはせた米国人女性だ［図1］。男数人を持ち上げ、手のひらで押さえつけた椅子は何人がかりで押してもびくともしない、そんな怪力術の見せ物で知られていた。アボット嬢は明治二八年（一八九五）に来日。同年一〇月三一日付の各新聞によると、日本での興行中、講道館を設立した柔術家・嘉《か》納治《のうじ》五《ご》郎《ろう》と弟子の富田《とみた》常次《つねじ》郎《ろう》、そして医学博士の丸尾《まるお》文良《ふみよし》が彼女のトリックを見破ったらしい。治五郎たちは嬢の怪力を、合気の術と催眠術だと解釈している。この結論が正解なのかどうかは、今となっては分からない。

実は当時、世界中の人々がアボット嬢の怪力の秘密を見破ろうしていた。動物電気や催眠術、磁気の力などさまざまな議論があった。学術雑誌でも議論になり、トーマス・エジソンも「これは電力ではないか」と推測したりしている。

だから当時の日本人は、嘉納治五郎率いる講道館の快挙に対し、西洋人にも分からないことが日本人に分かったのだと喜び、アボット嬢の怪力解明は一つの快挙になっていた。

［図1］1899／明治32年頃のニュージーランドの新聞に掲載されたアニー・アボット（「The Bartitsu Society」より）

三宅青軒 vs アボット嬢

講道館の人々と医学博士がアボット嬢のトリックを暴いたのと同じ時期、実は三宅青軒も力比べで彼女に勝利している。明治三〇年（一八九七）の書籍『名士の笑譚』から引用する。

●三宅青軒怪力婦人を倒す
青軒居士《せいけんこじ》三宅彦輔《ひこすけ》、青年小説家中、

才筆を以《もっ》て現《あら》わる、〔明治〕廿《二十》八年の秋、怪力婦人アボット嬢、米国より我国に渡来し、神田《かんだ》錦輝《きんき》館《かん》に於《おい》て奇芸を興行し、何人にても出でて力を角《かく》せしむ、〔…〕居士、一日此芸《このげい》を見物し、熟々《つらつら》嬢の態度挙動を注意し、〔…〕全く動物電気の作用に外《ほか》ならずと、直に舞台に出で、無念無想、満身の力渾《す》べて之を両眼に凝注し、『えい』と一番、アボット嬢の持てる椅子を押すや、俄然として正気を失す、暫くにして我に返《か》えれば己は進むてと数歩、而《しか》して嬢はこれに勝《た》へずして後《しりえ》に退却したる也、青軒己の勝てるを知るや、意気昂然として壇を降りぬ。（吉井庵千暦『名士の笑譚』四〇～四一頁）

明治二八年（一八九五）の秋、来日したアボット嬢の興行中のことである。怪力の原理を動物電気だと見破った若き日の青軒は、いきなり壇上に飛び上がるとアボットの持つ椅子を無念無想の境地で押した。なぜかとつぜん正気を失うものの、我に返ってさらに数歩分押す。アボット嬢は我慢できずに後退してしまった、という話である。原理が分かったから、力比べに勝利できるというのも不思議な話ではある。ただ青軒が雨柳子名義で書いた『粂《くめ》の平内《へいない》』（明治三八年）の中で、〈柔術でいうところの合気の術、いわゆる動物電気の作用である〉とアボットの怪力の原理を主張しており、本人にとってはかなり感慨深い出来事だったのだろう。

青軒はアボットとの力比べに勝利した時期から、催眠術や千里眼、丹田呼吸（下腹部の筋肉を利用した呼吸による健康法）の研究にのめり込んでいる。その研究を活かし、動物電気柔術の使い手や、火を自在に操る由井《ゆい》正雪《しょうせつ》の娘・荻江《おぎえ》などさまざまなキャラクターが青軒の小説世界には登場する。青軒の『英雄小説菊水正吉《きくすいしょうきち》』（明治四一年）の主人公は、アボット嬢と同じく力技の見せ物興行で金を稼ぎ、司馬遼太郎のごとく作中で青軒自身が怪力を出す秘法を解説している。

オカルト研究の結果、いよいよ青軒は日本で最初に合理的な忍者キャラを創作する。その記念碑的作品が『豪傑小説桔梗丸《ききょうまる》』（明治四二年）である。青軒は次のように忍術の解説をしている。

> 読者よ『忍術』とは何《ど》んなものか、詰《つま》らぬことをいふと排斥《けな》し給《たも》ふな、此《この》秀吉時代には盛んに行われ、『甲賀の忍び』と呼《よ》んで探偵上必用の物となッて居《い》たのである。尤《もっと》も一子相伝極秘だと神文血判《しんもんけっぱん》の上《うえ》伝授するだのと、厳しい掟があったので、其《その》法術は世に公《おおや》けにされず、又《また》多くは口伝として授《さず》けられ肝腎《かんじん》の事は伝授の巻物にも記されていないので、可惜《あったら》ら術は無念にも滅びて仕舞《しまっ》たが、作者の考《かんが》うるところに拠《よ》れば其奥義《そのおくぎ》は『飯綱使《いづなつか》い』と呼《よん》だ即《すなわ》ち今の催眠術で、しかも非常に発達していた魔法であったろう。（三宅青軒『桔梗丸』一〇九頁）

〈飯綱使い〉とは霊的な小動物を使い、予言や占い、怪奇現象を巻き起こす人々で、ねずみを使った忍術などに類する技だ。もう少し青軒による忍術の解説を見てみよう。

> さア、此《この》忍術とは何《ど》んな事をするか。読者よ、催眠術の暗示を施すのである。『眠れ』と、命ずる代りに、訳の分からぬ呪文を唱えるのだ。（同書一八七頁）

日本の催眠術は眠るまいと思う他人、即《すなわ》ち敵をも眠らすのだ。（同書一九二頁）

青軒は桔梗丸の中で、いくども忍術とは催眠術だと解説する。青軒がどこから「忍術＝催眠術」を引っぱってきたのかは不明だが、私が調べた範囲では、小説のなかで忍術を催眠術だと解説したのは青軒の『桔梗丸』が最初である。

新説にタダ乗りする講談師

青軒が発明した催眠術使いの忍者は、講談速記本の世界に輸入される。講談師たちは三宅青軒の小説を、講談速記本化してしまっているのである。玉田玉秀斎の講談速記本『豪傑明智光若丸』（明治四二年）は、青軒の『桔梗丸』を、そのまま講談口調に直したものだ。

もともと立川文庫の創作者たちは、三宅青軒を好んで講談速記本化していた。『粂の平内』は、玉田玉秀斎・講演『豪傑粂の平内』（明治四三年）、そして『鳥さし胆助《きもすけ》』という第10章で紹介する作品は、玉廼家雀燕『慶安豪傑鞍馬大助』（明治四一年）として速記本になっている。許可など取ってはいないが、青軒も講談速記本を参考にして、読者が読みやすい「通俗の講談文体」を作り上げているのだから、ここはお互い様だとしておこう。

立川文庫の創作者たち、つまり山田一族の特徴として、とにかく仕事が丁寧という点があげられる。盗作するにしろ、新しい要素をつけ加え物語を膨らませる。結果、オリジナルの物語より面白くなることがある。時には品質が下がることもあるのだが、努力は忘れない。この作業によって彼らは小説の技術を自然と習得し、物語のバリエーションを増やし、忍術を科学で説明する術を身につける。

こうして立川文庫の面々は、青軒の作品を書き直すことで、忍術とは催眠術だという解釈を知ることとなり、忍術を作中で自由に使うお墨付きと能力を手に入れる。まとめると、江戸の古臭い忍者や妖術ではなく、現代にも通用する忍者キャラを初めて作ったのが三宅青軒、それを洗練させて応用し活用したのが山田一族だ。

理屈っぽい本格忍者「鬼丸花太郎」

玉田玉秀斎による『豪勇無双鬼丸花太郎』（明治四二年）を改めて紹介しよう。本作は現代の忍者に必要な要素をすべて持っていた。火や水の幻覚を見せ大軍を食い止め、姿を消し城に忍び込んでは人を眠らせる。オーソドックスながらも、現在の忍者像と比べても見劣りしない。さらには暗い過去を持ち、単独でスパイ活動をしたあげく悲劇的最期を迎えるという、忍者物に欠かせない非情な運命も用意している。

鬼丸花太郎の生い立ちから物語は始まる。大名である藤堂高虎《とうどうたかとら》のもとに、絹枝《きぬえ》という女中が仕えていた。この二人が関係を結び、二人の間に子供ができる。高虎の正妻は嫉妬から妊娠中の絹枝を追い出してしまう。悪い時には悪いことが続くもので、江戸へと向かう旅の途中、絹枝は悪侍の試し斬りに遭ってしまう。そこへ偶然にも通りかかったのは、柔術の達人・渋川《しぶかわ》伴五郎《ばんごろう》だ。伴五郎は得意の柔術で、悪侍たちを打ちのめす。登場するのはこの場面だけ。ワンシーンだけのゲスト出演だ。遅れてやってきた大久保彦左衛門、笹尾喜内《ささおきない》が手当てするも、時すでに遅し、絹枝は息絶えていた。ところが斬られた腹から、赤ん坊の鳴き声がする。伴五郎たちはびっくり仰天、この赤ん坊こそが本編の主人公・鬼丸花太郎である。切り腹から産まれるというのは、当時としては不浄の身の上とされた。

『カムイ伝』『あずみ』『NARUTO－ナルト－』にも見られるように、暗い過去を持つ主人公というのは、忍者物語の特徴の一つだろう。子供向け特撮番組の『怪傑ライオン丸』(主人公の志士丸は忍者剣士)ですら、過去に両親を失なっている。大正時代の子供向け講談速記本に限ると、表向き名乗ることはできないが、実は大名の息子であるといった「出生の秘密」を抱えた忍術使いは珍しくない。鬼丸花太郎の設定が、後々まで受け継がれているのだろう。

江戸に帰った大久保彦左衛門たちは、世話好きな一心太助ともに赤ん坊を養育する。彦左衛門と太助は相談し、立派な侍になれるようにと、鬼丸花太郎を上泉伊勢守秀剛の元に送り、剣術の修業をさせることにした。上泉の道場で、花太郎は塚原卜伝とともに修業をする。

ここまでで登場している主要登場人物は、渋川伴五郎や大久保彦左衛門、一心太助に上泉秀綱、塚原卜伝と、他作品で活躍している豪傑ばかりである。このように講談速記本において主人公クラスの人物が、別の作品に登場し活躍をすることは多い。いわゆるスターシステムというやつだ。

鍛錬の結果、剣の腕は免許皆伝、卜伝にも勝るとも劣らぬといったところ、武芸十八般すべてに通じている上に、伊賀流忍術の達人小金井団左衛門《こがねいだんざえもん》から忍術を授けられる。鬼丸花太郎が使う忍術というのは、火や水の幻覚を見せる、人を眠らせて姿を消し忍び込む、などである。おまけに一一〇〇キロの石灯籠を頭上へと投げ、平然と受け止めるという怪力の持ち主、これで年齢は弱冠一六歳なのだから、豪傑の中の豪傑、もはや向かうところ敵なしといったところである。

恩義のある大久保彦左衛門のため、花太郎は実父の高虎が治める藤堂家一一万石へと忍び込み、謀反《むほん》の証拠を集めるという役目を引き受ける。単独でスパイ的な役割を果たすというのは、忍者であれば当たり前だといえば当たり前のことのように思える。しかしこれより過去の物語の忍術使いは、基本的には盗賊、あるいは戦国時代に集団で諜報活動に従事役が多く、スタンドプレーが許されるヒーロー的な扱いではなかった。任務と家族の板挟みになって苦悩するという悲運を予感させる設定も、やはり新しかった。

鬼丸花太郎はスパイ活動の過程で、藤堂家の大忠臣・宇野監物《うのけんもつ》と娘の雪枝《ゆきえ》と知り合った。徳川家のスパイではあるが父親・高虎を助けたいと考えている花太郎と、藤堂家の忠臣・宇野監物は、なんとか事を穏便に収めようと利害が一致、互いに協力する。しかし悪臣のとりまきにそそのかされている高虎は、宇野監物に謀反の疑いをかけて、厳しい拷問にかける。花太郎と雪枝が助け出すも、監物は身の潔白を証明するため自宅で切腹する。監物は今わの際に、花太郎に雪枝を嫁にしてくれと懇願、二人は死にゆく義父の前で、祝言をあげるのだった。

やがて花太郎は、忍術を駆使して真夜中に高虎の寝所に忍び込む。そこで父に監物の最期を語り、調べ上げた謀反の証拠を見せ、最後の説得をする。高虎は監物の忠義と花太郎の孝心に目を覚まし、ついに謀反を断念する。

花太郎は雪枝を連れて、江戸へと帰り藤堂家の現状を報告する。謀反の計画は取りやめたにしろ、どうあっても藤堂家の処分は避けられない。そこで花太郎は陰腹《かげばら》（隠れて腹を切ること）で、育ての親の彦左衛門に、実父の処分を軽減してくれるように言い残し、新妻を置いて黄泉《よみ》の国に旅立つ……これが鬼丸花太郎の物語の概要だ。悲劇的な最期というのも、やはり忍者物語の特徴のひとつ、和月伸宏の『るろうに剣心』でも、隠密御庭番衆《おんみつおにわばんしゅう》はガトリングガンを前に散っている。

『鬼丸花太郎』はかなり出来が良く、通常の講談速記本の物語の作り方とは異なっている。これも青軒、あるいは他の作品をもとにしているのではないかと推測しているのだが、私の調査の範囲では類似の作品を発見することができなかった。

理屈を愛し迷信を嫌う近代人向けに、一度はリアル路線に傾いた忍者キャラだったが、初期大衆文学家の青軒が「忍術＝催眠術」の概念を持ち込み、さらに講談速記本の作家集団である山田一族がそのアイデアを応用して、不思議な術を使う忍者像を普及させる。ただし彼らが使うのは、あくまで催眠術で説明できる範囲の忍術だ。忍者はもう一度、変化する。

忍者3.0

山田一族が普及させた忍者たちは、物理的な攻撃はしない。人を眠らせる程度の能力であり、たまには空を飛ぶものの、長距離移動をしたりはしない。彼らはあくまで、催眠術で幻覚を生じさせているのである。

ところが『鬼丸花太郎』から七年後、凝香園・講演『奇々怪々猿飛佐助薩摩落』（大正四年）において、猿飛佐助はオオワシを呼んで背中に乗り、空中から墓石を投げ付けて徳川家康を半殺しの目に遭わせている［図2］。

これはギリギリ催眠術と解釈できなくもない。しかしさらに三年後、法令館編輯部・編『荒川熊蔵鬼清澄』（大正六年）で空を飛ぶのは、荒川熊蔵と霧隠才蔵である。すでに何度も登場している荒川熊蔵は、講談速記本の世界で最強の男の一人であり、身長二メートル以上ある大力

［図2］オオワシに乗る猿飛佐助（『［奇々怪々］猿飛佐助薩摩落』口絵、大正4年）

［図3］鉄棒を持ち空飛ぶ熊蔵（『荒川熊蔵鬼清澄』挿絵、大正6年）

の豪傑、七〇貫（約二六二キロ）の鉄棒を六時間振り回し続けても疲れを感じない男だ。

そんな大男の荒川熊蔵は霧隠才蔵とともに、五人の若侍を三〇キロ先にある城下町へ運ぼうとする。徒歩では時間がかかるため、霧隠才蔵が突風を起こし、その風の上を走るというのが次の場面だ［図3］。

霧隠才蔵、九字を切るとブーント風が吹き出した。荒川熊蔵之《こ》れを見て、
『オイ霧隠チョイと待て、此《こ》の五人は初めてだから、慌てると不可《いけ》ない。乃公《おれ》に一つ考えがある。風を引込《ひっこ》めてくれ……』
『ヨシ来た……』口中《こうちゅう》に何か唱え

ると、風はピタリと止《や》んだ。

『サア五人、俺が一つ引担《ひっかつ》いでやろう。其方《そのほう》が手数《てすう》が掛《かか》らないで早い………』

鉄棒の一方の先へ三人、一方へ二人を縛りつけ、ウンと夫《そ》れを担いで、

『サア出来た。風だ風だ、霧隠頼むよ……』

『合点だ……』霧隠才蔵宗連《むねつら》、又《また》もや九字を切る、ブーッ風が吹いて来た、途端二人は宙をドンドン走り出す、目には見えないが風に乗って居《い》るのだ、遠方から見ると空中を走って居《い》るようだ。（法令館編輯部・編『荒川熊蔵鬼清澄』一七五〜一七六頁）

いくらなんでもこれを催眠術だとするのは無理がある。なぜなら三〇キロもの距離を物理的に移動しているからで、「目には見えないが風に乗っている」と言い切っている。

この不合理を当時の人々がどう処理をしていたのか、最も可能性が高いのがすでに人気コンテンツになっていた映画体験による「理屈の克服」だ。圧倒的に現実的である実写の特撮映画で物理的にはありえない超常現象を見慣れることにより、人々は理屈をどこかにうっちゃってしまって、不思議な術を「それはそういうもの」として受け入れていったのではないか。残念ながら当時の資料があまり残っていないため、この仮説を証明することはできないのだが、参考までに大正一〇年（一九二一）の無声映画『豪傑児雷也』（牧野省三監督）のなかの児雷也が、空を飛ぶ場面を観察してみよう（本書三三五頁、YouTubeでも視聴できる）。

この映画の児雷也は敵の陣中に突然煙とともに現れる。攻撃を受けそうになるや姿を消して

はまた現れる。敵の頭の上に現れたり、姿を一定時間消したりする。それを繰り返しているうちに突如、大蝦蟇《おおがま》（らしき着ぐるみ）が敵数人の頭に乗っかり暴れまわる［図4］。次いで、児雷也が九字を切ると［図5］、またもや姿を消し、児雷也が空を飛んでいる（かのような）場面に移る［図6］。人を抱えているので催眠術でも幻術でもなさそうだ。フィルムの編集技術が物理法則を無視した忍術を可能にし、現実離れしているのにもかかわらず、現実的に見える場面を次々に見せてくれる。

このような忍術映画に親しんだ子供たちは、スクリーンで人間がパッと消え空を飛ぶ姿をまだやわらかい脳みそに刻み込む。本の中で忍術使いが同じことをしていても、もはや不思議に感じることはないだろう。映像のインパクトが、理屈を吹き飛ばしてしまうはずだ。

なお、子供向けの書籍で、忍術使いたちが理屈を無視して活躍し初めるのは大正五年（一九一六）以降だから、大正一〇年に公開された映画『豪傑児雷也』から直接影響を受けているはずがない。

日本映画データベース（http://www.jmdb.ne.jp）によると、大正三年には『児雷也』と『天竺徳兵衛』が、大正元年には忍者物である『石川五右衛門』が映画化されている。日活作品データベース（http://www.nikkatsu.com/search/）でも大正五年に、『忍術甲賀丸』や『島津家忍術三勇士』が公開されていることが確認できる。残念ながらフィルムが失われているため、その内容を知ることはできないが、この時代には忍者が姿を消し、空を飛ぶ姿がスクリーンに移し出されていた可能性は十分にある。

正確な年代はさておき、子供たちはおそらく映画によって理屈を克服し、講談速記本の作者たちは、さらなる自由さを手に入れた。目新しい物語を求める子供たちのため、続々と新しいタイプの忍者たちが登場する。一例を挙げるなら、蒼川生『妖術五《ご》変化《へんげ》太《た》郎《ろう》』（大正七年）の五変化太郎というのは体をブルブル振るわせると鬼女、大蝦蟇、大蛇、大蜘蛛、大鷲に変化することができる［図7］。だからなんなのだと言われてしまえばそれまでであり、やってることも猿

［図4］大蝦蟇に変化する児雷也

［図5］九字を切ると…

［図6］直立不動で空を飛ぶ！

映画『豪傑児雷也』（牧野省三監督、大正10年）

［図7］大蜘蛛を出し山賊と戦う五変化太郎。なぜか本人は変化していない。
（『［妖術］五変化太郎』より）

飛佐助とほとんど変わらないのだが、変身ヒーローの先駆けと考えると面白い。

ヒュードロドロの妖術使いたちは、一度は人気がなくなってしまう。しかしアメリカの怪力女に勝利した三宅青軒が、催眠術や動物電気を応用し、科学的な忍術を確立する。続いて立川文庫と、その小さな読者たちの力によって、銀幕へと返り咲いた。映画のヒーローたちは、講談速記本の忍術使いにさらなる力を送り込む。こうなるともはや、忍者たちはやりたい放題である。それにともなって、子供ヒーローたちも活躍することとなる。

第10章

恐るべき子供豪傑たち

大人をボコボコにする少年少女

「忍者殺し」神槍又兵衛

海外のヒーローは、基本的には筋骨隆々だ。ところが現代日本の物語では、細身のヒーローが多くいて、子供向けのエンタメ作品では、子供の主人公が大人に勝利している。現実の世界で大人と子どもが喧嘩をすれば、大人が勝つに決まっているのにだ。

こういった現象の発祥は、明治娯楽物語の忍者物にある。

第9章で、忍術使いのパワーインフレの経緯を書いた。子供の読者の応援もあり、忍術使いはなんでもありの超人へと進化したが、実は大人たちの目は冷ややかだった。

というのも忍者が超人化した大正時代は、本格的な大衆文学が勃興する時代で、大人読者が娯楽物語に求める水準が上がっていた。彼らは忍術使いが九字を切り悪い侍を打ち倒すなんて物語を、科学的に説明されていようとも、馬鹿馬鹿しくって楽しめなくなっていた。

そんな大人たちの心情を反映した「忍者殺し」が登場する。講談速記本界最強の男の一人・「槍《やり》の又兵衛《またべえ》」こと後藤又兵衛《ごとうまたべえ》である［図1］。

宝井馬琴・講演『後藤又兵衛忍術破』（大正七年）に出てくる後藤又兵衛は、忍者との相性が抜群である。名槍《めいそう》・日本号を振り回すと、すべての忍術が無効になる。又兵衛はもとより気合が入っているから忍術（＝催眠術）がかかりにくい。そのうえ、日本号は槍でありながら貴族らに与えられる正三位《せいさんい》の位を賜《たまわ》っている。そのすごい日本号をものすごい又兵衛が振り回せば、忍術など破れてしまうのが当然だろう……といったなんだかよく分からない理屈である。それ

［図1］鎗で忍術を破る後藤又兵衛（『［忍術破り］後藤又兵衛忍術破り』口絵、大正10年）

でも積み上げてきた又兵衛の名声があるため、一応は納得できてしまう。

又兵衛は、さらに合理的な忍術破りも開発している。

又〔兵衛〕『オヤオヤ来たぞ来たぞ、ハテ九字を切って、口をムグムグ動かして居《い》るが、何か云《い》って居《い》るのだな、アハハハハ馬鹿な奴だ。此《こ》槍の側に来て術が利く気遣いはないのだ、待て待て一つ驚かしてやろう〔…〕』。又兵衛基次《もとつぐ》ソッと鎗を取り直してエイッ、素早く投げ付けるとヒュー、飛んで行って龍左衛門の胸板へ、ブスーッと突き抜けて柱へズブリと突っ立ったから、龍左衛門立《た》ったまま、キャッと一声《いっせいこ》此の世の別れ、九字を切ったまま、立ち死《しに》をして居《い》る。

又『アハハハハ、此《こ》んな弱い忍術使いでは仕様がない……』（宝井馬琴・講演『後藤又兵衛忍術破』二三九〜二四〇頁）

九字《くじ》を切ろうとする処《ところ》を、踊りかかった又兵衛は、ブスーッと銅中《どうなか》を深く突き刺した、キャッ、敢《あえ》なく息は絶える、大将打たれて残兵全《まった》からず、残りの奴は蜘蛛《くも》の子散らすが如く逃げて往く、（同前三四八頁）

又兵衛は忍者が九字を切っている間に殺してしまう。これでは忍者に勝ち目はない。リアルではあるがなんとも寂しい。もっともこんなことができてしまうのは、豊臣方最強の豪傑後藤又兵衛だからこそなのだが、とにかく合理性の勝利だ。

大人の読者の心情を読み取った又兵衛から逃げ出すように、忍者たちは小さな読者たちの世界へと逃げ込む。それもなかなか険しく複雑な道程だった。

佐助よ、あなたはデカかった

現代では、真田十勇士の忍者キャラ・猿飛佐助は小柄で素早い少年だというイメージがある。杉浦茂の傑作漫画『猿飛佐助』（昭和二八〜三一年）は、まさに少年の姿そのままだ［図2］。

あまり知られていないことだが、講談速記本で猿飛佐助は大兵肥満《だいひょうひまん》の武士であった。大正八

年（一九一九）に『真田郎党忍術名人猿飛佐助』で、佐助と出くわした人は、

「イヨー武士だ武士だ。大きな武士に坊主だぞ。」（雪花山人『〔真田郎党忍術名人〕猿飛佐助』二一五頁）

と、見た目の感想を述べている。大きな武士は猿飛佐助。坊主というのは真田十勇士の一人、三好清海入道《みよしせいかいにゅうどう》だ。僧の格好をした一八貫（約六七キロ）のこん棒を振り回す豪傑である。

この作品で佐助の身長は約一八〇センチ、昔の人間としてはかなりデカい。巨大な猿飛佐助がなぜ現代では小さくなっているのか、これを解明するため、欠かすことができないのがヒーローたちの「高齢化問題」である。

［図2］杉浦茂『猿飛佐助』書影
（ちくま文庫、平成7年）

高齢化する豪傑たち

明治の娯楽物語では、真田一族を始め豊臣方の残党が絶大な人気を誇っていた。創作者たちは読者の期待に応えるため、

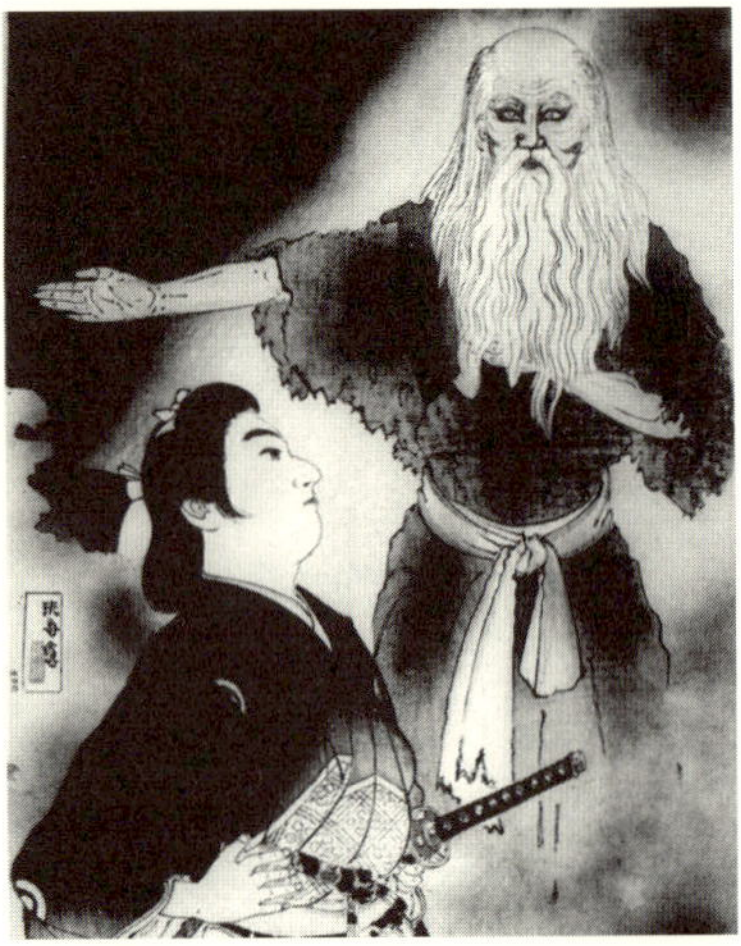

［図3］幸村の残骸
（『天狗流誉の幻術』口絵、大正4年）

彼らをなるべく多くの場所で活躍させなくてはならない。だから関ケ原の戦いの後、史実では真田幸村が紀州九度山で蟄居《ちっきょ》していた時期に、実は豊臣方の仲間を増やすため諸国漫遊をしていたという設定が作られた。幸村が変装した四角い人間に襲われた瞬間、相手が桂市兵衛だと見破ったのもこの時期である。神槍の後藤又兵衛に旅をさせれば、その途上で幸村と出会わせて夢の競演を実現することもできてしまう。これに飽き足らない創作者たちは、さらなる活躍の舞台を求め豪傑たちの寿命に手を出した。

たとえば真田幸村は、史実では大坂夏の陣（一六一五年）で四九歳の命を散らす。ところが明治娯楽物語の世界では、夏の陣を生き延びる。薩摩の島津家へ落ち延び、豊臣方の勇士たちを引き連れて琉球を統治したり、世をはかなんで山奥で仙人となったりしている［図3］。幸村は年をとればとるほど強くなる。最終的に天狗《てんぐ》となって姿を消し、目で動物を殺す。多少ならば空をも飛ぶ。ほぼ無敵状態だ。

だがしかし、いかに天狗の幸村が無敵であろうとも、そろそろ七〇歳という年齢で江戸城に

左［図4］鉄の棒を振り回す三好入道、パッと見は中年（『［真田家豪傑］三好清海入道』口絵、大正3年）
右［図5］大坂夏の陣直前の三好清海入道。若者化している（『［忍術名人］猿飛佐助』挿絵、大正6年）

殴り込みをかけ、徳川家光の首をたたき切ろうというのは無理がある。先ほど紹介した三好清海入道も人気のあるキャラクターだが、江戸の物語『真田三代記』では、大坂夏の陣の時点で八〇歳を超えている。明治大正時代の物語世界における清海入道の趣味は、日本全国を漫遊して徳川侍を鉄の棒で破壊することである。八〇前後の老人にそんなことをさせるのは、あまりに無茶だ。

それでも彼らは、抜群の人気を誇る豊臣方のヒーローである。夏の陣が終わった後も活躍させたいというのが人情だろう。創作者たちは苦悩の末、彼らを若返らせるという荒業に出てしまう。三好清海入道の若返り方が当時の挿絵から分かるはずだ［図4・5］。

［図6］徳川方の忍術破りの専門家竹丸（右）と猿飛佐助（上右）、霧隠才蔵（上左）
（『竹丸忍術破り』挿絵、大正7年）

三好清海入道が若返ったことの説明は特にない。もとより年齢はもちろん、実在したかどうかすらあいまいな人物だ。少しくらい若くなっても問題なかったからだろう。

それでは、猿飛佐助はどれくらい若返ったのか？　高山義山の口演による講談速記本『竹丸忍術破り』（大正七年）の挿絵を見てほしい［図6］。物語のクライマックス、徳川方の忍術破りのプロフェッショナルである若き豪傑・竹丸が、猿飛佐助、霧隠才蔵と対決する場面だ。才蔵が泥酔していたため竹丸優勢ではあったが、佐助が潰れた才蔵を担いだまま四メートルほどある堀を飛び越え逃げ切るというもので、ぽっと出の竹丸程度ではスターを倒すことはかなわなかった。

この段階では、猿飛佐助のビジュアル

はまだ子供と言えるほどではない。せいぜいお兄ちゃんといったところである。子供の佐助が活躍するにはもう一度、豪傑の高齢化問題に立ち返る必要がある。

真田幸村のような有名な人物の年齢は明確に分かっているため、年をとっても簡単に若返らせるわけにはいかない。史実に反するからだ。それではどうするのかというと、息子や孫を出してしまうのである。

『西国轡物語』の幸村の息子・大助（第4章）や桂市兵衛の息子・小太郎、蟹江才蔵の息子・才助（第5章）が活躍する物語を紹介したが、本人の年齢に無理があるのであれば、息子を出すという荒い戦略によって、太平の世にローティンの豊臣残党たちが出現する。彼らは存在がグレーだから桂市兵衛や三好青海入道のように設定も自由にできる。こうして豊臣方の豪傑の息子や孫が日本全国を漫遊し、子供の主人公が徳川天下を狙うというストーリーが大正に入ってから爆発的に増加する。

先に結論を書いておくと、猿飛佐助はこの〈子供ヒーロー〉の時代を経て、昭和以降に子供の容貌になる。その子供ヒーローの物語のテンプレートを作ったのは、明治に生まれた「鳥《とり》さし胆助《きもすけ》」という謎の少年だった。

敵を梅干しにする「鳥さし胆助《きもすけ》」

『明治豪傑鳥《とり》さし胆助《きもすけ》』は三宅青軒が明治三九年（一九〇六）に書いた作品だ。今では「鳥さし胆助」の知名度は皆無に等しいが、少年主人公たちの造形に大きな影響を与えている。

鳥さし胆助の本名は真田《さなだ》金助《きんすけ》、真田幸村の孫である。幸村の息子・大助は幸村とともに琉球を統治した後、現地の娘さんと結婚し、金助という子をもうけていた。その金助が並外れた能力で三代将軍家光の命を狙う、という物語だ。この金助がとにかく強い。

琉球を攻め落とした後、真田大助は天草四郎の軍師・森宗意軒《もりそういけん》として島原の乱に参加し、残念ながら討ち死にしてしまう。源義経がチンギス・ハンになったみたいな話で、初っぱなから作者の妄想全開ではあるが、この時代のフィクション世界では、真田大助は幸村以上の能力を持つという設定があった。当時の読者たちは「真田大助ならこれくらいのことはしかねない」と納得していたのだろう。

大助の死後、大助の奥さんは息子の金助を連れて、田舎へ落ち延びる。金助はすくすくと成長し、八歳になると鳥さしで母親を養い始める。鳥さしというのは鳥モチを付けた竹竿《たけざお》を使って小鳥を刺《さ》してとるという遊びで、かってはこれを職業にしていた人もいた。八歳の時点で十分に強く、本職の相撲取りに勝利し、刀を持った侍に竹竿で勝利している。それで胆《きも》っ玉《たま》が太いことから、鳥さし胆助というニックネームが付く〔図7〕。

真田幸村の孫だから、鳥さしの腕前も超一流である。金助が鳥をとりすぎた結果、近場の山から鳥がいなくなってしまう。金助は鳥を追い求め山奥にまで入り込み、偶然にも仙人と出会い、そこで修行を始める。仙人の名は鞍馬《くらま》僧正坊《そうじょうぼう》、牛若丸に極意を譲った僧正鬼一法眼《そうじょうきいちほうがん》の孫である。年齢にすると数百歳、なぜ生きているのか詳細は不明だが、鬼位法眼も伝説上の人物だ。細かいことを気にしていても仕方ない。

金助は修行の結果、三六メートルの範囲内なら縦横自在に飛ぶことができるようになる。予知もできれば夜も目が見え、にらめば人を気絶させることができる。岩すら眼力で壊せる。これだけで十分に無敵だが、「梅干しの術」まで習得している。これは人を梅干しの種だと思ってにらむと、その人物が梅干しの種のように無力になるという特殊な術だ。ちなみに作者は理屈っぽい三宅青軒らしく、梅干しの術は臍下丹田《へそしたたんでん》に力を込め精神集中した上で、自己催眠をかけることで発生する作用だと、一応は科学的に解説している。そんな解説はさておき、なんでもできるのが真田金助で、もはや神の領域に近づいている。

[図7] 幼き日の金助。あまり強そうではない。
(『[慶安豪傑] 鞍馬大助』口絵、大正3年)

修行を終えた金助は、江戸へと出掛ける。目的は三代将軍家光を殺して、江戸城を燃やしてしまうことである。いくら家光が武芸を好んだとはいえ、こんな化け物がやってきたら命が危ない。江戸に到着した金助は、知名度と人望を上げるため、かの由井正雪《ゆいしょうせつ》に武芸十八般の勝負を挑む。しかし十八般どころか二般目の勝負で正雪は全身打撲となり、土下座して許しを請う。当時のフィクション世界において、由井正雪は剣豪として名高い柳生宗矩《やぎゅうむねのり》、つまり『箕輪城物語』（第4章）で活躍した柳生又右衛門より強い。その由井正雪が土下座するくらいなのだから、金助は文句なしに強い。

そんなこんなで、金助の評判は高くなる。才気に富み「知恵伊豆《ちえいず》」の異名をとった老中・松平伊豆守信綱《まつだいらいずのかみのぶつな》は、金助のたくらみを感知していた。先手を打って暗殺してしまいたいのだが、強すぎて手が出せない。自宅に招待し鉄砲隊で撃ち殺そうとすれば、金助は屋根に飛び上がり一瞬で瓦の城を作り上げてしまう。これでは鉄砲すら通用しない。金助が暴れると危なくて仕方ないため、伊豆守の家臣たちは懐柔策に出て酒肴《しゅこう》でもてなすと、金助は牛飲馬食しながら大声で伊豆守に聞こえるように罵倒する。

『主人の伊豆殿《いずどの》はなぜあのような馬鹿なのじゃ。何《ど》んな事を仕《し》たとて捕《とら》えることの出来ぬ某《それがし》を捕えようとして、轎《かご》を潰されたり瓦を毀《こわ》されたり屋根を破られたり、ハハハ、大分損をせられたな。愚図愚図《ぐずぐず》して居《い》ると、この屋敷も黒土《くろつち》になるところであった。イヤ、馬鹿と言うものは兎角《とかく》後手に廻《まわ》ってせずとも済む難儀《なんぎ》をする、ハッハッハッ』と例の高笑い。

（三宅青軒『〔豪傑小説〕続鳥さし胆助』一二八頁）

怒りが収まらない伊豆守が中国拳法の達人を送り込むと、金助はハッハッハッと笑いながら達人をボッコボコにして弟子にしてしまう。切り札として射撃と忍術の達人を使い、真夜中に暗殺をはかるも、金助は寝ながら弾丸をよけてしまう。流石の知恵伊豆もお手上げだ。

このまま金助が豊臣再興のため旗揚げしてしまったら、まだ生きているであろう桂市兵衛も大張り切りでやってくるはずだ。市兵衛の他にも豊臣残党の有志は無数に存在している。徳川方に勝ち目はなく、確実に歴史が変わってしまうわけだが、そうこうしてるうちに、家光が病死する。将軍家光が死んでしまったのでは謀反を起こす意味もないと、金助は豊臣再興をあっさり諦め、その後は平和を守るため心機一転、徳川家の御目付役として余生を送る。めでたしめでたし、といった物語である。

鳥さし胆助とそのほかの豪傑との違いはなにかというと「早熟」な点である。豪傑は生まれつき強い。八歳の桂市兵衛や後藤又兵衛は、すでに化け物の片鱗を持っていた。しかし強い豪傑には、年を取るほど強いという設定があり、若き豪傑と四〇代の古強者《ふるつわもの》なら、後者が有利といった慣例がある。超人的な能力を誇る少年真田大助ですら、荒川熊蔵をボディガードとして連れ歩いていたことを思い出してほしい。鳥さし胆助は修行を始めたのが九歳、修行を終えて一七歳で一人旅、そのまま江戸で名を売って、徳川を相手取ってあわや天下取りといったところまでたどり着いている。この物語でも青軒や山田一族による強さの秘密を書く技法が使われており、明確な理由さえあれば少年・若年でも年齢差や体格差があるオッサンたちと渡り合え、天下すらを狙えることを示した点で、『鳥さし胆助』はエポックメイキングな作品だった。

胆助は「ひな型」に

青軒による初期娯楽小説『鳥さし胆助』は、講談速記本として、玉廼家雀燕・講演『慶安豪傑鞍《くら》馬《ま》大助《だいすけ》』として明治四一年（一九〇八）に発売される。面白いから、そこそこ売れてしまう。さらに大正三年（一九一四）には『鞍馬大助』のダイジェスト版といえる、蒼川生『慶安豪傑鞍馬大助』が「史談文庫」シリーズから出版される。史談文庫とは立川文庫の類書で、子供向けの物語である。つまり「三宅青軒の時代物の初期娯楽小説を講談速記本化した作品を盗作した子供向け講談速記本」であり、しかもそれなりに面白くなっている。もはや、創作とはなにかといった根本的な疑問すら湧きあがってくるが、ここで重要なのは読者層が変わったという点だ。

最初期娯楽小説の内容は、ほんの少しだけ高度なものだった。胆助の娯楽小説を講談速記本にすることで、異なる読者層に物語が広がっていく。さらに子供向けの物語経由で、子供たちにまで胆助は知られることとなる。明治末期に大人のために誕生した年少のヒーローに、大正時代の子供たちは熱狂する。自分と年の近い若者が年長者を手玉に取るのだから、愉快に感じたはずだ。胆助はやがて、少年が主人公の物語の「ひな型」となる。その「ひな型」を若き豊臣方の豪傑たちの息子が演じるとどうなるのか、当然ながら子供になってしまうのである。

恐るべき子供たち

それでは鳥さし胆助のエッセンスを継承した子供ヒーローの例を見ていこう。

講談速記本『真田三郎丸』（大正六年）では、幸村には大助のほかに、もう一人息子がいたことになっている。その名も真田三郎丸《さぶろうまる》、三歳の頃に大阪夏の陣のどさくさで崖に落ちて生死不明となる。

死んだと思われた三郎丸だが、山奥で熊に育てられていた。動物と遊び暮らしていたため自然に野獣の力を持つようになる。五歳の頃には杉の大木を根本からヘシ折り、山の野獣を殴り歩く日々を送っている。その行動に理由や目的は特になく、ただの暇潰しだ。住まいの近所に忍術使いを頭領とした山賊たちがいると知ると、目障りだからと壊滅させてしまう。山賊たちが飼っていた虎も、三七〇キロの石で圧殺する。この時、真田三郎丸はわずか八歳だが、すでに徳川天下を狙える実力を持っている。

幸村の子供だから、ただでさえ強い。その上、山奥で仙人をして暮らす剣聖・上泉伊勢守秀綱から剣術を習う。フィクションの世界で彼に剣で勝てる人間は存在しない。いわば剣の神様である。すでに登場した鬼丸花太郎や那珂《なか》一石斎《いっこくさい》の師匠でもある。三郎丸の時代に上泉が生きていたとすると年齢は百を超えているのだが、仙人だからまったく問題ない。もともと強い上泉である。百を超えるまで修行をしていたため、眼力で八〇〇キロの石を九〇メートル浮遊させることができる。もちろん目で鳥も落とせるし、たいていのことはできる。そんな上泉のも

［図8］真田三郎丸と仲間の曲渕勇三。何をしてるのか不明だがとにかく武器を振り回している（『真田三郎丸』口絵、大正6年）

とで修行をしたのだから、三郎丸も同じことができる。剣の腕前も上泉と同等だ。

それのみならず真田三郎丸は、猿飛佐助から忍術の極意まで伝えられる。猿飛佐助の忍術はもちろんすごい。上泉と猿飛の力を引き継ぎ、生まれつき強い［図8］。その能力は、鳥さし胆助とほぼ同じだ。

三郎丸は漫遊しながら一二名の勇士を集める。メンバーには猿飛佐助や霧隠才蔵もいる。彼らの最終目的は徳川幕府二代将軍・徳川秀忠をたたき切り、江戸城を燃やして世直しをすることだ。ただし、三郎丸は幸村の息子であるにもかかわらず細かいことは気にしない性格なので、具体的な計画などは立てない。暇潰しのため、江戸の町で徳川侍を殴り歩くだけである。

当たり前だが、真田の残党一二人が江戸にいて、いきなり殴りかかってくる……とうわさが流れ、徳川方は戦争の準備を始める。諸国大名へも通知が届き、精兵たちが江戸に集いはじめる。三郎丸たちは秀忠の命ぐらいいつでも奪えると思っているから、別に焦りもしない。だが、いかに三郎丸が強くとも徳川幕府を潰してしまうと歴史が変わってしまう。子ども向け物語でも、講談速記本は講談速記本で、歴史改変はしないというルールはうっすら残っている。だから三郎丸たちの隠れ家に知恵者の片倉小十郎《かたくらこじゅうろう》が説得にやってくる、和睦して歴史は変わらないまま、物語は収束する。ネームバリューのある武将の息子が仙人から不思議な術を習い、徳川将軍の命を狙うも、知恵者の説得に応じる……『鳥さし胆助』とよく似たストーリーであることがわかるだろう。

少年忍者から魔法少女へ

同時代に、我らが猿飛佐助の子供たちも豪傑として活躍している。

凝香園『忠孝美談豊臣秀若丸』（大正七年）の主人公豊臣秀若丸《ひでわかまる》は、豊臣秀頼の息子という設定だ。怪力の持ち主で剣術の達人、軍学にもたけている。ストーリーは単純で、猿飛佐助の息子東馬《とうま》、霧隠才蔵の息子小源太《こげんた》を引き連れて、日本全国の徳川方の殿様を秀若丸が懲らしめながら世直しをする。漫遊に出た年は一三歳、かなり早めの旅立ちだ［図9］。

猿飛佐助の息子は東馬の他にもまだまだいる。実の息子・猿飛小太郎幸時《こたろうゆきとき》と、再婚した妻の

左［図9］福島正則を軽くいなす秀若丸（『［忠孝美談］豊臣秀若丸』口絵、大正7年）
右［図10］猿飛小太郎（上）と和田平助（下）。どこからどう見ても子供である。
（『［甲賀流忍術名人］和田平助正勝』口絵、大正4年）

連れ子和田《わだ》平助《へいすけ》正勝《まさかつ》である。なんといっても子供であるから、猿飛佐助より少々忍術は劣り時にピンチに陥るが、徳川侍を手玉に取るくらいなら問題なくこなすことができる［図10］。

少年たちが大人と戦う作品を紹介した。それでは少女の方はどうだったのか。

大正一二年（一九二三）に『忍術漫遊戸《と》澤《ざわ》雪《ゆき》姫《ひめ》』が春江堂より千代田文庫として出版された。戸沢雪姫は播州《ばんしゅう》花隈《はなくま》五万石、戸沢山城守の娘、つまりお姫様だ。生まれつき怪力で武芸十八般と忍術を学ぶ。成長後は身分を隠して日本全国を漫遊し、徳川侍を殴ったり山賊たちを皆殺しにしたり、大坂の陣では徳川の軍勢を翻弄したりする［図11］。

やっていることは猿飛佐助とほぼ同じ

［図11］『［忍術漫遊］戸澤雪姫』（書影、大正12年）
［図12］同書、口絵

で、つまり忍術使いというキャラクターを女性化させたのが戸澤雪姫だ。ただし、身分を隠し不思議な力で悪人を懲らしめ人々を救うという点に着目すると、『魔法使いサリー』のサリーちゃんのような魔法少女キャラの原型に見えないこともない。

『戸澤雪姫』が書かれたのは大正一二年、その一〇年前に机竜之助《つくえりゅうのすけ》が登場している。彼は大衆文学の原点とも称される『大菩《だいぼ》薩峠《さつとうげ》』の主人公だ。ニヒルで虚無的な剣士であり、音無《おとなし》の構えで人を斬りまくる。いわゆるダークヒーローとして現在も人々を魅了して止まないキャラクターだ。雪姫様と龍之介が立ち会えば、もちろん雪姫様の圧勝だろう。しかしながら物語の面白さや、キャラクターとしての深みを見ると『大菩薩峠』は、雪姫様など一蹴してしまう。それなら雪姫様に価値がないのかというと、少し違う。かつて面白い物語を追い求め、少年向けの娯楽物語を読むしかなかった大勢の少女たちがいた。彼女たちは雪姫様の物語と出会い、これは自分たちの物語だと歓びの声を上げたはずだ。それで十分だと私は思う。

ここまでの流れを時系列で整理しよう。

『鳥さし胆助』が登場したのは明治三九年。この時代、制作者サイドとしては子供が物語で活躍するための準備はできていた。だが、まだその時ではなかった。

大正時代に入ると、明治三〇年から四〇年にかけて講談速記本を読んでいたような普通の人々の知的レベルが向上し、さらに複雑なストーリーの娯楽物語が求められるようになっていた。読者の期待に応じるように、本格的な大衆文学が現れる。そして講談速記本は、古臭く幼稚な物語として打ち捨てられることになる。冒頭で紹介した『後藤又兵衛忍術破』は、現在でいうところのパロディ小説として読むことができる。こうして講談速記本は、大人の世界から、子供の世界へと主戦場を移していく。

大正になると、映画による想像力の拡張、子供読者の増加など、読者サイドの条件が揃い、ようやく子供ヒーローが誕生するための要素が揃う。満を持して制作者サイドは、子供のための作品を作りだす。子供だから、幼稚で乱暴でも大丈夫だろう、といった雑な作りではあったが、実際これが大ウケする。現代でも大人が子供に読ませたい物語と、子供が読みたい物語に多少の差異がある。講談速記本はまさしく後者だ。夏目漱石の弟子・鈴木三重吉が創刊した

「赤い鳥」など、一般的に知られている大正時代の児童文学と同じ時代、別の場所で荒川熊蔵や塙団右衛門などの豪傑が、悪人を鉄棒で殴り付け身体粉微塵にするような、子供の世界があった。

子供向けの作品が進化するにつれ、主人公たちは徐々に若返り、とうとう子供になってしまう。子供も悪人を懲らしめるが、流石に鉄棒で脳天を割ったりはしない。卑怯未練な徳川侍のちょんまげを切り落とし、投げ飛ばしたり殴ったりする程度で、子ども向けの配慮が見られないこともない。とにかく当時の子供たちは、ほぼ同世代の少年少女が華麗な忍術を使い、徳川侍を薙《な》ぎ倒していくのを楽しんでいたのではなかろうか。

ここでもう一度、豊臣秀若丸や和田平助正勝の挿絵を確認してほしい。どう見ても子供で、大兵肥満ではない。大正時代に至って、小さな子供も特殊能力を使えば、大兵肥満の武士を倒せるというイメージが確立された。子供ヒーローの特殊能力として、忍術は都合がいい。ここで発生した少年忍者の設定は、猿飛佐助に「逆流」し、昭和には、猿飛佐助も少年となる。上述した杉浦茂の漫画『猿飛佐助』や、昭和三四年（一九五九）の長編アニメ映画『少年猿飛佐助』で少年佐助が活躍するのはそういうわけだ。

細身のヒーロー、万歳ッ!!!

少年忍者の活躍に胸躍らせた子供たちは、やがて大人になっていく。そのなかには小説や漫画、映画など作り手の世界に入っていった者がいた。大人を翻弄した少年忍者が、彼らの創作に影響を与えなかったはずがない。

事実、現代日本のヒーローたちは、明治大正の娯楽から、今も強い影響を受けている。冒頭で述べたように、現代の映画などで海外の主人公たちはおおむね筋骨隆々で巨大だ。それに対し、日本の物語では痩せた少年が強大な敵と互角に戦う。これを不合理だと批判されることがままあるが、我々が愛しているヒーローは、思い付きや空想の産物ではない。細身のヒーローたちの後ろには、これまで語ってきたような創作者たちの苦心と読者の応援といった歴史的な経緯と文化が存在している。我々はスリムな主人公を恥じることはないと、高らかに宣言してこの章を終わろう。

終章

不死の聖《ひじり》

〈彼ら〉がいた

私が明治の娯楽物語を読み込み始めたのは、明治期の純文学、それも小説が入口になっている。漢文、歌などに関してはまた違った感想を持っているのだが、明治の小説に限ると、読めば良いところは山ほどあるものの、どうにも読後の満足感に欠ける印象があった。傑作と呼ばれる作品は別にして、おおむね物語は短かく面白味に乏しい。本当にこれしかなかったのかという疑問から、周縁にある作品を読むようになった。

その流れで明治娯楽物語に出会ったわけだが、最初は面喰らってしまった。心情的には純文学作品を応援したい。しかしどう考えてみても、明治娯楽物語は面白すぎる。それでいて普通に生活していると、明治娯楽物語など目にすることはほとんどない。批評や評論を見つけることもできない。やはり価値もなく、面白くもない存在なのだろうかと疑問を持ちつつ、読めばやはり面白い。どういう状況なのか理解することができないまま、読み続けるうち、あったものはあったのだから仕方ないと思うようになった。

明治の娯楽物語は光るところはあるものの稚拙で貧素だ。それでも明治娯楽物語の創作者たちはいくつも大きな技法やキャラクターを発明している。彼らの発明を紹介すると、それ以前にもそんな表現はあったなんてことを言いたがる人々がいる。

講談速記本で人気の描写に、大木を引っこ抜き振り回すというものがある。これは中国の伝奇時代小説『水滸伝』の登場人物、魯智深《ろちしん》が元ネタだ。講談速記本の作劇や笑いの技術も、その多くは江戸にあったものだ。こういった上っ面《うわつら》の知識からは、講談速記本なんてものは中国の物真似、あるいは江戸の文化の末流で、それ自体に価値なんてないという結論が出てしまう。

しかし単体で存在する創作物など存在しない。似ているものがあるのが当たり前だ。丸太に限って見ると、講談速記本の世界では、引き抜いた大木で道を防ぎ追手を尻目に悠悠《ゆうゆう》と帰宅するというものや、ヤクザの集団が喧嘩していると真ん中に巨木を投げて引き分けさせる、丸太を飛び越し小屋を引っこ抜いて人を殴るなどのアレンジが存在する。丸太のすべてを魯智深に押し付けてしまうのは無理がある。俺は小屋で人を殴ったりしたことはないと、魯智深だって困惑することだろう。

「それ以前にあった」という言説は、印刷技術や流通網の発達を考慮に入れることを忘れてしまっている。印刷の鮮明さや本の形態によっても、読書の方法は変化する。印刷技術が確立することで黙読が発生し、ついには速読が登場する。読み方が変化してしまっているのだから、書き方も変化するのが当然だ。それだけではない。印刷の速度が上がり、流通が進化すれば、多くの読者に物語を届けることが可能となる。当たり前だが、同じ書籍を読む人の数が増え、イメージを共有する人々の数が多くなる。消費者の数が多ければ多いほど、世の中に対する影響力も強くなる。書き手も読者の数と層を意識する。時代が移ろい状況が変われば、同じものであったとしても、異なる価値を持つものだと考慮に入れなくてはならない。明治以前の物語と、明治以降の物語を同列に考えるのは、あまりに粗雑だ。

もちろん過去の文化を無条件に認め、過剰に持ち上げる必要はない。かといって娯楽文化が江戸から昭和に瞬間移動したなんて妄言を、受け入れるべきだとも思わない。かつて面白いものを作ろうとした人々がいて、彼らが作った物語が、今の我々の文化に多少なりとも影響を与えているという事実があるだけだ。

無名作家と駄作の先に

明治の末期まで講談速記本は、他ジャンルと比べて劣った存在ではなかった。新しい技術で書くために、西洋の小説を真似するしかなかった明治初期の文学よりも、磨き上げた話芸と速記という技術で勝負する講談速記本は、むしろ独自の道を行く、凛とした存在だったようにすら思える。初期娯楽小説や犯罪実録もやはり同じで、講談速記本とともに日本の娯楽物語の進化をブーストさせた業績は認めざるを得ない。

大正時代に入ると、本格的な長編大衆文学が登場し、明治娯楽物語は懐《なつ》かしの存在になってしまう。しかし大衆文学に、まったく太刀打ち出来なかったというのは間違った認識だ。新聞連載向けの講談速記の物語は、昭和にも生き残っていた。

そして大正時代の娯楽小説にも、明治娯楽物語の要素は活かされている。中里介山《なかざとかいざん》の『大菩《だいぼ》薩峠《さつとうげ》』（大正二～昭和一六年）で、同じ時代に生きるさまざまな人々が延々と活動し続けるというのは、豪傑たちが多数登場して活躍する講談速記本と同じ手法だ。吉川英治《よしかわえいじ》の『鳴門秘帖《なるとひちょう》』

（大正一五～昭和二年）で、法月弦之丞《のりづきげんのじょう》が阿波に忍び込むよりも先に、鬼丸花太郎（第9章）は父親の国でスパイとして潜入している。昭和初期に書かれた白井喬二《しらいきょうじ》の『富士《ふじ》に立《た》つ影《かげ》』（大正一三～昭和二年）で行われる城問答に先駆けて、真田大助は駿府城で名城に関する議論をしかけ、徳川幕府の智者たちを見事に打ち破っている（第4章）。『神州《しんしゅう》天馬《てんま》侠《きょう》』（大正一四～昭和三年）で巨大な鳥に乗る少年は、どう考えたって少年忍者たちの子孫だ（第10章）。明治娯楽物語の作者たちが、大衆文学の原石を内に秘めていたのは確かであろう。

残念ながら明治の創作者たちの多くは、原石を磨き上げ新しい領域へと進むことはできなかった。彼らは世間的な名声も、満足できる収入も望めず、執筆期間も短かった。最悪の環境のなかで、物語を作り続けなくてはならなかった。物語を書くことで一定の社会的な地位や、満足できる収入が求められる状況となり、ようやく本格的な大衆文学が生まれ始める。当たり前の話ではあるが、技術革新のためには環境が必要だ。明治には環境が整っていなかった。彼らが書いた物語は現代の水準でみればおおむね駄作かもしれないが、名もなき創作者たちが切り拓いた道なくして現代の豊饒な物語文化はありえなかった。

大正生まれの娯楽物語は、明治娯楽物語を封じたタイムカプセルである。最初期の貸本漫画家たちが、貸本屋で流通していた子供向け娯楽物語から影響を受けていないわけもない。彼らの漫画を通じて英雄たちの物語は断片化し、至るところでごった煮にされながら、今も娯楽分野に染み渡るように広がり続けている。オリジナルの物語を知らないままに豪傑岩見《いわみ》重太郎《じゅうたろう》の妖怪退治に郷愁を覚える人々もいるはずだ。我々は読まずして昔の物語を知っている。

物語の故郷

共通の記憶のような存在となった明治娯楽物語は、次の世代へ表現の種を蒔《ま》いた。講談速記本の定番の必殺技として、助走を付けずに二メートルほど飛び上がる「天狗昇飛切《てんぐしょうとびきり》」という術がある［図1］。天狗昇飛切の術は忍術として扱われていることが多いが、忍者だけでなく剣豪塚原卜伝《つかはらぼくでん》、槍術《そうじゅつ》の名人亀井新十郎《かめいしんじゅうろう》、そして剣聖宮本武蔵《みやもとむさし》など有名な豪傑は皆この技を使いこなすことができた。

創作の中で彼らのジャンプ力はどんどん向上し、大正時代には連続して飛び上がることによって空をも飛んでしまう。今でもアニメや漫画、映画の主人公たちが空を飛んでいる。スタジオジブリの宮崎駿監督が、少年時代に戦後復刻された講談速記本を読みまくっていたとプロデューサーの鈴木敏夫氏に聞いたことがある。重力をものともせず軽やかに飛び回る宮崎アニメのキャラクターに、明治娯楽物語の空飛ぶ豪傑や子供ヒーローの影を見ることは、決して的外れでもないと思う。

『サスケ』『カムイ伝』など忍者漫画の第一人者である白土三平《しらとさんぺい》の作品では、忍術のからくりが合理的・科学的に解説される。これも明治時代に三宅青軒が雑で荒っぽくはあるものの、すでに試みていたことである。白土が一九六〇年代に書いた『真田剣流』に登場する少女の名前は「桔梗《ききょう》」である。三宅青軒の作品に、明智光秀の小姓が忍者として活躍する『豪傑小説桔梗丸』がある（第9章）。白土もどこかで青軒の小説に触れていた可能性がないわけでもない。

呼吸法で無限の強さを得た拳骨勇蔵《げんこつゆうぞう》の設定は、荒木飛呂彦《あらきひろひこ》の『ジョジョの奇妙な冒険』では波紋《はもん》と表現されている。もちろん直接的な繋がりは考えられない。勇蔵とジョナサン・ジョースターの間には、気功法なども入ってくるのだろうが、およそ八〇年の時を経て優れた創作者が同じ発想に至ったというのは面白い。

最初期大衆小説が生んだバンカラ野郎たちは、今も「魁!!男塾」シリーズで活躍している。英雄豪傑が戦場で数万人を相手にひとり戦い勝利してしまう場面は、技術的な問題があり長く映像化されることはなかったが、コーエーテクモゲームスの「無双」シリーズを挙げるまでもなく、コンピュータゲームの世界で見事に再現されている。

［図1］必殺技の定番、天狗昇飛切の術
（『［天狗の術を使ふ］木鼠小法師』口絵、大正3年）

明治の娯楽物語の可能性を追及していくと、新しい創作物のヒントすら見い出せる。真鍋昌平《まなべしょうへい》による『闇金《やみきん》ウシジマくん』は、連載当初は感情に乏しい悪人として描かれていたが、終盤になり徐々に人間味を持つようになる。手塚治虫《てづかおさむ》の『ブラック・ジャック』でも、同様の現象が発生していることからも分かるように、物語を魅力的にするため、当然といえば当然の流れなのだろう。しかし明治娯楽物語には『閻魔《えんま》の彦《ひこ》』がいる（第8章）。最初から最後まで一度たりとも格好良くもなく、魅力など皆無の主人公だ。稚拙なだけだと切り捨てることもできるのだろうが、最後までクズ野郎なりの人間くさい魅力でもって、それなりに楽しませながら読ませることもまた事実であり、私は現代にまだ登場していない新しい物語の可能性さえ感じてしまう。

明治の人々は近代化を受け入れるため、フィクションをフィクションとして楽しむ術《すべ》を一度は手放してしまった。彼らはリアルや実用を好み、実話とされている講談速記本や犯罪実録に熱狂した。その一方で最初期娯楽小説は、物語の様式を少しずつ拡張していった。やがて彼らは荒唐無稽な設定を受け入れるための理屈を考案する。大正時代に入ると彼らの活動は、大人向けの大衆文学や、子供向け講談速記本として花開く。明治の人々は、物語を純粋に楽しむスキルを再発見したのだともいえる。もしも明治娯楽物語の創作者たちがいなければ、私たちはいまだに実話とフィクションの間《はざま》で戸惑い迷っていたかもしれない。

明治大正時代の娯楽物語から現代の我々が受け取った恩恵は計り知れない。明治大正時代に無名でありながらも十分すぎる才能を持った人々がいて、彼らが作り上げた作品により、江戸と現代の物語の間を埋める偉大な仕事が成し遂げられた。明治娯楽物語は、いわば我々の物語の故郷ともいうべき存在だ。時代の中に消えていった天才たちが残した作品は、確かに私たちがいま享受《きょうじゅ》している物語につながっている。

本書で扱った物語は、全体のほんの一部でしかない。家庭小説の詳細や、家庭小説から変じた〈かわいそう小説〉（私が勝手に命名した）、少年立志的な文化や、勤勉こそすべて的な物語、さらに明治三〇年代より以前の娯楽物語も検証すべきであろう。徒歩旅行、無銭旅行、出世旅行といった紀行物の動きや、簡易生活や呼吸法にもほとんど触れていない。私がたどり着いていない未知の領域も大量に存在している。かほどに明治の娯楽文化は広くて深い。私たちが知らない物語はどこかに潜んでいるはずである。

もっとも今や日本の社会は十分に成熟し、娯楽文化の繁栄は語るまでもない。不完全で荒々しい明治娯楽物語なんて、現代人が鑑賞する必要なんてないというのが現実だろう。それでも終わりに際し、ひとつだけ覚えおいてほしいことがある。明治娯楽物語のヒーローたちは、今も生きているという事実である。

桂市兵衛や少年忍術使い、豊臣方の豪傑たちは、物語の結末まで死なずに旅を続けていた。犯罪実録の主人公のなかには、ヒロインとともに南洋へと飛び出した者もいる。最初期娯楽物語のヒーロー近藤鉄郎も〈熱帯国へ着いて、象だの獅子だの鰐だのを殴飛《なぐりと》ばして来たが、又《また》明日でもご馳走の具合《ぐあい》で話す事にしよう、失敬！〉と言い残し、大拳《たいけん》を撫《な》でまわして去った後、どこへ行ったのやら分からない。結末が定かでない物語の主人公は、永遠に旅を続ける聖《ひじり》となる。見くびられ忘れ去られてしまったとしても、今も彼らは私たちの娯楽文化をどこかで見守っているのである。【了】

主要参考文献一覧

※末尾に★のある文献は国立国会図書館デジタルコレクション（http://dl.ndl.go.jp/、2019年4月8日現在）にて、無料で閲覧可能です。

はじめに

『明治期大阪の演芸速記本基礎研究』旭堂小南陵、たる出版、1994／平成6年

序章

『宗教世界膝栗毛』1巻、英立雪、兎屋大阪支店、1884／明治17年
『［九十七時二十分間］月世界旅行』1－10巻、ジュールス・ヴェルネ、井上勤（訳）、黒瀬勉二（出版）、1880－1881／明治13－14年★
『［亜非利加内地三十五日間］空中旅行』1－7巻、ジュールス・ヴェルネ、井上勤（訳）、渡邊義方（校正）、宏虎童、1884／明治17年
『人体道中膝栗毛』三五月丸（編）、野村芳國（絵）、藤井淺二郎（発行人）、1886／明治19年★

第1章

『海水浴法概説』松本順（口授）、二神寛治（出版人）、1886／明治19年★
『海水浴』江見水蔭、青木嵩山堂、1900／明治33年★
「海水浴」『避暑の友』江見水蔭、青木嵩山堂、1901／明治34年★
『［自己中心］明治文壇史』江見水蔭、博文館、1927／昭和2年

『胆力と其修養』前野竜鳳（述）、宮内鹿川（閲）、大崎茂馬（編）、鉄華書院、1900／明治33年★
『無銭旅行』宮崎来城、大学館、1901／明治34年★
『わが筆』大町桂月、日高有倫堂、1905／明治38年★
『明治文学史論』高須芳次郎、日本評論社、1934／昭和9年★
『社会と文学』荒木省三（鷲泉）・今井緑泉、鳴皐書院、1901／明治34年★
『大学攻撃』黒田湖山、美育社、1902／明治35年★
『悪戦』高島米峰、丙午出版社、1910／明治43年★

＊

『浜辺の誕生　海と人間の系譜学』アラン・コルバン、福井和美（翻訳）、藤原書店、1992／平成4年
『ヒステリーの歴史』エティエンヌ・トリヤ、安田一郎・横倉れい（翻訳）、青土社、1998／平成10年

第2章

『岩見重太郎』西尾東林（講演）、丸山平次郎（速記）、北浦邊芳（復文）、盛業館、1899／明治32年★
『露西亜がこわいか』山下雨花（編）、駸々堂、1904／明治37年★
『軍事探偵』南京松』前後編、柳煙漁史、鈴木金輔（編）、金槙堂、1898／明治31年★
『断食絶食実験譚』河村北溟、大学館、1902／明治35年★
『明治仇討』信州小僧』松林伯海（口演）、至誠堂、1902／明治35年★
『禁酒禁煙の五年間』中島気崢、実業之日本社、1906／明治39年★
『開明奇談』天人娘』松林伯円（講演）、今村次郎（速記）、松声堂、1896／明治29年★

＊

『一瓢雑話』今泉秀太郎、誠之堂、1901／明治34年★

『明治文學雜記』蛯原八郎、而書院、1935／昭和10年

第3章

『太平記』巻第四十、国民文庫、国民文庫刊行会、1913／大正2年

『如何にして生活すべき乎』隅谷巳三郎（編纂）、開拓社、1900／明治33年★

『職業案内全書』天籟居士、実業社、1911／明治44年★

『男女腕一本金儲ケ法』信田葛葉、成功堂、1908／明治年41年★

『［主人及家族の収入を増す］たやすく出来る金儲』西川彦市、精文館、1916／大正5年★

『上京して成功し得るまで』福田弥栄吉（編）、東京生活堂、1917／大正6年★

『［怪談］牡丹燈篭』三遊亭圓朝（演述）、若林玵蔵（筆記）、東京稗史出版社、1884／明治17年★

『［通俗］支那征伐』松林伯円（講演）、今村次郎（速記）、文事堂、1894／明治27年★

『弥次喜多東海道中膝栗毛　第一編　東海道中膝栗毛』神田伯竜（講演）、丸山平次郎（速記）、十返舎一九（原作）、中川玉成堂、1908／明治41年★

『［四国奇談］実説古狸合戦』神田伯竜（講演）、丸山平次郎（速記）、中川玉成堂、1910／明治43年★

『［歴史講談］上杉謙信』真竜斎貞水（講演）、石原明倫（速記）、瀧川民治郎、1901／明治34年★

『速記曼荼羅鉛筆供養〈上〉大河内翠山と同時代の速記者たち』竹島茂、STEP、2004／平成16年

「頑骨先生」『［武侠小説］怪風一陣』押川春浪、本郷書院、1914／大正3年★

『［真田三勇士］猿飛佐助』玉田玉秀斎（講演）、山田唯夫（速記）、松本金華堂、1910／明治43年★

『蛮カラ奇旅行』星塔小史、大学館、1908／明治41年★

『［海島冒険奇譚］海底軍艦』押川春浪、博文館文庫、博文館、1939／昭和14年（初出は文武堂、1900／明治33年）★

『南洋奇談』海賊東天丸』旭堂南陵（講演）、宮原流水（速記）、樋口蜻輝堂、１９１１／明治44年★
『腕の力』大日本工業教育会（編）、大日本工業教育会、１９１７／大正６年★

＊

『快絶壮遊〔天狗倶楽部〕：明治バンカラ交遊録』横田順彌、ハヤカワ文庫ＪＡ、早川書房、２０１９／平成31年
『近世貸本屋の研究』長友千代治、東京堂出版、１９８２／昭和57年
『続々明治期大阪の演芸速記本基礎研究』旭堂南陵、たる出版、２０１１／平成23年
『講談作品事典』上中下、吉沢英明、講談作品事典刊行会、２００８－２０１１／平成20－23年

第４章

『〔豪傑〕荒尾龍之助』玉田玉秀斎（講演）、山田唯夫（速記）、誠進堂、１９１１／明治44年★
『〔義侠〕大八の助八』神田伯竜（講演）、丸山平次郎（速記）、誠進堂、１９１１／明治44年★
『〔鉄人流元祖〕青木城右衛門』松月堂魯山（口演）、吉田松茵（速記）、山本豊渓（復文）、駸々堂、１９１１／明治44年★
『〔剣道名人〕那珂一石斎』松月堂魯山（口演）、吉田松茵（速記）、山本豊渓（復文）、博多成象堂、１９１１／明治44年★
『〔豊臣秀頼〕西国轡物語』吾妻武蔵（口演）、吉田松茵（速記）、中川玉成堂、１９０８／明治41年★
『〔豪傑〕緒方力丸弘行』玉田玉秀斎（講演）、中尾甚三郎（速記）、樋口隆文館、１９０９／明治42年★
『〔豪傑〕魔風軍藤太』玉田玉秀斎（講演）、中尾甚三郎（速記）、樋口隆文館、１９０９／明治42年★
『〔緒方力丸〕黒姫山の旗揚』玉田玉秀斎（講演）、山田唯夫（速記）、樋口隆文館、１９０９／明治42年★
『〔天保事変〕浪花の大潮』玉田玉秀斎（講演）、山田唯夫（速記）、樋口隆文館、１９１０／明治43年★
『〔天保事変〕後の大潮』玉田玉秀斎（講演）、山田唯夫（速記）、樋口隆文館、１９１０／明治43年★
『〔豪傑〕児雷也』神田伯竜（講演）、丸山平次郎（速記）、中川玉成堂、１９０９／明治42年★
『〔豪傑〕杉本備前守』玉田玉芳斎（講演）、馬場三郎（速記）、樋口隆文館、１９１１／明治44年★

『［豪傑］武田鬼景』玉田玉芳斎（講演）、馬場三郎（速記）、樋口隆文館、１９１１／明治44年★
『［豪傑］武田武者之助』玉田玉芳斎（講演）、馬場三郎（速記）、樋口隆文館、１９１１／明治44年★
『［豪傑］神刀忠次郎』玉田玉芳斎（講演）、馬場三郎（速記）、樋口隆文館、１９１２／明治45年★
『箕輪城大仇討』玉田玉芳斎（講演）、馬場三郎（速記）、樋口隆文館、１９１２／明治45年★

第5章

『［怪勇］桂市兵衛』玉田玉秀斎（講演）、樋口南洋（速記）、立川文明堂、１９０９／明治42年★
『［豪傑］後の桂市兵衛』玉田玉秀斎（講演）、樋口南洋（速記）、立川文明堂、１９１１／明治44年★
『［豪傑］最後の桂市兵衛』玉田玉秀斎（講演）、山田唯夫（速記）、立川文明堂、１９１２／明治45年★
『［天正豪傑］桂市兵衛』凝香園（講演）、武士道文庫、博多成象堂１９２３／大正12年
『［豊臣秀頼］西国轡物語』吾妻武蔵（口演）、吉田松茵（速記）、中川玉成堂、１９０７／明治41年★
『［豊臣秀頼］琉球征伐』吾妻武蔵（口演）、吉田松茵（速記）、中川玉成堂、１９０９／明治42年★
『［福島三勇士］通力太郎』雪花山人（述）、立川文庫、立川文明堂、１９１６／大正5年
『［福島三勇士］桂小太郎』雪花山人（述）、立川文庫、立川文明堂、１９１６／大正5年
『［福島三勇士］蟹江才助』雪花山人（述）、立川文庫、立川文明堂、１９１８／大正7年

第6章

『本邦新聞史』朝倉亀三（無声）、雅俗文庫、１９１１／明治44年★
『新聞五十年史』伊藤正徳、鱒書房、１９４３／昭和18年★
『女海賊』江見水蔭、青木嵩山堂、１９０３／明治36年★
『海賊大王』稲岡奴之助、隆文館、１９０５／明治38年★

『渋川伴五郎』邑井一（講演）、加藤由太郎・荒川猛（速記）、鳳林館、１８９４／明治27年★
『天竺浪人』宮崎来城、大学館、１９０３／明治36年★
『〔滑稽小説〕空想病』五峰仙史、大学館、１９０６／明治39年★
『餓鬼大将』宮崎来城（繁吉）、大学館、１９０２／明治35年★
『〔侠骨〕日本男児』石川一口（講演）、丸山平次郎（速記）、駸々堂、１８９５／明治28年★
『〔冒険奇譚〕世界鉄拳旅行』増本河南、大学館、１９０９／明治42年★
『蛮カラ奇旅行』星塔小史、大学館、１９０８／明治41年★
『〔武侠小説〕蛮カラ奇男児』星塔小史、大学館、１９０８／明治41年★

*

『講談本の中の拳骨和尚』藤沢毅、尾道大学地域総合センター叢書、２００７／平成19年

第７章

『奇々怪々』三宅青軒、誠進堂、１９０１／明治34年★
『〔小説〕うらおもて』三宅青軒、誠進堂、１９０２／明治35年★
『不思議』三宅青軒、文泉堂、１９０３／明治36年★
『書かでもの記』永井荷風、中央公論社、１９４８／昭和23年
『〔家庭小説〕宝の鍵』三宅青軒、青眼堂、１８９６／明治29年★
『家庭衛生問答』岡田道一、内外出版、１９２５／大正14年★
『〔明治豪傑〕今様水滸伝』三宅青軒、大学館、１９０６／明治39年★
『〔豪傑小説〕拳骨勇蔵』三宅青軒、大学館、１９０７／明治40年★

*

『岡田虎二郎先生語録』静坐社、1937／昭和12年
『「家庭小説」ジャンルの生成　菊池幽芳「乳姉妹」とその周辺』鬼頭七美、国文目白、2013／平成25年

第8章

『近世悪女奇聞』綿谷雪、中公文庫、2010／平成22年
『明治の探偵小説』伊藤秀雄、晶文社、1986／昭和61年
『高橋阿伝夜叉物譚』仮名垣魯文（補綴）、自由閣、1885／明治18年★
『［報知新聞探偵実話］稲妻強盗』前後編、遠藤道重（報知新聞編集者）、三新堂、1899／明治32年★
『［小説］火の玉小僧』伊原青々園、大川屋書店、1915／大正4年★
『［探偵実話］閻魔の彦』上中下巻、埋木庵（編）、黙禅（閲）、金槙堂、1901／明治34年★
『明治碑文集』佐藤平次郎（編）、1894／明治27年
『紫美人』前後編、松居松葉、金槙堂、1901／明治34年★
『［探偵実話］海賊房次郎』前後編、鏗爾生（編）、金槙堂、1898／明治31年★
『［活劇講談］海賊房次郎』大川屋書店、1918／大正7年★
『［活劇講談］五寸釘寅吉』無名氏（編）、大川屋書店、1918／大正7年★
『活地獄』小山六之助、日高有倫堂、1910／明治43年★
『［探偵実話］清水定吉』無名氏（編）、金松堂、1893／明治26年★

＊

「魯文の売文業」高木元、「国文学研究資料館紀要　文学研究篇」、2008／平成20年

第9章

『[忍術漫遊]戸澤雪姫』春江堂編輯部(編)、春江堂、1923/大正12年
『真田幸村諸国漫遊記』玉田玉秀斎(講演)、山田酔神(速記)、中川玉成堂、1903/明治36年★
『真田幸村』田辺南鶴(講演)、石原明倫(速記)、今古堂、1901/明治34年★
『[豪勇無双]鬼丸花太郎』玉田玉秀斎(講演)、山田酔神(速記)、積善館、1909/明治42年★
『催眠術実験の成蹟』佐々木九平、誠進堂、1903/明治36年★
『明士の笑譚』吉井庵千暦、大学堂、1900/明治33年★
『粂の平内』雨柳子、敬文館、1905/明治38年★
『[英雄小説]菊水正吉』三宅青軒、大学館、1908/明治41年★
『[豪傑小説]桔梗丸』三宅青軒、大学館、1909/明治42年★
『[豪傑]明智光若丸』玉田玉秀斎(講演)、山田唯夫(速記)、此村欽英堂、1909/明治42年★
『[明治豪傑]鳥さし胆助』三宅青軒、大学館、1906/明治39年
『[慶安豪傑]鞍馬大助』玉廼家雀燕(講演)、山田都一郎(速記)、岡本偉業館、1908/明治41年★
『[奇々怪々]猿飛佐助薩摩落』凝香園、博多成象堂、1915/大正4年★
『荒川熊蔵鬼清澄』法令館編輯部(編)、榎本書店、1917/大正6年★
『[妖術]五変化太郎』蒼川生、岡本偉業館、1918/大正7年★

第10章

『後藤又兵衛忍術破』宝井馬琴(講演)、関西速記協会員(速記)、博多成象堂、1918/大正7年★
『猿飛佐助』杉浦茂、ちくま文庫、1995/平成7年
『[真田郎党忍術名人]猿飛佐助』雪花山人(述)、立川文明堂、1919/大正8年★
『竹丸忍術破り』、高山義山(口演)、大川屋書店、1918/大正7年

『西国轡物語』吾妻武蔵（講演）、吉田松茵（速記）、中川玉成堂、1908／明治41年★
『［明治豪傑］鳥さし胆助』三宅青軒、大学館、1906／明治39年
『［豪傑小説］続鳥さし胆助』三宅青軒、大学館、1906／明治39年★
『［慶安豪傑］鞍馬大助』蒼川生、岡本偉業館、1914／大正3年★
『真田三郎丸』法令館編輯部（編）、榎本書店、1917／大正6年★
『［忠孝美談］豊臣秀若丸』凝香園（講演）、博多成象堂、1918／大正7年★
『［忍術漫遊］戸澤雪姫』春江堂編輯部（編）、春江堂、1923／大正12年、「大正一二年の魔法少女『忍術漫遊 戸澤雪姫』―山下泰平―note」（https://note.mu/yamasitataihei/m/m2d492ea4f06e）にて公開中

図版クレジット

序章

図1-4『宗教世界膝栗毛』巻一、英立雪、兎屋大阪支店、1884／明治17年★
図5『人体道中膝栗毛』三五月丸（編）、野村芳國（絵）、藤井淺二郎（発行人）、1886／明治19年★

第1章

図1『ブライトンの人魚たち』ウィリアム・ヒース、1829年、パブリックドメイン
図2『理科十二ケ月 第八月 富士詣』石井研堂（民司）、博文館、1901／明治34年★
図3『［自己中心］明治文壇史』江見水蔭、博文館、1927／昭和2年

図4　著者撮影

第2章

図1　『露西亜がこわいか』山下雨花（編）、駸々堂、1904／明治37年★

図2　『［軍事探偵］南京松』前編、柳煙漁史、金槙堂、1898／明治31年★

図3　『［軍事探偵］南京松』後編、柳煙漁史、金槙堂、1898／明治31年★

図4　『［侠骨］一心太助』青竜斎貞峰（講演）、速記舎員（速記）、大川屋書店、1916／大正5年★

第3章

図1　『［新潟義民］涌井藤四郎英敏之実伝』正流斎鶴窓（講演）、新潟公友社、1916／大正5年★

図2　著者撮影

図3-4　『明治演説史』宮武外骨、有限社、1926／大正15年★

図5　『［支那征伐］少年演説討論会』覚張栄三郎（編）、上田屋、1895／明治28年★

図6　「頑骨先生」『［武侠小説］怪風一陣』押川春浪、本郷書院、1914／大正3年★

図7　『［敵討］岩見重太郎・［天下豪傑］塙団右衛門』玉田玉秀斎（講演）、立川文明堂、1917／大正6年★

図8　『［南洋奇談］海賊東天丸』旭堂南陵（講演）、宮原流水（速記）、樋口蜻輝堂、1911／明治44年★

第4章

図1　『荒川熊蔵』玉田玉秀斎（講演）、関西速記協会員（速記）、博多成象堂、1918／大正7年★

図2　『［豪傑］荒川熊三』登茂栄会編集部、魁文堂書店、1917／大正6年

図3　『箕輪城大仇討』玉田玉芳斎（講演）、馬場三郎（速記）、樋口隆文館、1912／明治45年★

第5章

図1 『毛谷村六助』桃川桂玉（講演）、博文館、1920／大正9年★
図2 著者撮影
図3 『［天正豪傑］桂市兵衛』凝香園（講演）、武士道文庫、博多成象堂、1923／大正12年
図4 『［福島三勇士］通力太郎』雪花山人（述）、立川文庫、立川文明堂、1916／大正5年
図5 『［福島三勇士］桂小太郎』雪花山人（述）、立川文庫、立川文明堂、1916／大正5年
図6 『［福島三勇士］蟹江才助』雪花山人（述）、立川文庫、立川文明堂、1918／大正7年

第6章

図1 『新聞記者奇行伝　初編』隅田了古（細島晴三）編、墨々書屋、1881／明治14年★
図2 『拳骨和尚』遠山春夫、金の星社、1939／昭和14年★
図3 『［侠骨］日本男児』石川一口（講演）、丸山平次郎（速記）、大淵渉（編集）、駸々堂、1895／明治28年★
図4 『［冒険奇譚］世界鉄拳旅行』増本河南、大学館、1909／明治42年★
図5 『［武侠小説］蛮カラ奇男児』星塔小史、大学館、1908／明治41年★
図6 『蛮カラ奇旅行』星塔小史、大学館、1908／明治41年★

第7章

図1 『奇々怪々』三宅青軒、誠進堂、1901／明治34年★
図2 『［小説］うらおもて』三宅青軒、誠進堂、1902／明治35年★
図3 『不思議』三宅青軒、文泉堂、1903／明治36年★

図4 『［明治豪傑］今様水滸伝』三宅青軒、大学館、1906／明治39年★
図5 『［豪傑小説］拳骨勇蔵』三宅青軒、大学館、1907／明治40年★

第8章
図1 『高橋阿伝夜叉物譚』仮名垣魯文（補綴）、自由閣、1885／明治18年★
図2 『［報知新聞探偵実話］稲妻強盗』前編、三新堂、1899／明治32年★
図3 『［小説］火の玉小僧』伊原青々園、大川屋書店、1915／大正4年★
図4 『［探偵実話］閻魔の彦』上巻、埋木庵（編）、黙禅（閲）、金槙堂、1901／明治34年★
図5 『［探偵実話］閻魔の彦』中巻、埋木庵（編）、黙禅（閲）、金槙堂、1901／明治34年★
図6 『［探偵実話］閻魔の彦』上巻、埋木庵（編）、黙禅（閲）、金槙堂、1901／明治34年★
図7 『［探偵実話］閻魔の彦』中巻、埋木庵（編）、黙禅（閲）、金槙堂、1901／明治34年★
図8 『紫美人』後編、松居松葉、金槙堂、1901／明治34年★
図9-10 『［活劇講談］海賊房次郎』みやこ文庫、大川屋書店、1920／大正9年★
図11 『［明治・大正犯罪実話集］清水定吉・稲妻お玉』春江堂編輯部（編）、春江堂、1929／昭和4年★

第9章
図1 E.W. Barton-Wright vs. the Georgia Magnet（1895-1899）, *The Bartitsu Society*, April 15, 2013 http://www.bartitsu.org/index.php/2013/04/e-w-barton-wright-vs-the-georgia-magnet-1895-1899/（2019年4月7日閲覧）
図2 『［奇々怪々］猿飛佐助薩摩落』凝香園（講演）、博多成象堂、1915／大正4年★
図3 『荒川熊蔵鬼清澄』法令館編輯部（編）、榎本書店、1917／大正6年★
図4-6 映画『豪傑児雷也』牧野省三（監督）、尾上松之助（主演）、1921／大正10年

図7　『〔妖術〕五変化太郎』蒼川生、岡本偉業館、1918／大正7年★

第10章

図1　『〔忍術破り〕後藤又兵衛』王龍亭一山（講演）、岡本増進堂、1921／大正10年

図2　『猿飛佐助』杉浦茂、ちくま文庫、1995／平成7年

図3　『天狗流誉の幻術』春帆楼白鷗（講演）、隆文館編集部（速記）、樋口隆文館、1915／大正4年★

図4　『〔真田家豪傑〕三好清海入道』野花散人、立川文明堂、1914／大正3年★

図5　『〔忍術名人〕猿飛佐助』野原潮風（編）、榎本書店、1917／大正6年★

図6　『竹丸忍術破り』、高山義山（口演）、大川屋書店、1918／大正7年

図7　『〔慶安豪傑〕鞍馬大助』蒼川生、岡本偉業館、1914／大正3年★

図8　『真田三郎丸』法令館編輯部（編）、榎本書店、1917／大正6年★

図9　『〔忠孝美談〕豊臣秀若丸』凝香園（講演）、博多成象堂、1918／大正7年★

図10　『〔甲賀流忍術名人〕和田平助正勝』凝香園（講演）、博多成象堂、1915／大正4年★

図11　『〔忍術漫遊〕戸澤雪姫』春江堂編輯部（編）、春江堂、1923／大正12年

終章

図1　『〔天狗の術を使ふ〕木鼠小法師』玉英子、樋口隆文館、1914／大正3年★

著者紹介

山下泰平（やました・たいへい）

1977年生まれ、宮崎県出身。明治の娯楽物語や文化を調べて遊んでいる。大学時代に京都で古本屋を巡るうち、馬鹿みたいな顔で手近にあるどうでもいい書籍を読み続ける技術を身に付ける。明治大正の娯楽物語から健康法まで何でも読み続け、講談速記本をテキスト化したものをネットなどで公開するうち、2011〜13年にスタジオジブリの月刊誌「熱風」に「忘れられた物語—講談速記本の発見」を連載。2015年12月に「朝日新聞デジタル」に『物語の中の真田一族』（上中下）を寄稿。2017年2月にブログ記事「舞姫の主人公をボコボコにする最高の小説が明治41年に書かれていたので1万文字くらいかけて紹介する」がバズる。いまだに手近にあるどうでもいい書物を読み続けている。インターネットでは〈kotoriko〉名義でも活動。

webサイト 山下泰平の趣味の方法（http://cocolog-nifty.hatenablog.com/）
Twitter @kotoriko

「舞姫《まいひめ》」の主人公《しゅじんこう》をバンカラとアフリカ人《じん》がボコボコにする最高《さいこう》の小説《しょうせつ》の世界《せかい》が明治《めいじ》に存在《そんざい》したので20万字《まんじ》くらいかけて紹介《しょうかい》する本《ほん》

2019年5月10日　第1刷発行
2019年5月20日　第2刷発行

著　者　山下泰平《やましたたいへい》

発行者　富澤凡子

発行所　柏書房株式会社
東京都文京区本郷2-15-13（〒113-0033）
電話（03）3830-1891（営業）
（03）3830-1894（編集）

装丁　松田行正+杉本聖士

DTP　福田正知、髙井愛

印刷　壮光舎印刷株式会社

製本　株式会社ブックアート

ISBN978-4-7601-5007-6